该著为2011年河南省高校优秀青年骨干教师资助项目
"20世纪非裔美籍女作家的经文辩读"
（2011GGJS-183）的结项成果

当代美国黑人女作家的
基督宗教观

郭晓霞◎著

中国社会科学出版社

图书在版编目(CIP)数据

当代美国黑人女作家的基督宗教观/郭晓霞著. —北京：中国社会
科学出版社，2015.11

ISBN 978 - 7 - 5161 - 7016 - 8

Ⅰ.①当⋯　Ⅱ.①郭⋯　Ⅲ.①美国黑人—女作家—基督教—宗教
文化—文学作品研究—现代　Ⅳ.①I712.065

中国版本图书馆 CIP 数据核字(2015)第 262468 号

出 版 人	赵剑英	
责任编辑	郭晓鸿	
特约编辑	席建海	
责任校对	闫　萃	
责任印制	戴　宽	

出　　版	中国社会科学出版社	
社　　址	北京鼓楼西大街甲 158 号	
邮　　编	100720	
网　　址	http://www.csspw.cn	
发 行 部	010 - 84083685	
门 市 部	010 - 84029450	
经　　销	新华书店及其他书店	

印　　刷	北京君升印刷有限公司	
装　　订	廊坊市广阳区广增装订厂	
版　　次	2015 年 11 月第 1 版	
印　　次	2015 年 11 月第 1 次印刷	

开　　本	710 × 1000　1/16	
印　　张	15	
插　　页	2	
字　　数	235 千字	
定　　价	58.00 元	

凡购买中国社会科学出版社图书，如有质量问题请与本社营销中心联系调换
电话：010 - 84083683

目　录

绪　论

一　研究缘起

作为在美国本土成长的黑人女性，面对美国的主流文化——基督教文化，与第一代移民的被动接受、第二代移民的否定排斥不同，当代美国黑人女作家在美国黑人社会的转型阶段，主要从黑人女性的自我立场出发，对《圣经》和基督教教义进行重新阐释，由此重构了对自我的理解与价值观。研究黑人女性化的过程对外来文化如何民族化、民族文化如何在世界文化语境中焕发活力，当具有普遍的借鉴价值。同时，当代美国黑人女作家和基督教的关系问题，还是一个具有跨学科意义的比较文学问题，考察二者之间的相互影响和相互关系，对促进宗教、文学和文艺学、性别学等相关学科的发展，不无裨益。

令人欣慰的是，当代美国黑人女作家的基督宗教观以及在对基督教经典——《圣经》的转化利用过程中建构的黑人女性价值，日益受到国内外学者的关注。而且国外对这个问题的研究已经较为深入，体现在神学界和文学界两个领域。

早在 20 世纪 80 年代中期，就有黑人神学家注意到美国黑人女作家对基督教的独特认识，将其体现的神学思想称为"妇女主义者的神学"（womanist theology）①，并出现一大批追随和研究这一思想的美国黑人妇女神学家。其中影响较大的如德洛丽丝·威廉姆斯（Delores S. Williams），其著作《旷野里的姐妹——妇女主义者的上帝言说的挑战》（1993）② 是这一思想的代表作，该著作主要依据艾丽斯·沃克和托妮·莫里森等黑人女作家对基督教的理解与运用来建构全书观点。美国文学批评界也在 20 世纪 80 年代中期关注这一现象，除大量散见于各类期刊的研究文章如《三重情节和〈秀拉〉的中心》③ 外，至今已出版多部相关论著。比较有代表性的如雪莉·斯特夫（Shirley A. Stave）主编的《莫里森与〈圣经〉——对抗的互文性》（2006）④ 深入研究了托妮·莫里森对基督教文化经典《圣经》的接受与运用。艾米·布朗（Amy Benson Brown）所著的《重写圣

① 美国黑人妇女宗教学者在 20 世纪 80 年代中期开始使用"妇女主义者的神学"这一术语。这一术语的使用借用了美国黑人女作家艾丽斯·沃克的"妇女主义者"这一概念，并受到了托妮·莫里森所表达的文学主旨的影响。学者凯蒂·卡农（Katie G. Cannon）第一个提出将沃克的"妇女主义者"的概念运用于对黑人妇女神学的思考。1989 年秋季，贝尔·胡克斯（Bell Hooks）等 6 名学者就"妇女主义者的神学"这一术语的运用举行了圆桌讨论，基本形成两种观点：以 Chery J. Sanders 为代表的学者认为，要慎重认识沃克所倡导的妇女主义者的价值观；以贝尔·胡克斯为代表的大部分学者认为，妇女主义者的价值观不仅立足于性别，还立足于种族，修正了传统女性主义和基督教神学的观念。对这个问题的讨论见 Chery J. Sanders, Katie G. Cannon, Emilie M. Townes, M. Shawn Copeland, Bell Hooks, Cheryl Townsend Gilks, *Roundtable Discussion: Christian Ethics and Theology in Womanist Perpective*, in Journal of Feminist Studies in Religion（Vol. 5, No. 2, Fall, 1989）。

② 该著作以美国黑人妇女与《圣经》中的人物夏甲的相似性为出发点，以美国黑人社团和黑人女作家佐拉·赫斯顿（Zora Hurston）、内拉·拉森（Nella Larson）、玛格丽特·沃克（Margaret Walker）、艾丽斯·沃克等对夏甲形象的挪用为中心，力求建构美国黑人妇女的神学。具体可参见 Delores S. Williams, *Sisters in the Wilderness: The Challenge of Womanist God-Talk*（Maryknoll, New York: Orbis Books, 1993）。除此以外，艾米丽·汤斯（Emilie M. Townes）等人从社会学、历史学、文学、神学等角度对美国黑人女性的苦难和罪进行了剖析，并对 19 世纪后期黑人女作家安娜·库伯的自叙体小说《来自一个南方黑人女性的呼声》（1892）进行了探讨。See Emilie M. Townesed., *A Troubling in My Soul: Womanist Perspectives on Evil and Suffering*（Maryknoll, NY: Orbis Books, 1993）。安东尼·平：《上帝，为甚么？黑人·苦难·恶》，周辉译，（香港）道风书社 2005 年版。

③ Maureen T. Reddy, *The Tripled Plot and Center of Sula*, in Black American Literature Forum（Vol. 22, No. 1, Spring, 1988）。

④ 该书是由不同作者所写的共 11 篇论文组成的论文集，分别讨论了莫里森在《秀拉》《所罗门之歌》《天堂》中对《圣经》中的意象和圣经主题的运用及改造。参见 S. A. Stave. ed., *Toni Morrison and the Bible: Contested Intertextualities*（Peter Lang Publishing, 2006）。

言——美国女作家和〈圣经〉》（1999）①，探讨了美国当代黑人女作家托妮·莫里森和格洛里亚·内勒（Gloria Naylor）作品中的圣经因素。凯瑟琳·巴萨德（Katherine Clay Bassard）所著的《转换经文——美国非裔女作家和〈圣经〉》（2010）② 一书，较为系统地探讨了美国黑人女作家在其作品中是如何运用、转化和改写《圣经》的。

　　国内也有一些学者对此现象进行了探讨。以王守仁、吴新云、王玉括等为代表的莫里森研究专家在从性别、种族、文化等角度进行全方位探讨莫里森的创作时，已经注意到莫里森对《圣经》和基督教文化的运用，指出"对宗教的信仰是黑人历史发展中的一大特色"，莫里森的小说"不乏基督教的用典"③。东北师范大学张宏薇的博士论文《托妮·莫里森宗教思想研究》从上帝观、罪观、救赎观和爱的思想对莫里森的宗教思想进行了梳理与分析。④ 以翁德修、都岚岚、王家湘等为代表的学者在对美国黑人女作家进行系统研究时，也注意到作为美国黑人女作家的思想文化的重要组成部分——宗教思想的独特性，及其作品对《圣经》中的神话主题、人物、意象等的运用。以程锡麟、杨金才等为代表的学者则探讨了 20 世纪美国黑人女作家的具体作品与圣经的互文性关系，主要集中在佐拉·尼尔·赫斯顿、托妮·莫里森和艾丽斯·沃克等个别作家的具体作品如《摩西，山之人》《所罗门之歌》《天堂》《紫色》等。⑤

----

　　① See Amy Benson Brown, *Rewriting the word*: *American Women Writers and the Bible* (Greenwood Press, 1999).

　　② See K. C. Bassard, *Transforming scriptures*: *African American Women Writers and the Bible* (The University of Georgia Press, 2010).

　　③ 如王守仁、吴新云认识到"对宗教的信仰是黑人历史发展中的一大特色……除了恳请上帝的指引，除了在宗教的活动中发泄心灵的压抑，他们找不到其他更好的聚会、交流、展示自身的机会"，而莫里森的小说"不乏基督教的用典"。参见王守仁、吴新云《性别·种族·文化——托妮·莫里森的小说研究》，北京大学出版社 2004 年版，第 189—190 页。

　　④ 除此以外，对莫里森与《圣经》之间的关系进行专题研究的学位论文还有硕士论文，如马卫华《永恒回响的旋律——论托妮·莫里森的黑人小说与〈圣经〉资源》，河海大学，2007 年。

　　⑤ 程锡麟的研究主要集中在佐拉·尼尔·赫斯顿的创作上，其专著《赫斯顿研究》对赫斯顿的小说进行了深入分析。程锡麟探讨了《摩西，山之人》对《圣经》的改写，注意到赫斯顿笔下的摩西形象的复杂性。参见程锡麟《一部大胆创新的作品——评赫斯顿的〈摩西，山之人〉》，《国外文学》2004 年第 3 期。杨金才则认为，在《摩西，山之人》中，"赫斯顿心目中的摩西是传统基督教世界广为流传的摩西"。参见杨金才《书写美国黑人女性的赫斯顿》，《外 （转下页）

　　总体看来，国外对该问题的研究较为深入，但神学界和文学批评界的研究成果缺乏进一步的交流与对话，对共同价值的探讨需要进一步深入，且其立场是西方文化语境。国内对这方面的研究还不够系统和深入：从研究对象看，多集中在莫里森和沃克等个别作家；从研究方法看，多是文本层面的分析。本著作在国内外已有成果的基础上，以翔实的考据和深入的剖析，以中国文化语境为立足点，从《圣经》视角切入，深入探讨当代美国黑人女作家的基督宗教观以及她们对《圣经》的转化利用，目的在于把握她们在这一过程中建构的黑人女性价值观。

　　如前所述，本书所进行的研究是跨学科、跨文化的研究，至少涉及4个学科领域：宗教研究（《圣经》研究、黑人解放神学、女性主义神学、妇女主义神学），历史学，阐释学，文学批评。为了揭示当代美国黑人女作家运用、转化《圣经》的复杂维度及其作品中所体现的复杂的基督宗教观，笔者使用的基本方法是文学文本分析，同时会用到所涉及学科重叠部分的理论方法——既重历史考据，也重思想探讨；既重语言与文本的分析与阐释，也重理论归纳。

　　本书以当代美国黑人女作家为研究对象，为了确保研究的有效性，主要选取了玛雅·安吉洛、艾丽斯·沃克、托妮·莫里森、格洛里亚·内勒这4位影响比较大的作家，通过对她们的作品进行分析，以探讨她们的基督宗教观。

二　术语界定

　　为避免本书所涉及的一些概念、术语产生歧义，这里对这些概念、术语进行简单界定。

（接上页）国文学研究》2002 年第 4 期。专题研究的硕士论文则有：张志恒《论〈天堂〉中的非裔美国人基督教精神》，河南大学，2009 年；杨玉清《论艾丽斯·沃克小说〈紫色〉中的上帝形象》，华中师范大学，2008 年。比较有代表性的专题研究文章如：王琼《上帝是个黑女人——从〈紫色〉看艾丽斯·沃克的黑人妇女主义宗教观》，《广州大学学报》（社会科学版）2006 年第 12 期；汪顺来《〈所罗门之歌〉与〈圣经〉的文化互文性研究》，《世界文学评论》2011 年第 2 期；段慧《玫瑰与毒蛇：〈秀拉〉中的圣经隐喻》，《牡丹江师范学院学报》（哲学社会版）2007 年第 5 期。

1. 美国黑人：这个概念通常指历史上被欧洲殖民者劫运到美国的非洲人的后裔。这一称谓几经变化，体现了这个群体争取独立的过程。最初他们被人种学家称为"尼格罗人"，和黄皮肤的"蒙古人"、白皮肤的"高加索人"相对应。尼格罗（negro）是拉丁语，意为"黑色的"。在美国种族歧视猖獗时，这个词逐渐演变成对黑人的诬蔑语言，等同于"黑鬼"，因此，美国民权运动崛起后，这个单词被摒弃，黑人以"黑色的"（black）自称。不过在 20 世纪 60 年代后，由于以肤色称呼人种被认为是不合适的，所以这个单词也被摒弃，而改为"非洲的"即"非裔美国人"，与"亚裔美国人""爱尔兰裔美国人""墨西哥裔美国人"等同等对待。但是，这个称谓也受到质疑，因为其他族裔的美国人都是自愿来到美国的，而黑人的祖先则是被迫的，所以他们倒宁可和自己的非洲同胞一样，被称为"黑人"（black），反而不愿意被称为"非裔美国人"。这也与 1960 年兴起的一股黑人自我认同运动相关，这个运动强调"黑就是美"（Black is beautiful），因此，"black"一词不再被看作是贬义词。可见，"美国黑人"和"非裔美国人"这两个词具有一定的政治特色和历史意义。本书使用"美国黑人"这个概念，不仅指被贩卖到美国的非洲人的后裔，还包含后来移民到美国的非洲人。

2. 基督教：一般意义上讲，基督教是以信仰耶稣基督为救世主的宗教。天主教、新教、东正教以及其他信仰耶稣基督的派别被通称为基督教。在中国的文化语境中，"基督教"往往特指"新教"（又俗称"耶稣教"）。在本书语境中，"基督教"这一概念指广义上的基督宗教。

3. 女性主义和女性主义者：广义上讲，女性主义是以消除性别歧视、结束对妇女的压迫、争取妇女的基本权利为目标的社会思潮。认同或奉行女性主义理论的人即为女性主义者。这一思潮本身观点不一、变动不居。在本书语境中，"女性主义"特指以西方白人中上阶层妇女为主体、以消除性别歧视、结束对妇女的压迫、争取妇女的基本权利为目标的社会思潮，"女性主义者"是特指认同或奉行西方白人中上阶层妇女的性别理论的人。

4. 妇女主义和妇女主义者：妇女主义和妇女主义者有广义和狭义之

分。广义上，妇女主义泛指以第三世界妇女（本书语境中第三世界妇女）为主体、以消除性别歧视、阶级压迫、种族歧视为目标的社会思潮，妇女主义者泛指第三世界的女性主义者。狭义上，妇女主义主要指以种族歧视和性别压迫为批判对象的黑人女性主义思想，妇女主义者通常指黑人女性主义者。在本书语境中，妇女主义和妇女主义者取狭义的概念。

5. "女性主义和女性主义者" 的内涵与 "妇女主义和妇女主义者" 的内涵既有重合之处，也有不同之处。重合之处是反对性别歧视，不同之处是 "妇女主义和妇女主义者" 除反对性别歧视、性别压迫之外，还反对阶级、种族等一切形式的压迫。妇女主义是女性主义发展的结果。

第一章

美国黑人女作家主体意识的发展

当代美国黑人女作家是在主体意识的觉醒和发展下，阐释《圣经》和基督教教义的。美国黑人女性主体意识的觉醒包括种族意识和性别意识的双重觉醒，因此，美国黑人女性的解放并不是与美国妇女的解放一致的，美国黑人女性独特的种族身份和性别身份，使得她们的解放进程极其缓慢而又艰难。

第一节　美国女性主义运动

来自法语的术语"女性主义"（feminism）一词出现于 19 世纪 90 年代，用以概括性别平等理论和妇女平等权利运动。① 但在当时，"feminism"并不是被频繁使用的一个词，人们常用另一个术语"妇女解放"（women's liberation）指称当时的性别平等理论和妇女平等权利运动。直到 20 世纪六七十年代，"women's liberation"逐渐被扬弃，而"feminism"则逐渐被更多的人接受。② 在中国的文化语境中，"feminism"在 20 世纪

① 王润清：《Feminism 的释义》，参见 http：//www. frchina. net/data/detail. php？id＝10363，2006 年 4 月 5 日。

② 郭晓霞：《五四女作家和〈圣经〉》，中国社会科学出版社 2013 年版，第 45 页。

20 年代被译作"妇女主义",如在《妇女》杂志 1922 年第 8 卷刊登的署名为"克士"(周建人)的文章《妇女主义的贞操观》中说,"妇女主义,英文叫作弗弥涅士姆(feminism)"①。20 世纪 80 年代以来,最常见的有两种译法:女权主义和女性主义,前者强调这一运动的政治色彩和权利斗争,如学者张岩冰坚持用"女权主义",后者突出这一运动在文化领域的批判。本书采用后一种译法。②

　　作为一种政治运动和社会思潮,美国女性主义运动早在美国建国之时就已经萌芽。尽管美国是一个年轻的移民国家,向来以民主与平等令天下,而且美国女性比欧洲大陆的女性具有更多的自由,但是移民从娘家带来的根深蒂固的父权制文化并没有在这片新大陆上消失,生活于这个新兴国家中的女性仍然不能不受影响于传统的性别歧视观念。正如移民最初为了逃离本国宗教迫害、追求自由与平等而来此开垦新大陆一样,女性在随丈夫、父亲、兄弟一起移民开荒、开创自由平等家园的同时,也渴望破除性别不平等的束缚,得到更多的自由。因此,早在建国之初,美国女性就要求把女性的天赋人权一起写进国家的宪法里,如美国第二任总统亚当斯的夫人阿尔盖比·亚当斯(Abigail Adams),曾在 1776 年致信给丈夫,提醒他在制定国家法律法规时要考虑女性的权益。她写道:"希望你们会在此时记住女士们,而且要比你们的前辈对待她们更为慷慨大度、更为友善。切不要把无限的权力置于丈夫的手中……"③

　　但令人遗憾的是,总统夫人的建议并没有被采纳,而且在相当长的一段时间内,社会上的主流意识仍然将女性视为第二性。直到 1848 年纽约州的塞尼卡富尔斯(Seneca Falls)召开了美国第一次妇女大会,美国女性主义运动才正式拉开序幕,至 1920 年,经过美国女性主义者的不懈努力,关于女性选举权的第 19 条宪法修正议案最终得到国会批准,从此,美国

---

① 转引自刘慧英《"妇女主义":五四时代的产物——五四时期章锡琛主持的〈妇女杂志〉》,《南开学报》(哲学社会科学版)2007 年第 6 期。

② 由于国内出版的有关著作和译著译法并不统一,在下面的引文中,如是国内学者著译的原文,仍从作者原译法。

③ Abigail Adams, Letter to Jon Adams,转引自金莉《美国女权运动·女性文学·女权批评》,《美国研究》2009 年第 1 期。

女性获得了与男性平等的投票选举权。这一时期被称为"美国女性主义运动的第一浪潮",主要以自由主义女性主义为主,其妇女运动以白人中产阶级妇女为核心,追求的目标仅限于平等机会和个体选择,没有考虑女性自身的价值和社会关系的复杂性,因此,未能对当时的政治、经济和社会制度的基本机体构成根本的挑战。①

于是,美国女性主义运动在 20 世纪 60 年代初期掀起了第二次浪潮,主要目标是强调男女平等,主张妇女冲破家庭的桎梏,争取真正的独立自主。她们以"女性经验"作为女性斗争联盟的基础,认为全世界的女性具有共同的被压迫经验、相似的女性生理经验,同属于被压迫阶级,是社会上的"第二性"。为了改变被压迫者这一现状和附属地位,她们号召全世界的女性联合起来,一致推翻父权制。但是,因为这次运动的主力军主要是美国白人中产阶级女性,受特定阶级和生活的局限,她们的"妇女经验"并不能完全代表世界上不同种族、不同阶级、不同肤色的女性的经验,所以,其主张引起了美国女性主义运动的进一步深入和分化。可以说,20 世纪 60 年代以来的美国女性主义运动规模宏大、影响深远,成为西方女性主义运动的"领头羊"。

正是在 20 世纪 60 年代美国女性主义运动浪潮中,美国黑人妇女的主体意识逐渐觉醒,黑人女性主义运动最终形成。但是,美国黑人妇女主体意识的觉醒绝不是一蹴而就的,黑人女性主义运动也绝不是突如其来的。当代美国黑人妇女主体意识的觉醒、黑人女性主义运动的出现,是数代美国黑人妇女经过艰苦卓绝的斗争甚至流血牺牲而换来的,是长期受到美国黑人解放运动、女性主义运动、各种解放思想等多种运动和思潮共同作用的必然结果。

第二节　美国黑人女作家主体意识的发展

虽然在 19 世纪的废奴运动中,许多白人妇女是积极的参与者,并发

---

①　王润清:《Feminism 的释义》,参见 http://www.frchina.net/data/detail.php? id = 10363,2006 年 4 月 5 日。

挥了积极作用[①]，但毋庸置疑的是，美国白人女性主义者早期并没有把种族问题对妇女的影响提上日程，甚至部分女性主义者自身就具有种族主义的局限性，如19世纪女性主义者伊丽莎白·凯蒂·斯坦顿（Elizabeth Cady Stanton）曾提出，白人妇女应先于黑人男人具有选举权，因为她们是文化和智力上的优越者[②]。因此，美国黑人女作家主体意识的觉醒是在黑人解放运动中产生的，包括种族意识和性别意识的双重觉醒，并经历了三个时期。

一　19世纪中后期至1920年的萌芽时期

在美国这片土地上，400年来最剧烈变动的可以说是种族关系，而在白人和有色人种的关系中，最突出的则是白人和黑人的关系。与其他种族不同，第一批踏上美洲大陆的黑人完全不是出于自己的主观愿望。1619年，乘着"五月花"号船在弗吉尼亚州登岸的20个非洲黑人，是被抓来卖为奴隶的。随着第一批非洲黑人的到来，美国历史上为人不齿的奴隶制由此开始，越来越多的黑人被源源不断地运送到美洲大陆。同时，奴隶主为了扩大种植园里的劳动力，鼓励黑人奴隶组建家庭和生育，因此，在内战前，美国黑人奴隶的数量一直呈上升的趋势。下面的表格是1790—1860年美国人口和黑人奴隶人口的统计数据[③]。

年份 各类人数	人口数目							
	1860	1850	1840	1830	1820	1810	1800	1790
总人口	31443321	23191876	17069453	12866020	9633822	7239881	5308483	3920214
奴隶总人口	3953760	3204313	2487355	2009043	1538022	1191362	893602	697681

---

①　如格瑞姆凯姐妹（Sarah M. Grimke and Angelina E. Grimke Weld）积极倡导废奴运动，其中安吉丽娜（Angelina）还在许多场合提到黑人女性是有名无实的自由者和被奴役者。她们因此被驱逐出家乡。See Rufus Burrow, Jr. "Enter Womanist Theology and Ethics", *The Western Journal of Black Studies* (Vol. 22, No. 1, 1998), p. 22.

②　See Rufus Burrow, Jr. Toward Womanist Theology and Ethics, *in Journal of Feminist Studies in Religion* (Vol. 15, No. 1, Spring, 1999), 88. Also see Rufus Burrow, Jr. *Enter Womanist Theology and Ethics*, *in The Western Journal of Black Studies*, (Vol. 22, No. 1, 1998), p. 22.

③　参见 http://www2. census. gov/prod2/decennial/documents/1870a-03. pdf （2008.08.23），数据根据该网页整理计算而得。

续表

各类人数＼年份	人口数目							
	1860	1850	1840	1830	1820	1810	1800	1790
美国大陆奴隶人口	3950546	3200600	2482661	2002924	1531645	1118967	890358	697081
边疆区奴隶人口	3214	3713	4604	6110	6377	5305	3244	600
奴隶占总人口百分比	12%	13%	15%	17%	16%	17%	17%	18%

　　截止到内战前的 1860 年，美国黑人奴隶的数目将近 400 万人，主要分布在大陆地区，尽管黑人奴隶占总人口的比例基本上在逐渐下降，黑人奴隶的基数却在逐年增加。

　　黑人女性一直生活在社会的最底层，承受着种族、性别、阶级 3 种压迫。在内战前的黑人女奴一般从事 3 种职业：第一种职业是家庭女仆或保姆（Mummy），即代替白人妇女，照料奴隶主的孩子和整个家庭，但是根据统计，从事这种职业的黑人女奴只占 20%。[①] 大部分女奴在田间和男奴一样劳作，她们和男人一样犁地、种植、收割。由于劳动时间和劳动强度和男奴一样，这种看似平等、自由的行为，实际上却忽视了女性的性别特征，贝尔·胡克斯称其为"黑人女性被男性化"[②]。而且，在田间劳作的女奴比女仆更少受到尊重，她们得到的食物更少，衣服更破，并时常受到粗暴的对待。[③] 比上述两种地位更低、从事人数也更多的职业是性代理，即被迫代替白人妇女为白人男性奴隶主提供性愉悦。由于真正的女人气质的维多利亚思想认为，白人男人和他的妻子之间的性关系是为了生产的目的而不是愉悦的目的，因此，许多白人男性向黑人女奴寻求性的愉悦，但是这一行为给黑人女奴带来的伤害更大，它威胁着她们的自尊。

---

①　See Delores S. Williams, *Sisters in the Wilderness*: *The Challenge of Womanist God-Talk*, (Maryknoll, New York: Orbis Books, 1993), p. 65.

②　Bell Hooks, *Aint I a Woman*? (Boston: South End Press, 1981), p. 22.

③　Delores S. Williams, *Sisters in the Wilderness*: *The Challenge of Womanist God-Talk* (Maryknoll, New York: Orbis Books, 1993), p. 67.

　　内战前黑人女奴的生活经历在某种程度上对美国黑人女性的形象产生了负面的影响，正如德洛丽丝·威廉姆斯（Delores S. Williams）所言，内战前黑人女奴的形象被扩大、夸张、妖魔化，最终成为3种主要类型的女人：从女仆传统中出现了作为永久母亲的黑人妇女形象，这个形象是带有宗教性的，肥胖的，无性的，爱孩子超过爱自己的，具有极强的自我牺牲精神；从田间劳作的女奴传统中产生了超女形象，这个形象被认为具有比白人妇女更强的体力和忍受痛苦的能力，因此在性别上不属于传统的女性；从性代理的传统中产生了荡妇、娼妓形象，这个形象是"散漫的、性欲过剩的、色情的、对男人尤其白人的性接近容易发生反应的"①。

　　针对美国黑人女性所遭受的压迫以及肆意歪曲，在1850年马萨诸塞州伍斯特召开的首届美国妇女权利大会上，作为与会代表中唯一的黑人妇女，索乔纳·特鲁斯（Sojourner Truth，1797—1883）提出了"我难道就不是女人吗"的强烈抗议：

　　　　在那儿的那位男人说什么妇女上车要人帮忙，过小沟得人抱着，到哪都得为她们让出最好的位置。可是，谁也不曾帮我上车，或帮我过烂泥洼，或为我让出最好的位置！那么，我就不是女人吗？看看我，看看我的胳膊。我扛过犁，种过地，收过庄稼，可是没有一个男人劝阻过我！那么，我难道就不是女人吗？我能像一个男人一样干活，一样吃喝——如果我能够弄到的话——并且像男人一样挨过鞭子！那么，我难道就不是女人吗？我生过13个孩子，眼睁睁地看着大多数孩子都听到我的哭声！那么，我难道就不是女人吗？②

　　内战结束后，虽然美国黑人结束了被奴役的历史，建立了独立的教会、学校等，但是他们并没有改变被歧视的命运，他们仍然没有选举权，

---

　　① Delores S. Williams, *Sisters in the Wilderness*: *The Challenge of Womanist God-Talk* (Maryknoll, New York: Orbis Books, 1993), p. 70.

　　② 戴安娜·拉维奇编：《美国读本——感动一个国家的文字》（上下），林本椿等译，生活·读书·新知三联书店1995年版，第202页。

因此，索乔纳的抗议并没有引起白人对黑人以及黑人女性的关注。直到在半个世纪之后，另一位女性精英——安娜·库珀（Anna Cooper）在《来自一个南方黑人女性的呼声》（1892）中从宏观层面尖锐地指出，美国黑人女性所面临的问题"既是妇女问题又是种族问题"①。这一观念极有见地，她洞察到了"性别"和"种族"交错并存的特性，强调了美国黑人妇女遭受的双重压迫，由此确立了黑人女性主义思想与白人女性主义思想的本质区别，"故被看成黑人女性主义思想的萌芽"②。正是在这一概念的基础上，后人建构了以"种族·性别·阶级"三位一体为核心的黑人女性主义批评思想。

与此同时，一批女性通过自述、文学创作等形式，开始用笔尝试著书立说。如弗兰西斯·爱伦·华特金斯·哈珀（Francis Ellen Watkins Harper，1825—1911）在其小说《爱厄拉·雷诺依》（1892）中，通过描写混血儿爱厄拉坚持不懈地四处寻找工作的经历，表达了黑人女性独立自强的精神，由此扭转了黑人女性懒散、依附性强的负面形象，塑造了一个新的美国黑人女性形象；通过展示爱厄拉拒绝白人医生而选择与之志同道合的黑人的爱情，表达了"唤起族人心中更强烈的正义感"③ 的创作使命以及强烈的民族之爱。奥克托维亚·维·罗·阿尔伯特（Octavia V. R. Albert）在《枷锁屋》（1890）中通过夏洛蒂·布鲁克斯及其朋友们讲述自己作为奴隶而获取自由的经历，再次揭露并严厉谴责了蓄奴制的恐怖与罪恶，表达了美国黑人女性追求自由的决心。类似的还有露西·德莱尼（Lucy A. Delaney）的《黑暗中的光明》（1892）、艾达·韦尔斯（Ida B. Well）的《南方的恐怖：各个时期的死刑法》（1892）等。另外，葆琳·霍普金斯在《争夺的力量》（1900）中，将女主角沙福的职业设定为速记员，从而改变了传统文学中女仆或保姆的刻板形象，进而表达了黑人女性渴望人权、渴望受教育的强烈愿望。该作品还描写了沙福与多拉之间的深厚友

---

① 转引自嵇敏《美国黑人女权主义视域下的女性书写》，科学出版社 2011 年版，第 24 页。
② 同上。
③ Barbara Christian. *Black Feminist Criticism* （New York：Pergamon Press, 1985），pp. 168 - 169.

谊，其场面既有传统女孩的日常琐碎，如手工、女红等，还有对关于女人、男人、政治问题的深入探讨。这些作品不仅把美国黑人女性的生活、情感、思想等放在创作的首位，而且着力表现黑人女性在种族、性别、阶级的多种压迫下如何建立女性情谊、女性主体性，具有强烈的社会性和政治性。因此，这些创作与实践不仅使 19 世纪最后 10 年至 20 世纪初成为"黑人女性书写史上的一个里程碑"，而且"标志着黑人女权主义的历史性出场。"①

总体上看，这一时期，美国黑人女性的性别意识开始苏醒，但是在特定的历史条件下，她们的性别意识从属于种族意识，个人爱情服从于民族的需要，她们的言行被打上了时代的烙印：

> 民族的希望和体验使他们结合在一块儿；伟大崇高的目标点燃了他们的生活；他们为它即将跨入新纪元而祝福、为脱离奴隶苦海加入了新世界自由的人们努力工作。②

二 20 世纪二三十年代的发展时期

20 世纪二三十年代，以美国纽约市的哈莱姆黑人集聚地为中心的"哈莱姆文艺复兴"（The Harlem Renaissance）③ 产生的原因尽管有社会、文化、经济、意识形态等多种因素，但根本原因还是黑人民族和民主意识的大觉醒。第一次世界大战推动了美国战争工业的发展，促使大量南方的

---

① 嵇敏：《美国黑人女权主义视域下的女性书写》，科学出版社 2011 年版，第 24—25 页。

② France Harper. *Iola Leroy, or Shadow Unlifted.* 转引自嵇敏《美国黑人女权主义视域下的女性书写》，科学出版社 2011 年版，第 31 页。

③ 1919—1940 年，美国纽约、洛杉矶、华盛顿、芝加哥等多个地区涌现了一大批黑人青年作家，但由于他们大都集中于纽约市黑人集聚的哈莱姆地区，并多以此为创作背景，故被称为"哈莱姆文艺复兴"。因其主要内容是复兴黑人民间文化遗产、表现种族自我、反对种族歧视、振兴美国黑人文化，又被称为"新黑人运动""黑人文艺复兴""新黑人文艺复兴"。这次运动以文学创作为中心，波及黑人历史研究、戏剧运动、表演、绘画、雕刻艺术等领域，因此，这次文学高潮是继 19 世纪末期至 20 世纪初期黑人文学创作高潮之后的再度繁荣，但与前一次文学高潮不同，"哈莱姆文艺复兴"是第一个得到黑人自身及美国主流社会广泛承认的黑人文学运动。

黑人涌入北方城市寻找就业机会，据统计，"从 1919 年到 1920 年有 50 万黑人迁入北方，20 世纪 20 年代中又有 80 万黑人加入北方工人行列"①。现代化的城市生活不仅改变了黑人的传统生活方式，而且使他们的思想意识也发生了变化。"生活的改善与受教育机会的增加加强了黑人的民族自尊感和独立奋发的意识；而且由于大量黑人集中在黑人聚居区，强化了他们的群体意识，使他们感到前所未有的群体的力量。"② 但同时，由于种族主义思想，崛起的黑人越发引起白人的歧视和厌恶，甚至暴力行为，如仅 1919 年全国有 26 个城市发生了种族暴乱，有 77 名黑人被私刑处死，其中一名为妇女③。觉醒的狮子怎能再沉默？觉醒后的黑人不再消极忍受，他们在政治生活中以暴抗暴，在艺术文化生活中致力于挖掘黑人的文化之根，主张在主流文化之外建构黑人的文化传统。但与以往的黑人种族主义者不同，由于这次运动的领导者和参与者都是在美国本土出生的第二代移民，有的还是混血儿，大都受过良好的教育，所以，他们肯定自己的美国身份，为能"闯入""融入""令人尊敬的"美国文化而第一次做系统上的努力。因此，哈莱姆文艺复兴的主要特征体现为"肯定黑人种族特性""抗议种族歧视""坚持美国认同""争取黑白种族融合"。④

在哈莱姆文艺复兴运动中，女性起到了重要作用，她们通过诗歌、戏剧、小说等文学创作，为这一运动摇旗呐喊。主要进行诗歌创作的有乔治娅·道格拉斯·约翰逊（1886—1966）、格温特林·班乃特（1902—1981）、埃莱娜·约翰逊（1907—1995）、安妮·斯潘塞（1882—1975）等；主要进行戏剧创作的有安吉利娜·格里姆克（1880—1958）、玛丽特·邦纳（1899—1971）等；主要从事小说创作的有杰西·福塞特（1882—1961）、内拉·拉森（1891—1964）、佐拉·尼尔·赫斯顿（1891—1960）等。

---

① 王家湘：《20 世纪美国黑人小说史》，凤凰出版传媒集团、译林出版社 2006 年版，第 59 页。

② 同上书，第 60 页。

③ 同上。

④ 黄卫峰：《哈莱姆文艺复兴研究》，外语教学与研究出版社 2007 年版，第 232—350 页。

　　由于所处的独特时代、所具有的种族身份和性别身份特征，这些黑人女性的思想既不同于前辈女性，也不同于同时代的白人女性，更同于同时代的黑人男性。

　　首先，这些女性与男性一起，积极投身于反对种族歧视的斗争。如杰西·福塞特积极参与全国有色人种协进会反对种族歧视的斗争，1919—1926年，她在哈莱姆文艺复兴期间四大主要杂志之一的《危机》①杂志社任编辑，发现并培养了麦凯、休斯、拉森等许多黑人作家，因此被誉为"哈莱姆文艺复兴的接生婆"。尽管杰西·福塞特在自己的小说中致力于表现黑人中产阶级和知识阶层的生活，曾遭到批评家的质疑②，但是，毫无疑问，作者所塑造的这些看似超出了现实的"新黑人"形象，在一定程度上改变了大多数白人对居住在哈莱姆地区的黑人的那种一成不变的负面印象，由此达到了作者彰显黑人精神的写作目的。③

　　佐拉·赫斯顿则通过挖掘黑人民间文化反抗白人的种族主义思想。佐拉·赫斯顿不但是小说家、戏剧家，而且是在哈莱姆文艺复兴期间黑人民俗文化最重要的收集者。她认为，具有审美倾向的黑人非主流文化即口头亚文化，可以与白人主流文化形成惊人的对比，从而突出黑人文化④。她所搜集整理的《骡子与人》（1935）、《告诉我的马》（1938）对黑人民间文化和之后黑人文学的发展产生了重要影响。通过对黑人布鲁斯、灵歌、布道、民间故事的整理和研究，赫斯顿强有力地肯定了黑人生活的人文价

---

　　① 这4家主要杂志是：1910年由杜波依斯创办的《危机》，由卡特·伍德森创办、1916年发行的《黑人历史杂志》，1917年由A. 菲利普·兰道夫和钱德勒·欧文创办的具有社会主义性质的《信使》，1923年"城市联盟"创办的机关刊物《机会》。其中，对哈莱姆文艺复兴贡献最大的是《危机》和《机会》。参见黄卫峰《哈莱姆文艺复兴研究》，外语教学与研究出版社2007年版，第146页。

　　② 如布莱登·杰克逊指出："杰西·福塞特对黑人中产阶级的辩护产生了适得其反的效果，成了对她令人厌恶的盲目模仿错误的价值观的控诉。"参见王家湘《20世纪美国黑人小说史》，凤凰出版传媒集团、译林出版社2006年版，第104页。

　　③ 在《栋树》的前言中，福塞特说："我描写的是没有遭到惨重的歧视、没有遭到出于无知和经济上的不公正的残酷迫害的黑人的家庭生活……看，他和其他的美国人并没有那么大的区别。"参见王家湘《20世纪美国黑人小说史》，凤凰出版传媒集团、译林出版社2006年版，第105页。

　　④ Robert E. Hemenway, *Zora Neale Huston: A Literary Biography* (London: Camden Press, 1986), p. 162.

值，确立了美国黑人的身份意义。同时，赫斯顿将自己对黑人民俗的整理和研究运用到文学创作中，她以下层黑人社会的生活为素材，擅长运用黑人民间方言、土语塑造人物性格，表现黑人民间生活的价值。小说《约拿的葫芦蔓》（*Jonah's Gourd Vine*, 1934）大量运用了黑人民俗文化材料——黑人民歌、黑人舞蹈、黑人布道、黑人民间故事、伏都教及其他黑人仪式等；《他们眼望上苍》（*Their Eyes were Watching God*, 1937）则将黑人民间故事与布道词巧妙地融合在一起；《摩西，山之人》（*Moses：Man of the Mountain*, 1939）用黑人民间故事的语言从黑人视角重写了《圣经》中著名的人物摩西的故事。正如学者程锡麟所言，"赫斯顿所创作的文学作品都是以黑人民俗文化为基础的，都具有鲜明的黑人性"①。

其次，这些女性不仅关注种族问题，更关注性别问题。他们以种族歧视为整体背景，以种族抗争、种族群体身份寻踪为出发点，主要探寻黑人女性的主体意识。如果说前辈女性的根本任务是为黑人女性获得做人的权力而斗争，那么挣脱了奴隶枷锁、获得自由的第二代黑人女性开始思索如何做一个黑人女性。与前辈女性不同，这些女性均受过高等教育，具有良好的文化素养，如杰西·福塞特获得了康奈尔大学学士学位和宾夕法尼亚大学硕士学位，还在法国进修过。佐拉·赫斯顿在霍华德大学就读过，1927 年获哥伦比亚大学学士学位。内拉·拉森在菲克斯大学和丹麦的哥本哈根大学学习过。这些吃过智慧之果的黑夏娃们比前辈女性具有更多的独立精神和女性主体意识。杰西·福塞特和内拉·拉森关注穆拉特（混血儿）的出路问题②，探寻种族歧视对女性命运的影响。特立独行的赫斯顿尤为关注黑人女性自我价值的实现，其小说《他们眼望卜苍》展现了黑人女性珍妮在 3 次婚姻中，从一个不谙世事的始娘逐步成长为一个具有女性主体意识的女性，从一个沉默的客体变成了一个发出自己声音的主体。该小说以探索黑人女性自我和黑人女性独立意识而得到学

① 程锡麟：《〈他们眼望上苍〉的叙事策略》，《外国文学评论》2001 年第 2 期。

② 杰西·福塞特的 4 部小说《存在混乱》《葡萄干面包》《棟树》《美国式喜剧》都围绕身为混血儿的女主人公对幸福的追求这一情节展开。内拉·拉森的两部小说《流沙》和《跨越肤色界线》里的主人公也都是女性混血。

界的普遍认可。

总体而言，这个时期的美国黑人女性知识分子以各种形式积极投身于反对种族歧视的斗争，同时积极探寻生活在种族歧视和性别歧视下的黑人女性的价值。在反对种族歧视运动和美国女性主义运动的双重影响下，美国黑人女性知识分子的种族主体意识和性别主体意识均得到了极大提升。但是，她们的视野还不够开阔，其关注面仅限于中上层黑人女性即穆拉特的处境，而且她们还没有找到属于自己的"理论话语"，不能够从意识形态领域和社会结构层面分析自己的处境、探寻可行的策略。因此，虽然此时的黑人女性知识分子"一直努力挣扎要被人听见"①，但是她们的呼声并没有对当时的社会产生太大的影响，而是和她们的前辈一样被淹没在历史中，有的甚至被误解、被当作异类孤立起来，如赫斯顿就在孤独、凄凉中死去。尽管如此，她们仍然为20世纪60年代崛起的黑人女性主义理论提供了不可缺少的思想资源。

三 20 世纪 60 年代以后的成熟时期

20 世纪 60 年代以来，随着民权运动、青年运动、反战运动、美国女性主义第二浪潮等各种社会运动和社会思潮的蓬勃发展，美国黑人女性的民族主体意识和性别主体意识都逐步成熟起来，最终成为在美国众多社会运动和社会思潮中一道引人注目的独特风景。

美国黑人民权运动对美国黑人女性产生了重大影响。从 20 世纪 50 年代中期开始，南部美国黑人就开始全面反抗白人的种族歧视，要求取消种族隔离，保障美国黑人的公民权利。经过不懈努力，1964 年、1965 年美国颁布了民权法案，宣布取缔种族隔离和种族歧视政策。此后，种族平等观念深深改变和影响了美国人的生活。在这场美国黑人解放史上影响最深远的运动中，黑人女性做出了巨大贡献。由于在战争和城市化进程中有大量黑人男性涌向城市，南方黑人女性人口多于男性②，尤为重要的是，南

---

① Patricia Hill Collins, *Black Feminist Thought: Knowledge, Consciousness, and the Politics of Empowerment* (New York: Routledge, 2000), p. 3.

② 吴新云：《美国民权运动中的黑人妇女》，《妇女研究论丛》2001 年第 5 期。

方黑人女性不但具有强烈的社区感，而且大都虔诚地信仰宗教，而民权运动的活动方式、斗争目标和她们所信仰的教义基本一致，所以，黑人女性成为这场运动的"脊梁"，在"追求尊严的斗争中处在风口浪尖"①。同时，这场运动也深深改变了深处运动中的黑人女性。反种族主义的民权运动激发了她们的民族精神，更为重要的是为她们提供了关于种族的话语，使她们认识到个人经历和社会结构之间的关系。如女诗人玛雅·安吉洛（Maya Angelou）在其作品《我知道笼中鸟儿为什么歌唱》（1970）中反反复复地强调自己从社会运动中汲取了灵感②；女诗人格温多琳·布鲁克斯（Gwendolyn Brooks）也在自传中表述了自己"顿悟"的过程："在1967年从黑人大会回来后我觉得发生了变化。我曾知道有不公正，我曾写它们，但我不知道其背后是什么。我过去不知道我们过的生活是什么类型的，我过去不知道是有组织的。"③布鲁克斯的"顿悟"极具代表性，它表明：个体经历不足以形成对结构性压迫的认识，黑人女性必须借助于适合的话语才能从结构的高度界定自己经历的本质，而种族的批判性话语最终哺育了黑人女性的自我意识，完成了这一使命。

在种族的批判性话语视域下，黑人女性在此时被称为"第二浪潮"的美国女性主义运动中发出了自己的声音，表达了自己的看法。1920年选举权修正案通过之后，受战争的影响，美国女性一度取代男性，她们走出家庭，进入社会劳动大军的行列，却不能享受同工同酬的待遇。更具讽刺意义的是，"二战"结束后，政治领袖和归来的男人们大力宣扬妇女重归家庭、担负家庭主妇的论调。于是，以贝蒂·弗里丹为代表的美国中产阶级女性指出了当代父权制强加给"女性的奥秘"④，指出了当代女性所面临

---

①　参见吴新云《美国民权运动中的黑人妇女》，《妇女研究论丛》2001年第5期；吴新云《身份的疆界——当代美国黑人女权主义思想透视》，中国社会科学出版社2007年版，第43页。

②　Maya Angelou, *I Kbow Why the Caged Bird Sings*（New York：Random House，1970）.

③　Gwendolyn Brooks, *Report from Part One*（Detroit：Broadside Press，1972），p. 85. 转引自吴新云《身份的疆界——当代美国黑人女权主义思想透视》，中国社会科学出版社2007年版，第43页。

④　女性的奥秘即父权制社会强加给女性的特征和价值——妇女的最高价值和唯一义务是使她们自身的女性气质达到完美，贝蒂·弗里丹将其称为"女性的奥秘"。贝蒂·弗里丹：《女性的奥秘》，程锡麟等译，四川人民出版社1988年版，作者序言，第10页。

的"无名的问题"①。但是，一些黑人女性认识到，这些白人女性主义者
关注的仅是那些"经过精心选择的受过大学教育的、中上阶层的、已婚的
白人妇女的状况——她们是厌倦了休闲、家庭、孩子和购物，对生活有更
高要求的妇女"②，而忽视了贫穷的白人妇女、有色妇女尤其是黑人妇女
的悲惨遭遇，存在着鲜明的种族歧视和阶级压迫倾向。当代美国第一个黑
人女性主义者团体——康巴希河团体③——在 1977 年发表的宣言《Com-
bahee River Collective Statement》中指出，从来没有人认真研究过黑人妇女
生活中的方方面面。④ 黑人女性批评家贝尔·胡克斯也严厉指责美国女性
主义者的片面认识，她说："在美国，女权主义从来没有在那些遭受性别
压迫损害最严重，每天受到精神、身体和灵魂摧残的妇女——那些无力改
变她们生活的妇女中出现过。"⑤ 面对这一现象，芭芭拉·史密斯（Barba-
ra Smith）提出要"迈向黑人女性主义批评"⑥。

　　随着黑人民权运动的深入开展，越来越多的黑人女性意识到白人女性
主义者视黑人妇女的经验为异端的现实，于是她们将批判矛头指向受白人
主宰的女性主义话语系统中的种族歧视，黑人女性主义由此诞生。从中还
可以看出，在术语"女性主义"之前"黑人"（black）这一限定词的出

---

　　① 20 世纪 50 年代，受过高等教育的知识女性在"女性的奥秘"的号召下重返家庭后，有
一种无以名状的感觉，"一种奇怪的躁动、一种不满足感、一种渴求"，这种无以名状的烦闷和苦
恼在 20 世纪五六十年代中产阶级妇女身上普遍存在，贝蒂·弗里丹将其称为"无名的问题"。参
见贝蒂·弗里丹《女性的奥秘》，程锡麟等译，四川人民出版社 1988 年版，第 1—25 页。

　　② 贝尔·胡克斯：《女权主义理论：从边缘到中心》，晓征、平林译，江苏人民出版社 2001
年版，第 11 页。

　　③ 康巴希河团体（Combahee River Collective）这个名称是美国内战时期一支地下游击队的名
字。该游击队是由被解放的黑奴构成，领导者就是著名的黑人女英雄塔布曼。1974 年，芭芭拉·斯
密斯等人在波士顿成立黑人妇女组织时便借用了"康巴希河团体"这个名字，以彰显她们不同于主
流女性团体的种族特性。

　　④ 嵇敏：《美国黑人女权主义视域下的女性书写》，科学出版社 2011 年版，第 74 页。

　　⑤ 贝尔·胡克斯：《女权主义理论：从边缘到中心》，晓征、平林译，江苏人民出版社 2001
年版，第 1 页。

　　⑥ 芭芭拉·史密斯在《迈向黑人女性主义批评》（*Towards a Black Feminist Criticism*，1977）
一文中指出："以白人男性为中心的主流批评本来就没有注意到黑人女作家的存在，而以白人中
产阶级为中心的女性主义批评，甚至包括黑人男性的文学批评，也均忽略了黑人女作家的存在，
因此，建立黑人女性主义文学批评势在必行。" Barbara Smith, Toward a Black Feminist Criticism, in
http：//webs. wofford. edu/hitchmoughsa/Toward. html.

现，直接起因于其中的白人霸权，所以，黑人女性主义是作为（白人）女性主义的对立面而出现的。正是由于这种对立的局面，黑人女性主义者隐约感觉到，黑人妇女文化将被视为一种独特的孤立存在的文化形式。因此，有感于黑人女性主义者有别于主流女性主义者的特质，艾丽斯·沃克在其名作《寻找我们母亲的花园：妇女主义者的散文》一书中提出了"妇女主义者"的概念，用以指称"黑人女性主义者或有色人种女性主义者"，具有反性别主义、反种族主义、非洲中心主义、普世主义4个层面的含义和特点。

沃克的"妇女主义者"概念一经提出，便在文学、神学、社会学等领域产生了巨大反响，"妇女主义"应运而生。"妇女主义"（womanism）由"妇女主义者"（womanist）演变而来，成为区别主流女性主义的一个术语，"妇女主义"与"黑人女性主义"成为同义的批评术语。

妇女主义者为了建构自己的理论，和绝大多数女性主义者一样，首先注重挖掘被埋没的黑人女作家、追寻黑人女性文学的传统。她们重新发现了美国黑人女性文学史上的一批黑人女作家，如女作家弗兰西斯·哈珀等，佐拉·赫斯顿尤其得到发现和重读。在发掘整理美国黑人女性文学史的基础上，主体觉醒的美国黑人女性开始发出自己的声音，书写自己的故事，建构属于自己的文学以及文学批评。因此，自20世纪70年代以来，以葆丽·马歇尔（Paule Marshal）、玛雅·安吉洛、托妮·莫里森、艾丽斯·沃克、格洛里亚·内勒等为代表的众多黑人女作家如雨后春笋般、持续不断地涌现，由此形成了美国"黑人女性文艺复兴"①。随着艾丽斯·沃克荣获美国普利策奖，托妮·莫里森于1993年荣获诺贝尔文学

---

① 随着20世纪70年代一大批黑人女作家异军突起，美国黑人女性文学保持了整整30年的持续发展，进入21世纪时达到了前所未有的高度。这一时期，美国黑人女作家发出了整体性的声音，从而成为一道为世界瞩目、具有深远历史意义的文学景观。这一繁荣时期被批评界誉为"黑人女性文艺复兴"。目前，国内尚无关于"黑人女性文艺复兴"的专门研究，这一领域亟待发展。黛德丽·雷纳（Deidre J. Raynor）和约翰娜拉·巴特勒（Johnnella E. Butler）在《莫里森和批评的团体》（*Morrison and the Critical Community*）一文中创造并使用"黑人女作家文艺复兴"（The Black Women Writers Renaissance）这一术语。学者Robert Patterson则使用"黑人女性文艺复兴"（Black Women Renaissance），但二者的指称意义相同。参见嵇敏《美国黑人女权主义视域下的女性书写》，科学出版社2011年版，第98页。

奖，美国黑人女作家不但受到美国人民的普遍关注，而且受到了世界人民的关注。

总体而言，自 20 世纪 60 年代以来，在黑人民权运动、女性主义运动等多种社会运动和思潮中，美国黑人女作家的主体意识得到了极大发展。受主体意识觉醒的影响，当代美国黑人女作家与传统男性作家不同，她们没有一味停留在控诉美国社会对美国黑人的种族歧视和压迫上，而是从美国黑人女性独特的经验出发，揭示美国黑人女性所遭受的种族、阶级、性别等多种压迫。就美国黑人妇女所受的压迫而言，当代美国黑人女作家不仅从社会结构层面认识到了美国黑人女性个体经历的本质，还从觉醒的美国黑人女性的经验出发，探寻当代美国黑人女性的命运与价值追求，探寻当代美国黑人女性在建立自己的价值体系这一过程中，如何处理当代主流文化（主要是基督教文化）和族裔文化之间的关系。

小结：美国的女性主义运动自 19 世纪末期萌芽，经历了两次发展大浪潮：在 20 世纪 20 年代妇女选举权确立之前为第一浪潮，20 世纪 60 年代为第二浪潮。受美国女性主义运动的影响，美国黑人女性的主体意识也开始觉醒，但是，除了受美国女性主义运动的影响外，以女作家为中心的美国黑人女性的主体意识的觉醒是在黑人的解放运动中产生的，包括种族意识和性别意识的双重觉醒，并经历了 19 世纪中后期至 1920 年的萌芽时期、20 世纪二三十年代的发展时期、20 世纪 60 年代以后的成熟时期三个时期，最终成就了自 20 世纪 70 年代以来的"黑人女性文艺复兴"。

第二章

美国黑人女作家与基督教的相遇

美国黑人女作家和基督教之间有着天然的联系。早在进入美洲大陆之前，黑人就开始接触到基督教，但是，他们更多的信奉的还是非洲本土的各种多神教和有神论，而美国黑人对基督教的真正认识和接受还是在进入美洲大陆以后。独特的受奴役的经历，使得美国黑人尤其美国黑人女性具有更多的宗教情怀，但是，他们对基督教的认识又和他们的主人不一样。面对白人主人信仰的宗教——基督教，美国黑人经历了复杂的感情纠葛过程。他们从自身的处境出发认识基督教，将基督教化为黑人文化的一部分。

第一节　美国黑人与基督教

马克斯·韦伯曾说："美国是最世俗的，同时又是最信奉宗教的国家。"在当今物质文明最发达的美国，有90%以上的人宣称自己有宗教信仰[①]，这个数字确实令欧洲绝大多数国家望尘莫及。美国建国不过200余年，北美大陆的宗教史却有400多年。1620年，第一批乘着"五月花"

_____

① 袁明主编:《美国文化与社会十五讲》，北京大学出版社2003年版，第210页。

号客轮登上美洲大陆的移民是为了躲避英国宗教迫害的清教徒，他们梦想着在这里建立一个"圣经共和国"。但很快，来自世界各地的移民纷至沓来，同时也带来了自己的信仰。于是，为了使各民族和平共处，新大陆实行了宗教信仰自由的政策，并建立了政教分离制度。因此，美国几乎有世界上存在的各种宗教派别，有学者认为，得到美国公认的较大的宗教教派有 300 种，如果把各种新兴教派包括在内，美国大约有 1200 种宗教教派。① 但是，根据美国权威的宗教情况统计，信仰基督教人数占全国人口的 88%，信仰其他的宗教只占 3.3%，余下的则为无宗教信仰者和拒绝回答者。② 由此可知，基督教是美国的主流宗教，基督教文化是美国的主流文化，体现了美国的主流价值观念。

但是，对于美国黑人尤其美国黑人女性而言，基督教曾经是使他们受奴役的工具，同时也在他们解放的道路上起到了积极的促进作用，是他们获取解放的武器。

一 美国黑人的宗教信仰

美国黑人的祖先在没有来到美洲大陆之前就有宗教信仰，主要有非洲传统宗教、伊斯兰教、基督教。

非洲传统宗教向前可追溯到史前史，向后可至现代的非洲。它种类繁多，崇拜多神，相信万物有灵论，崇拜自然，认为神、自然现象、祖先之间存在着内在的联系，通过舞蹈、祷告语言、歌曲等丰富的、具有地方色彩的形式，表达对自然、祖先、图腾、部落、至高神的崇拜。尽管非洲大陆各个部落之间的宗教差异较大，但仍然拥有某些共同的价值观，其"核心内容是尊天敬祖。所谓'天'就是自然，'祖'就是祖先"③。非洲传统宗教虽然没有可以依据的经典，却通过口耳相传、师生相承，把礼仪和教义代代沿袭，并成为日常生活的主要内容之一。非洲传统宗教已经根深蒂固地镶嵌在黑人后人的血脉中，影响着他们对异己

---

① 袁明主编：《美国文化与社会十五讲》，北京大学出版社 2003 年版，第 211 页。
② 同上。
③ 艾昌明主编：《非洲黑人文明》，中国社会科学出版社 1999 年版，第 251 页。

文化的接受。美国黑人也无一例外，即使在美国本土出生的第二代、第三代移民，仍然可以看到传统宗教文化对他们的影响。黑人学者杜波依斯（W. E. B. Du Bois）就不无感慨地说过，非洲总是给美国黑人一些新鲜的东西或者是极古老的灵魂转世之类的东西，这使得美国黑人具有自卫的特点。①

伊斯兰教于 7 世纪传入非洲，在非洲有一定信众，形成了黑人穆斯林。基督教虽然早在 1 世纪就传入非洲大陆，但因其教义和仪式与非洲黑人的传统生活习惯差别加大，尤其是基督教与欧洲对非洲的殖民侵略捆绑在一起，所以非洲黑人接受起来比较缓慢。传入非洲的伊斯兰教和基督教有一个共同点，它们都和非洲传统宗教融合在了一起。因此，可以说，最初登上美洲大陆的黑奴主要信奉的仍然是非洲传统宗教。

和美国宗教的多元化一样，经过近 400 年在美洲大陆的生活，当代美国黑人的宗教信仰也是多种多样的，但总体看来，主要有基督教（包括新教、天主教、东正教）、犹太教、伊斯兰教、巫术以及其他宗教。就宗教派别而言，主要有 8 个宗教组织：1. 美国浸礼宗联合会（the National Baptist Convention, U. S. A., Incorporated）；2. 美国国家浸信会（the National Baptist Convention of American）；3. 国家浸礼宗进步协会（the Progressive National Baptist Convention）；4. 非裔圣公会（African Methodist Episcopal Church）；5. 非裔美以美锡安会（African Methodist Episcopal Zion Church）；6. 基督教美以美会（Christian Methodist Episcopal Church）；7. 美国第二个坎伯兰郡长老会（the Second Cumberland Presbyterian Church in the United States）；8. 基督上帝会（the Church of God in Christ）。② 这些宗派都属于新教或天主教的教派，都属于基督教。也就是说，当代美国黑人主要信奉的是基督教。

---

① Gayraud S. Wilmore, *Black Religion and Black Radicalism: An Interpretation of the Religious History of African American* (New York: Orbis Books, Maryknoll, 1988), p. 1.

② Han A. Bear, Black Mainstream Churches: Emancipatory or Accommodative Response to Racism and Stratification in American Societ? *In Review of Religious Research* (Vol. 30, No. 2, 1988), p. 163.

二　美国黑人与基督教

尽管美国黑人的祖先在非洲大陆就接触过基督教，但他们与基督教的真正相遇还是在进入美洲大陆以后，并经历了一个极其复杂的接受过程。在 19 世纪之前，白人奴隶主大都反对向黑人奴隶传教，而在 19 世纪之后，白人奴隶主的态度发生了变化，开始大力主张向黑人奴隶传教，但所传之基督教是白人种族化的基督教。与此同时，美国黑人从自己处境出发，发展出了一种新的宗教——美国黑人基督教。

1. 基督教与奴隶制

登上美洲大陆的黑奴由于来自非洲西海岸不同的地区和部落，具有不同的文化背景，说着不同的地方语言，他们彼此之间很难沟通，这使得身处异域的黑奴越发形单影只，因此，奴隶主所信奉的基督教极易吸引他们，他们很快就随主人皈依了基督教。但是，很快就有人意识到，皈依了基督教的黑奴具有明显的主体意识，甚至具有了反叛的行为。于是，早在 17 世纪就有相关立法，规定黑人奴隶不会因受洗成为基督教徒而改变自身的社会地位。[①] 至 18 世纪初期，随着皈依基督教的黑奴数量的逐渐增加，北卡罗来纳州、马里兰州、佐治亚州等州颁布了一系列限制黑人奴隶举行宗教集会的法令。[②] 奴隶主对黑奴皈依基督教的限制，大致有以下 3 个方面的原因：第一，白人奴隶主具有根深蒂固的种族歧视观念，认为这些来自非洲的黑奴是野蛮的、没有信仰的、不可教化的劣等人。在美国对黑人的种族歧视思想至今也没有被彻底消除。第二，他们害怕这些接受了基督教的奴隶认识到自己的奴役地位是如何被确立的，进而进行反抗。因为历史上确实发生过这样的事情，如在基督教精神的鼓舞下，19 世纪初期在美国发生三次规模较大、影响深远的奴隶起义，这些起义

---

① 马爱华：《内战前后美国南方黑人基督教信仰及其变化问题探析》，硕士学位论文，东北师范大学，2009 年，第 8 页，未刊。

② 如北卡罗来纳州在 1715 年规定："任何允许黑人基于信仰理由以建立房屋为借口的种植园主和奴隶主应处以 50 磅的罚款。"参见马爱华《内战前后美国南方黑人基督教信仰及其变化问题探析》，硕士学位论文，东北师范大学，2009 年，第 8 页，未刊。

的领袖都公开声称自己是基督徒：1800 年发生于弗吉尼亚州首府里士满的加布里埃尔·普鲁塞（Gabriel Prosser）起义，1822 年发生于南卡罗来纳州查尔斯顿市的丹马克·魏塞（Denmark Vesey）起义，1831 年发生于弗吉尼亚州南安普顿的纳特·特纳（Nat Turner）起义。这些起义反过来又导致了南部奴隶法律的颁布和修订，以进一步限制黑人奴隶接受教育和进行宗教集会。第三，在思想意识上，白人奴隶主难以坦然面对一个皈依了基督教的黑人奴隶，因为根据基督教思想，所有皈依上帝的子民都是兄弟姊妹，彼此是平等的。换句话说，奴隶制和基督教所倡导的平等思想是相悖的，极少有白人奴隶主在思想上能够超越二者的界限。

　　但是，也有一些奴隶主意识到，在对黑奴的教化和管制方面，基督教作为维护社会秩序稳定的基本手段，确实比皮鞭和各种限令更有效，也更巧妙、更持久。于是，奴隶主由反对转向了鼓励黑奴听布道、做礼拜，其目的是希望在基督教的调教下，黑奴更加诚实、恭顺、温和、勤劳、安分守己。为了达到这一目的，他们在对黑奴布道时，对基督教教义进行了种族化、别有目的的阐释，这首先体现在对《创世记》9：20—25 的阐释中。《创世记》9：20—25 描述了挪亚的儿子含的故事：

　　　　挪亚做起农夫来，栽了一个葡萄园。他喝了园中的酒便醉了，在帐棚里赤着身子。迦南的父亲含，看见他父亲赤身，就到外边告诉他两个弟兄。于是闪和雅弗，拿件衣服搭在肩上，倒退着进去，给他父亲盖上，他们背着脸就看不见父亲的赤身。挪亚酒醒了，知道小儿子向他所做的事，就说："迦南当受咒诅，必给他弟兄做奴仆的奴仆。"①

　　对这段话，早期拉比的作品和基督教《圣经》评论就开始将黑皮肤和挪亚对含的诅咒联系起来，将黑皮肤解释为挪亚对含的诅咒，如在《塔木德》中，一个拉比声称，"由于在方舟中的交配行为，含的皮肤发生了变化"，而且《密西拿·拉巴·创世记》（*Misdrash Rabbah Genesis*）也记载

---

① 本书所引《圣经》均出自官话和合本《圣经》，不再一一注明，只在文中标明章节。

道："含和狗在方舟中交配，随后，含便拥有了黑色的皮肤。"① 显然，希伯来民族对黑人的认识既有种族的偏见和无知，同时应该还是在无意识记忆中对有关埃及寄居生活的本能反抗，所以，他们将非洲人或者黑人看作是上帝对人类的诅咒和惩罚。在此基础上，有种族偏见的牧师将含（挪亚的儿子）和他的儿子迦南比作非洲人，从而为奴役非洲人进行辩护：如果迦南被诅咒为奴隶，那么非洲人就是迦南的父亲含的后代，于是，由于神的行为，非洲人成了奴隶。② 这样，通过种族化的阐释，他们为美国奴隶制提供了宗教方面的依据。

仅次于"含的诅咒"的另一个常被种族化阐释的《圣经》经文是《创世记》第 4 章第 1—16 节有关该隐的故事。《圣经》原文并没有流露出种族偏见，只是记载该隐和亚伯是人类始祖亚当和夏娃堕落后所生的最早的两个孩子，但是出于嫉妒，该隐杀了自己的弟弟亚伯，成为人类史上的第一个杀人犯，从而受到了上帝的惩罚，即额头上被烙下一个记号。但在后来的神学阐释中，"该隐的记号"变成了皮肤的颜色——黑色。这样的阐释最早出现在早期拉比的作品和 12 世纪欧洲基督教神学课程中。③ 因此，在传统宗教中，黑色皮肤就和上帝的诅咒结合在一种。后来，圣经阐释者试图在《创世记》第 6 章的大洪水故事和该隐后代的堕落行为之间建立一个桥梁，于是就通过让含和该隐的女儿结婚，将该隐和含的故事联系了起来。④ 最终，黑人被奴役的神话权威由此得以建立。

除了运用《圣经》祖护奴隶制外，美国白人传教士向黑人奴隶传教时，还特别选择那些强调顺从、忍让的经文和教义。如一位传教士向黑人奴隶布道：

　　可怜的人！当你懒惰、忽视了主人的生意；当你偷窃、浪费、损

---

① Katherine Clay Bassard, *Transforming Scripture: African American Women Writers and the Bible* (Athens and London: The University of Georgian Press, 1959), p. 14.

② Anthony B. Pinned, *African American Religious Cultures* (Santa Barbara, California: ABC CLLO, LLC. 2009), p. xv.

③ Katherine Clay Bassard, *Transforming Scripture: African American Women Writers and the Bible* (Athens and London: The University of Georgian Press, 1959), p. 14.

④ Ibid.

害他们的任何物质时；当你漂亮、放肆无礼时；当你说谎欺骗他们时；或者当你顽固阴沉的时候，不做你该做的工作时，我想你很少认为或不会考虑到你对主人所犯的过错就是你反对上帝的罪过，上帝指派主人与女主人管理你们，期盼着你能为他们做事就像为上帝一样。祈祷吧，当我告知你们主人是上帝对你们的监督时，不要认为我是想要欺骗你。如果你对主人有过失，上帝会因此而严厉地惩罚你。①

在白人传教士的大力鼓动下，越来越多的黑人奴隶皈依了基督教。据统计，至 1861 年，在南方从事种植园传教的美国基督教的几个主要宗派中，卫理公会的黑人奴隶信徒增加到 20 万，浸礼会的黑人奴隶信徒增加到 40 万。②

具有讽刺意义的是，尽管白人传教士和奴隶主向黑人奴隶传播基督教的本意是使黑人奴隶更顺从受奴役的现状，但是，文化交流与传播的有效性不仅取决于传播者、传播信息，还取决于受众的接受程度，因此，白人传教士和奴隶主精心设计的"基督教"在黑人奴隶的世界中最终能否结出"正果"，最终还取决于受众者即黑人奴隶，而黑人奴隶是在自己独特的文化背景和个体经验的基础上，理解和接受基督教的。在非洲传统宗教和受奴役的先见经验下，黑人奴隶首先在崇拜形式上改造了基督教，他们在教堂做礼拜时，捶胸顿足，又唱又跳，载歌载舞，具有强烈的仪式性。这种特点在今天的美国黑人教堂中仍然存在。其次，在神学观念上，他们崇拜的不仅仅是基督教所信奉的上帝，而且还有神灵、精神、祖先以及生活中的各种精神力量等。这一观念成为当今美国黑人基督教的独特特点。最后，在神学思想上，他们一开始就创造了黑人解放的神学。他们在圣经中读到了上帝最终要解放所有人包括为奴者的信息，如《加拉太书》第三章第 27 至 28 节中明确声称："并不分犹太人，希利尼人，自主的，为奴的，或男或女；因为你们在基督耶稣里都成为一了。"他们将自己受奴役的经

---

① 转引自马爱华《内战前后美国南方黑人基督教信仰及其变化问题探析》，硕士学位论文，东北师范大学，2009 年，第 10 页，未刊。

② 同上书，第 11 页。

历与犹太人在埃及受奴役的经历联系起来，并从摩西带领犹太人脱离埃及人奴役的故事中找到了自我解放的力量。这一思想成为当代美国黑人解放神学的重要资源。

2. 美国黑人解放神学

美国黑人解放神学并不是一个封闭的神学系统，它随着社会的变迁而变化。作为一种神学思想，美国黑人解放神学最终引起世人的关注，是在20 世纪 60 年代的黑人权利运动时期。1966 年 7 月 31 日，51 位自称是"全国黑人教牧委员会"（National Committee of Negro Churchmen, NCNC）的黑人牧师联名在《纽约时报》刊登了标题为《黑人权力宣言》（*Black Power Statement*）的一整页广告，这个广告阐明耶稣基督的信息与当今黑人社区需要权力的关系，可以说是美国黑人解放神学的宣言。①

纽约联合神学院的教授詹姆斯·孔（James Hal Cone, 1938—）是 20 世纪 60 年代以来第一个宣称黑人解放神学思想的神学家，他主要根据《创世记》中关于上帝将犹太人从埃及人的奴役中释放出来的记载，建立自己的神学思想。他将美国比作埃及，预言受压迫者将被上帝引领到"应许之地"②。他还把上帝看作是一个黑人，声称，"你已经得到了很多白人基督的意象，事实上，基督不是白人，不是欧洲人，……无论如何上帝是有色人……"③但是，值得注意的是，詹姆斯·孔所使用的"黑"（blackness）与"白"（whiteness）这两个概念，所指的不是单纯意义上的皮肤的颜色，而是其在社会文化层面的象征性意义，即"黑"代表受欺压者，"白"代表压迫者。如他在《解放的黑人神学》一书中这样写道：

> 黑人神学家必须拒绝任何窒息黑人做自我主张的权利的想法，我
> 们不要把上帝看作是（代表）所有人的上帝。上帝是受迫害者的上

---

① 参见哼小调的哈比人的博客《美国的种族矛盾与宗教信仰之二》，http：//blog. sina. com. cn/s/blog_ 4a9c4a4f0100bovw. html。

② 参见 http：//en. wikipedia. org/wiki/Black_ liberation_ theology。

③ James H. Cone, interviewed by Barbara Reynolds, USA Today, 8 November 1989, 11A，转引自 http：//en. wikipedia. org/wiki/Black_ liberation_ theology。

帝，受迫害者受苦的经验就成了上帝本身的经验。若非如此，上帝就是同情种族歧视……所谓上帝是"黑皮肤"，指的是上帝把被压制的景况，当作是自己被压制。这就是《圣经》的启示，上帝把受欺压的以色列民当作自己的选民，上帝也借着耶稣基督成为一个被欺压者。人类应当认识到，在我们的屈辱和受苦中，上帝拯救的心就显明出来了……解放得自由并不是一个事后回顾的想法，而是上帝一直以来活动的中心。①

他在另一部著作《黑人神学和黑人权利》中再次表示：

在美国，黑色并不一定代表黑皮肤，它代表你的心灵，你的心思，和你的身体是被剥夺的。②

但是，不论黑色具有什么样的象征意义，有一点是无疑的：从一个给白人以特权的错误的神中解放出来，通过自我界定（self-definition）、自我肯定（self-affirmation）、自我决定（self-determination）建立一个渴望赋予黑人以力量的真实上帝，这是黑人解放神学的核心③。总之，美国黑人解放神学就是让被奴役的得自由，让被欺压的得解放，为社会边缘人、贫穷的人、无家可归者、弱势群体等寻找得以信靠的福音。因此可以说，美国黑人解放神学就是美国黑人"本色化"的神学。

总体而言，在一定时期和一定程度上，基督教或多或少地成为奴隶制的帮凶，一度束缚和殖民化了美国黑人，但是，由于美国黑人的独特经历，他们"并不是简单地采用欧洲人的宗教和神学，他们是根据自己的处境、信仰和实践来改造欧洲基督教的，赋予那些宗教关系和奴役的现实新

---

①　转引自哼小调的哈比人的博客《美国的种族矛盾与宗教信仰之二》，http：//blog. sina. com. cn/s/blog_ 4a9c4a4f0100bovw. html。

②　James H. Cone, *Black Theology and Black Power*, 1969. 转引自哼小调的哈比人的博客《美国的种族矛盾与宗教信仰之二》，http：//blog. sina. com. cn/s/blog_ 4a9c4a4f0100bovw. html。

③　James H. Cone, *A Black Theology of Liberation* (Orbis, 1990), pp. 56—57. 转引自 http：//en. wikipedia. org/wiki/Black_ liberation_ theology。

的意义"①，从而创造了一种新的宗教——美国黑人基督教，这种宗教成为他们生活的重要组成部分。

由于妇女与宗教具有天然的联系，妇女历来是信仰宗教的主体。就美国黑人妇女而言，男女信徒的比例悬殊更为惊人，女性信徒的数量远远高于男性信徒，致使众多黑人社区对此深感关切。② 20 世纪 60 年代，发轫于美国南方教会的黑人民权运动的主力军也是女基督徒。和广大的男性同胞一样，美国黑人妇女从一开始就对白人的基督教进行了改造、加工和重构，但与男性同胞不同的是，她们还加入了自己的性别体验。

第二节   美国女性主义、妇女主义和《圣经》阐释

尽管美国黑人妇女从一开始就从自己的种族立场和性别角度对白人的基督教进行了改造、加工和重构，但是她们真正建构起自己的基督教神学思想则是在 20 世纪 60 年代以后，并且是在美国女性主义神学的基础上发展的。

一　美国女性主义和《圣经》阐释

美国女性主义圣经批评与女性主义运动相伴而生。女性主义运动开始之际，一些女性积极分子意识到妇女解放运动的最大障碍来自教会。西方教会常把《圣经》作为校样性的标准文本（proof-texts）以判定让妇女保持在公共场所以外的合理性和否定妇女投票权的合理性。出于政治的需要，女性积极分子不得不从女性自己的角度重新阐释被男性引证以阻碍其发展的《圣经》经文。具有里程碑意义的成果是美国女性主义运动领袖凯蒂·斯坦顿（Elizabeth Cady Stanton）于 1895 年编辑出版的《妇女圣经》一书，它拉开了女性主义圣经批评的序幕。早期很少有妇女在《圣经》或神学研究领域受到职业性的学术训练，基本思路是把问题定位在《圣经》文本本身，认为《圣经》是一个包含歧视妇女思想

---

① 　雷雨田：《美国黑人神学的历史渊源》，《湘潭大学社会科学学报》1999 年第 5 期。
② 　王恩铭：《美国女性与宗教和政治》，《妇女研究论丛》2011 年第 5 期。

的代表着父权制的文本。

在这之后直到 20 世纪 70 年代，女性主义圣经批评一直处于一个较为沉默的时期。进入 70 年代以后，女性主义圣经批评家不再仅仅满足于指出妇女在历史中的缺席与被否定，而是开始探索新的历史问题，以新的方法思考新的宗教历史，即根据女性经验、女性在场重新修订传统神学中的各种教义（如上帝不再是男性神，而具有各种形象，要么以女性为中心，要么既是男性又是女性），提出有关对教会的新理解（对等级教会结构的质疑），创造新的女性形象（如圣母马利亚不再是一位"温和的圣处女"，而是一个与上帝合作的独立女性，夏娃不再是所有恶魔之母，而是一个追求智慧的女性），建立了新的宗教仪式（在有关妇女的叙述中，她们均为积极主动的基督徒）。总的来看，第二阶段的女性主义圣经批评在方法上更加多样化，批评也更为自觉，对《圣经》与基督教传统的态度基本上不再局限于否定与批判，而更多地以基督信仰为中心，在女性主义视野下重建《圣经》中被隐没的阴性传统，进而把目光聚焦于未来的解放。也就是说，不论圣经传统中对妇女有再多的父权制偏见，女性主义圣经学者仍将"继续拥护《圣经》内容的价值"[1]。

女性主义学者为取得学术界的认可，积极著书立说。比较有代表性的如天主教修女达莉（Mary Daly）在《超越上帝之父：迈向妇女解放哲学》（1973）中提出，必须罢黜上帝在男人与女人意识中的权威，这样女性才能被赋予权力，成为完整的人。[2] 在《教会和第二性》（1975）中，达莉认为，教会以上帝的名义欺骗女性，强化并助长了男尊女卑的思想，从而成为父权制社会压迫女性的工具。[3] 纽约协和神学院（Union Theological Seminary）鲍尔温圣经文学讲座教授（Baldwin Professor of Sacred Literature）特丽波（Phyllis Trible）在《上帝与性别修辞》（1978）一书中认为，在《圣经》中男女之间原初的和谐平等关系被后来的父权制阐释遮

[1] Letty Russell, *Feminist Interpretations of the Bible* (Philadelphia: Westminster Press, 1985), p. 4.
[2] Mary Daly, *Beyond God the Father: Toward a Philosophy of Women's Liberation* (Boston: Beacon, 1973).
[3] Mary Daly, *the Church and the Second Sex* (New York: Harper and Row, 1975).

蔽，因此，她提出以去父权化阐释的方式重塑《圣经》，即在没有以色列男人、保罗、巴特、朋谔斐尔和其他男主人的遮障下重读《圣经》①。

　　进入 80 年代，美国女性主义圣经批评的研究成果更为丰厚。加勒特福音神学院（Garrett Evangelical Theological Seminary）应用神学教授，太平洋宗教学院（Pacific School of Religion）和联合神学院［the Graduate Theological Union（GTU）］女性主义神学教授萝特（Rosemary Radford Ruether）的《性别主义与上帝言说》（1983）从解放神学的立场对女性主义神学提出了新的思索。② 特丽波的《恐怖的文本》（1984）③ 和哈佛神学院教授菲奥伦查（E. S. Fiorenza）的《以她为念》（1983）④ 分别从女性立场处理了《旧约》和《新约》中的女性形象主题。

　　20 世纪 90 年代以后，美国女性主义圣经批评进入一个复杂多变的新时期。术语"女性主义"已不再充分地描述和涵括所有关涉妇女的分析和思想阐释。在已建立阐释的过程中包含妇女的有效性和必要性后，女性主义圣经批评家正从事与探索能区分不同妇女组群的各种特征与本质。换而言之，在后现代社会，以妇女为中心的圣经阐释应该审查社会和经济阶层，种族，国家和性定位等因素对《圣经》叙事的影响，而这些因素又关涉《圣经》文本中的文学角色，现存文本中体现的信仰，以及古代和当代社会中的妇女的生存状况。这种新的发展趋势具体表现为以下几点。

　　第一，女性主义圣经批评不再局限于对传统神学的批判和女性主义《圣经》批评的建构，其批评方法更加多样化，批评主题从关注历史、神学更多地转向关注读者和文本的文学问题。

　　第二，女性主义圣经批评者的立场的分化明显加剧。根据得克萨斯州基

---

① Phyllis Trible, God and the Rhetoric of Sexuality（Philadelphia：Fortress, 1978）.

② Rosemary Radford Ruether, Sexism and God-Talk：Toward a Feminist Theology（Boston：Beacon, 1983）。中文译著参见萝特《性别主义与言说上帝》，杨克勤、梁淑贞译，（香港）汉语基督教文化研究所有限公司 2004 年版。

③ Phyllis Trible, Texts of Terror：Literary-Feminist Readings of Biblical Narratives（Philadelphia：Fortress, 1984）.

④ E. S. Fiorenza, In Memory of Her：A Feminist Theological Reconstruction of Christian Origins（NY：Crossroad, 1983）.

督教大学布瑞特神学院（Brite Divinity School, Texas Christian University）教授欧丝柯（Carolyn Osiek）的分析，女性主义者阐释《圣经》的立场可分为五大类：①忠诚派（Loyalist），主张《圣经》来自神的启示，是神的言说，故其本质不可能有压制的成分，即使有，也只是释经者与释经传统的错误，而非《圣经》本身的问题。代表人物是苏珊（Susan Foh）。②抗拒派（Rejectionist），认为《圣经》及教会传统充满了根深蒂固的父权制思想，必须完全摒弃。此派以达莉为代表。③修正派（Revisionist），认定《圣经》中的父权体系是基于历史性而非神学性的限制，但传统可以被革新，角度可以被更正。此派从《圣经》文本本身化解《圣经》传统中的父权文化。以特丽波为代表。④解放派（Liberationist），认为《圣经》的中心信息是人类的释放，女性主义阐释的目的在于使《圣经》中拯救男人的信息普遍化。解放派以菲奥伦查和路瑟为代表。⑤升华派（Sublimationist），主张从《圣经》的传统象征中（如以色列为耶和华的妻、教会为基督的新妇）寻索永恒的女性形象①。其中，以修正派和解放派的影响最大，升华派不成气候。

第三，女性主义圣经批评不再仅局限于关注白人妇女的读经经验，其关注对象更加普遍化。在解构主义理论的旗帜下，女性主义圣经批评解构"妇女"和"女性主义者"的意识结构，进而解构妇女在种族、阶层、文化、宗教中的附庸身份，由此作为"白种女士"（White Lady）的"它者"（the other）所具有的女性主义身份也就得到确认。于是，全球妇女在新的语境中进入多角度、全方位对话。兴起于 80 年代的黑人女性主义圣经批评、后殖民主义女性主义圣经批评②等成为 20 世纪末期美国女性主义圣经批评的重

---

①　关于对女性主义圣经批评不同立场派别的划分，参见 Carolyn Osiek, The Feminist and the Bible, in A. Yarboro Collins（ed）, *Feminist Perspectives on Biblical Scholarship*（Atlanta: Scholars Press, 1985）, pp. 93 - 106。穆凯（Heather A. Mckay）也对此有所介绍，可参见 *A Feminist Companion to Reading the Bible*（Athalya Brenner ed, Sheffield: Academic Press, 1997）, pp. 69 - 75。也可参见刘秀娴的论文《主体、经验与妇女释经》，《中国神学研究院期刊》1999 年第 27 期。

②　后殖民主义女性主义圣经批评的著述可参见 Musa W. Dube, *Postcolonial Feminist Interpretation of the Bible*（ST. Louis, Missouri: Chalice Press, 2000）; Letty M. Russell, Kwok Pui-lan ET. Edited, *Inheriting Our Mothers' Gardens: Feminist Theology in Third World Perspective*（Louisville: The Westminster Press, 1988）; Ursula King ed. *Feminist Theology from the Third World: a Reader*（New York: Orbis Books, 1994）; Laura E. Donaldson, Kwok Pui-lan ed., *Postcolonialism, Feminism and Religious Discourse*（New York: Routledge, 2002）。

要组成部分。尤其黑人女性主义圣经批评于 20 世纪 80 年代末 90 年代初形成了独立而完整的理论体系，并且在艾丽斯·沃克"妇女主义"思想的影响下，最终建构了妇女主义神学。

正如米琳（Pamela J. Milne）所指："第三阶段（当代）女性主义圣经批评比第二阶段在成员组成上具有更多自我意识的非职业性成员，并减弱了美国的中心地位，这一阶段不仅关注圣经传统中的妇女，而且也关注各种社会、历史背景中的妇女群体。"① 这样，随着女性主义运动的发展，当代圣经批评已经从女性主义批评悄然转向妇女主义批评。

二　妇女主义和圣经阐释

美国妇女主义神学（womanist theology）和妇女主义圣经批评出现在 20 世纪 80 年代中期，其直接理论基础是黑人解放神学、女性主义神学以及妇女主义理论。美国黑人女作家艾丽斯·沃克是妇女主义理论的肇始者。

沃克第一次提出"妇女主义者"（womanist）这一概念是在 1979 年，她受到劳拉·莱德勒（Laura Lederer）的邀请，参与其主编的一本书《返回黑夜：色情文学中的妇女》的编写，该书于 1980 年出版。在这本书，沃克写了"第三世界的妇女"这一章节，第一次提出了"妇女主义者"这一术语。她写道："一个妇女主义者就是一个更为普通的女性主义者"，接着，沃克在注脚中更为详细地介绍了"妇女主义者"这一术语的含义：

事实上，"妇女主义者"包含了韦伯斯特所定义的"女性主义者"，但是，它也意味着本能的"前女人"。词典里并没有这个词，不论如何，对于我而言，这个词来自单词"womanish"（像个女人）。当我们是孩子的时候，我们的母亲们试图约束我们强烈的、蛮横的、坦率直言的行为时，常用"像个女人"这个词语来表述："你的行为正像一个女人似的！"对于大部分人而言，一个标签并不能使我们停

① Athalya Brenner ed. , *A Feminist Companion to Reading the Bible* (Sheffield: Academic Press, 1997), p. 58.

止"像个女人般"的行为，也就是说，不能使我们停止"像我们的母亲、我们所尊敬的其他妇女那样的行为"。

尽管"黑人身份"在"妇女主义者"这个术语中是含蓄的，但是，正如对于白人妇女而言，不需要用"白人"给"女性主义"作序言一样（因为"女性主义"一词来自白人的文化而被白人接受），使用"妇女主义者"这个词的优点是因为它来自我们自己的文化，我们不需要用"黑人"这个词给它写序言（而使用"女性主义"则有这个必需）。①

后来，沃克在很多地方都谈到"妇女主义者"这个概念，但对这个概念进行深入解释的是在 1983 年出版的散文集《寻找我们母亲的花园：妇女主义者的散文》，在该书的扉页中，沃克从 4 个方面限定了"妇女主义者"的含义。

1. 源自女人气（womanish）["女孩气"（girlish）——轻浮、不负责任、不严肃的反义词]。一位黑人女性主义者或有色女性主义者。出自母亲对女儿的黑人民间用语，"你要做得像个女人样"，即：像一个女人。通常指称蛮横、放肆、无畏或任性的行为；想要更多更深地知道被认为"有好处"的东西；对成年人的行为感兴趣；举止像成年人一样；成为成年人。可与另一个黑人民间用语互换：你要努力长大。负责任；严肃。

2. 爱其他女人的女人，带有性欲和（或）不带有性欲。欣赏和更喜欢女人的文化、女人的情感适应性（把眼泪看作笑声的自然平衡力）和女人的力量。有时带有性欲和不带性欲地爱一个男人。为全体人民、男人和女人的复兴和圆满献身。除非出于定期的健康原因，不是一个独立论者。传统上的普救论者，如问："妈妈，为什么我们是

---

① 转引自 Rufus Burrow, Jr. "Toward Womanist Theology and Ethics", *in Journal of Feminist Studies in Religion*（Vol. 15，No. 1，1999），p. 82。

棕色、粉色和黄色的，可是和我们同样大的其他孩子是白色、浅棕色和黑色的？"答："唔，你知道拥有各种肤色的民族就像开满花朵的花园，有着各种颜色的花朵。"传统上有能力的，如问："妈妈，我要到加拿大去，我要带你和一群奴隶一起去。"答："这不是第一次。"

3. 热爱音乐。热爱舞蹈。热爱月亮。热爱宗教。热爱爱情、食物和圆形物。热爱斗争，热爱民间故事。热爱自身。爱一切。

4. 妇女主义者与女性主义者的关系如同紫色与淡紫色的关系。①

沃克所谓"妇女主义者"，其实质上可以从 3 个层面来理解：第一，指有色女性主义者；第二，热爱人类，尤其热爱女人的人；第三，热爱生活的人。沃克提出"妇女主义者"这一概念，主要为了反抗西方白人女性主义者的欧洲中心主义和帝国主义心态，弘扬有色妇女的本土精神。

沃克有关"妇女主义者"的思想一经提出，在黑人妇女中间产生了巨大影响。根据水彩琴在《妇女主义理论概述》一文的梳理，自沃克提出"妇女主义者"这一思想之后，柴·奥·奥古尼艾米等黑人批评家进一步发展和完善了妇女主义的理论。奥古尼艾米在《妇女主义：当代黑人妇女英文小说的动态》一文中指出，一个妇女主义者在关注性别问题的同时，也要考虑种族、文化、民族、经济以及政治等一系列问题，她给"妇女主义"下了这样的定义：

> 黑人妇女主义是这样一种思想：它在体现黑人女性特征的同时，颂扬黑人传统，强化黑人理想，同时关注黑人内部的性别主义和世界权利结构中压制黑人的种族主义，它的理想就是黑人民族的团结，以保证每个黑人都享有自己作为他人或兄弟或姐妹或父母的那份权利。这一思想的核心是：其目的就是在妇女主义小说中那种正面的、完整的结局所体现的自我拯救与健康生存间的动态关系。②

---

① Alice Walker, *In Search of Our Mother's Gardens*: *Womanist Prose* (San Diego and New York: Harcourt Brace Jovanovich, 1983), p. ⅵ.

② 转引自水彩琴《妇女主义理论概述》，《甘肃行政学院学报》2004 年第 4 期。

在此，奥古尼艾米在反对性别歧视的同时，尤其强调民族团结和民族性，主张实现黑人民族（包括男性和女性）的自我拯救与健康发展的动态平衡。

黑人妇女宗教学者在20世纪80年代中期开始将"妇女主义者"这一术语运用到圣经批评中。第一个将"妇女主义者"这一术语运用到圣经批评领域的是坦普尔大学基督教伦理学教授卡蒂·卡侬（Katie G. Cannon），她在《黑人女性主义思想的出现》一文中指出：

> 根据艾丽斯·沃克的概念和定义，黑人女性主义思想将更准确地被界定为妇女主义思想。作为一个概念，黑人妇女主义传统激励着人们逐步消除压迫性结构……黑人妇女主义者与那些在巨大的压迫面前继续活下去的《圣经》中的人物是一致的。[1]

凯蒂·卡农在其著作《黑人妇女主义者的伦理学》一书中，将妇女主义伦理学的源头追溯到佐拉·赫斯顿。她发现，尽管赫斯顿的父亲鼓励赫斯顿遵从南方白人的伦理观，但她的母亲至死都在尽力教她成为一个自信、自主和自我的人。在卡蒂·卡侬看来，赫斯顿及其母亲的伦理思想就是妇女主义者的伦理思想，这种思想影响深远。

从理论和实践两个方面对妇女主义神学做出奠基性贡献的是亚特兰大跨宗教神学中心系统神学教授、AME教会牧师杰奎琳·格兰特（Jacquelyn Grant），她被认为是"当代美国妇女主义神学之母"[2]。她从本质上探讨了一个奉行平等主义的耶稣，反对基督的男性身份。与传统神学和女性主义神学不同的是，她认为在当代美国黑人妇女的经验中，基督是一个美国黑人妇女。杰奎琳·格兰特主要关注白人妇女和黑人妇女思考和体验基督的不同方式，由此建立了妇女主义基督学。

---

① 参见 Rufus Burrow, Jr. Enter Womanist Theology and Ethics, *in The Western Journal of Black Studies* (Vol. 22, No. 1, 1998), p. 23。

② Rufus Burrow, Jr. Toward Womanist Theology and Ethics, *in Journal of Feminist Studies in Religion* (Vol. 15, No. 1, 1999), p. 93.

第三位对妇女主义神学做出贡献的是纽约联合神学院文化和神学教授德洛丽丝·威廉姆斯（Delores Williams）。1990 年，黑人解放神学家詹姆斯·孔出版了《黑人解放神学》一书，德洛丽丝·威廉姆斯在针对该书所写的批评文章中多次称自己为"一个黑人妇女主义者—女性主义者"。这个术语具有沃克所谓的妇女主义者是"黑人女性主义者或有色女性主义者"的内涵，但从另一个角度，德洛丽丝·威廉姆斯之所以没有直接将自己称为"妇女主义者"，而用"黑人妇女主义者—女性主义者"这个称谓，表明她的思想受黑人神学、黑人妇女经验和女性主义神学 3 个方面的影响。所以，作为一个妇女主义神学家，德洛丽丝·威廉姆斯主要致力于女性主义和妇女主义之间的对话。

上述 3 人是资格较老的妇女主义神学家，由于她们的开创性，出现了一大批美国黑人宗教学者和神学家，如凯伦·贝克—弗莱彻（Karen Baker-Fletcher）、艾米莉·汤斯（Emilie M. Townes）、谢丽尔·桑德斯（Cheryl J. Sanders）、瑞妮塔·威姆斯—埃斯皮诺萨（Renita Weems-Espinosa）、玛西亚·里格斯（Marcia Riggs），黛安娜·海耶斯（Dianna Hayes）等，她们都加入了妇女主义圣经批评和妇女主义神学的队伍。

总体上看，妇女主义圣经批评和妇女主义神学不但批判传统神学和黑人解放神学中的性别歧视，而且批判女性主义神学中的种族歧视和阶级歧视，主张立足于黑人妇女的经验理解上帝本性及其对待人类的旨意。她们所谓的黑人妇女经验包括她们的民族文化传统、种族情感和性别体验，这一经验中的一部分来自自身，一部分来自美国黑人女性文学传统。妇女主义神学家非常重视那些描写妇女主义者的文学作品，如凯蒂·卡农的许多有关妇女主义伦理的作品大都来自她对作家佐拉·赫斯顿的研究，她说："对于在黑人语境中理解'现实的'黑人经验和道德生活的意义而言，没有比黑人妇女文学传统更好的资源了。黑人妇女文学对黑人社团的灵魂提供了最强烈而有效的观点。"[①] 德洛丽丝·威廉姆斯的著作《旷野里的姐妹——妇女主义者的

---

① Cannon, *Black Womanist Ethics* (Atlanta, Georgia: Scholars Press, 1988), p. 90. 转引自 Rufus Burrow, Jr. "Enter Womanist Theology and Ethics", *in The Western Journal of Black Studies* (Vol. 22, No. 1, 1998), p. 25.

上帝言说的挑战》，便是通过对比分析美国黑人男作家詹姆斯·鲍德温（James Baldwin）、理查德·赖特（Richard Wright）等与美国黑人女作家艾丽斯·沃克、玛格丽特·沃克等对黑人母亲形象的不同描绘，最终建构了妇女主义神学对有关母亲和母亲身份的论述。① 由此可见，美国黑人女作家是从美国黑人妇女的经验出发，通过艺术的形式揭示了美国黑人妇女的生活本质，这由此成为妇女主义神学得以建立的重要资源。反之，美国黑人女作家在自己的文学作品中从美国黑人妇女的经验出发，表达了她们对《圣经》的认识、理解，从而成为 20 世纪美国妇女主义神学的重要组成部分。

第三节　20 世纪 60 年代以前的美国黑人女作家与《圣经》阐释

如前所述，美国黑人女作家对《圣经》的理解、运用和转化是 20 世纪美国妇女主义神学的重要组成部分，而美国黑人女作家对《圣经》的阐释与美国黑人女性文学相伴相生，哈莱姆文艺复兴时期的黑人女作家也从当时的处境出发表达了自己对基督教和《圣经》的认识。

一　早期美国黑人女性文学与美国黑人妇女的宗教情愫

正如学者普遍认可的，"美国黑人文学从产生之初开始，宗教思想就是其关注的中心问题，直到现在，还在塑造着非裔美国文学；描述、挑战、质疑、确认宗教信仰体系和精神，这是美国黑人文学传统最典型的特征之一"②。美国黑人女性文学当然也不例外，它从产生之初就表达了美

---

① 通过比较分析，德洛丽丝·威廉姆斯发现，部分美国黑人男作家笔下的黑人母亲由于过多地依赖宗教而成为黑人男性追求权利斗争的障碍，而在美国黑人女作家笔下，黑人母亲通过重新检阅自我信奉的宗教信仰最终建立了"自信的""强壮的"母亲形象，因为这种检阅绝不是彻底抛弃宗教信仰，而是建立了超越于男人意象和女人意象的上帝信仰。参见 Delores. S. Williams, *Sisters in the Wilderness: The Challenge of Womanist God—Talk* (Maryknoll, New York: Orbis Books, 1993), pp. 46 – 55.

② Caroline Levander, African American Literature and Religion, in Anthony B. Pinn, ed. *African American Religion Culture* (Santa Barbara, California: ABC CLIO, LLC, 2009), p. 451.

国黑人妇女的宗教情愫。

　　美国第一位黑人女诗人菲利斯·惠特利（Phillis Wheatley）的创作灵感绝大部分来自于宗教。开明的白人主人惠特利夫妇发现菲利斯具有读书的天才，便让自己的女儿玛丽·惠特利教菲利斯读《圣经》，同时学习英文、历史、地理等。经过16个月的学习，菲利斯便能阅读英文并能理解《圣经》中"难懂的段落"。1770年，菲利斯为当时备受大众欢迎的福音派牧师的去世写了一首挽歌——《关于牧师乔治·怀特菲尔德之死》（*On the Death of the Rev. Mr. George Whitefield*），该诗在多家刊物发表，在波士顿引起了轰动，并一度传到英国，蜚声于英国。在该诗中，诗人思考了宗教领袖的精神力量问题，具有浓厚的基督教色彩。在1773年出版于英国的唯一一部诗集《论各类宗教和道德的诗歌》（*Poems on Various Subject Religious and Moral*）中，诗人探讨了宗教、虔诚、道德等问题，其中《关于从非洲被俘虏到美国》（*On Being Brought from Africa to America*）探讨了改变宗教信仰的可能性和危机。她声称，"慈悲使我脱离异教土地""教我黑暗的灵魂去理解/那里有上帝，那里也有救世主"，她警告那些"用歧视的眼光看待我们黑种人"的美国宗教领袖："被称作该隐的基督徒、黑人/应该被发现，应该加入到天使的行列。"① 菲利斯的诗歌"强调基督拯救这个主题，她认为所有的男人和女人，无论种族和阶级，都需要被拯救"②。菲利斯赞同基督教信仰的优越性，也挑战了基督教领导者的种族主义，她既赞成又憎恨宗教虔诚，因此，菲利斯不仅冒犯了宗教，而且冒犯了政治领导者。因此，美国总统托马斯·杰弗逊在《关于弗吉尼亚州的说明》（1787）中生气地声称："宗教可能已经制造出了一个菲利斯·惠特利，但宗教不能制造出一个诗人。"③

　　早期女奴自叙体小说主要描述早期美国黑人女性受压迫、受奴役的生

　　① Caroline Levander, African American Literature and Religion, in Anthony B. Pinn, ed. *African American Religion Culture* (Santa Barbara, California: ABC CLIO, LLC, 2009), p. 453.

　　② 刘晓秋:《美国早期非裔诗人菲利斯·惠特利述评》,《时代文学》（下半月）2009年第12期。

　　③ Caroline Levander, African American Literature and Religion, in Anthony B. Pinn, ed. *African American Religion Culture* (Santa Barbara, California: ABC CLIO, LLC, 2009), p. 453.

活遭遇，同时也展现了她们在苦难生活中挣扎的勇气和精神。无论对于作者还是作品中的叙述主人公来说，基督教信仰是她们生活下去的主要精神支柱，在基督教信仰的激励下，她们还记录了各自皈依的经历。如《杰莱娜·李的生活和宗教经历》（1836）讲述了叙述人杰莱娜·李皈依基督教的过程：城市自由女奴杰莱娜感觉自己罪孽深重而有必要加入某一教会，于是开始研究各种宗教教义，并经常参加一些宗教集会，但总感觉和他人有一种难以逾越的隔阂。于是她在一位黑人牧师的帮助下，接受了净化仪式，成为基督教的一个派别——卫理公会的一名信徒，并经过一番努力，最终成为一名布道的牧师。哈瑞特·E. 威尔逊（Harriet E. Wilson）的《我们的尼格，或一位自由黑人的生活片段》（Our Nig, or Sketches from the Life of a Free Black, 1859）用第三人称叙述了一位名叫芙拉杜（Frado）的混血儿女奴的生活经历。由于芙拉杜的混血儿身份，她从小被白人母亲遗弃而成为一个契约奴，受到白人主人的百般虐待，其间，来自主人的儿子和姨妈的帮助与宗教指导成为芙拉杜挨过苦难日子的主要精神支柱。哈瑞特·雅各布斯（Harriet Jacobs）的自叙体小说《女奴生平》（Incidents in the the Life of a Slave Girls, 1861）中有一章题为"教会和奴隶制"，在该章中，叙述者对教会对奴隶制的伪善态度进行了批判。根据雅各布斯的叙述，为了不致被奴隶谋杀，奴隶主常对奴隶进行宗教教育，但同时主张对奴隶进行教区隔离，并曲解《圣经》以维护奴隶制的合法性。但是，奴隶并不是很容易就上当受骗的，他们安静地嘲笑派克神甫（Rev. Mr. Pike）教导奴隶要顺服的布道；同时，奴隶们又充分利用宗教为自己服务，他们信赖《圣经》经文和部分宗教领袖——这些领袖主张上帝通过心灵而不是通过皮肤审判人类。小说中，当土人打着宗教的旗号猥亵女主人公时，女主人公却能够引用《圣经》经文来反驳主人对《圣经》经文的断章取义。这里，《圣经》中的知识变成了一个维护人类权利的强有力武器。因此，宗教是该小说的一个主旨，并具有一定的讽刺意义。

弗朗西斯·哈珀（Frances Ellen Watkins Harper, 1825—1911）一生共发表了 10 部诗集。在 1901 年诗人发表了自己的第 8 部诗集——《〈圣经〉田园诗集》（Idylls of the Bible），该诗集第一部分再次修订了 1869 年的叙事长诗《摩西：尼罗河的故事》（*Moses：A Story of the Nile*），这首长诗受到了评论界较多的关注和评论，被认为是诗人的最佳作品之一。在该诗中，诗人并没有涉及种族问题，而是以象征黑人希望和抱负的方式叙述摩西的故事，摩西为了祭祀生活和更高的目标而放弃了舒适的生活，这样一个温和的主题反映了诗人所处时代的社会重建意识和道德提升思想。诗人将摩西置于黑人宗教传统、美国黑人文化、诗人所处时代的美国文化等多种文化的对话中。另外，根据批评家梅尔巴·杰斯·博伊德（Melba Jayce Boyd）的研究，该诗最突出的意义在于并置了两个不同的叙述视角：一个是摩西的埃及母亲，另一个是摩西的希伯来母亲，因为该诗"以文学的形式明确有力地表达了《圣经》中的故事，这些故事在奴隶制时期哺育了黑人基督教。哈珀在旧约文本的叙述中包含了基督教意象，这说明在黑人基督教中，这两个具有争议的人物是相互缠绕在一起的"①。

《圣经田园诗集》的第二部分首先是一篇简洁的散文，接着是两首伤感的诗歌，接下来的诗歌主要关乎耶稣的受难、死亡和复活，如《基督进入耶路撒冷》《耶稣的复活》《西门（彼得）的同胞》《西门（彼得）的盛宴》，其中有一首诗为《解放》，取自《旧约·出埃及记》，主要赞颂摩西领导以色列人脱离埃及人的奴役而得解放的事迹。值得注意的是，哈珀并不是简单地重写《圣经》中的故事，而是在细节上进行有选择的调整，在叙述结构上重新布局。如在《耶稣的复活》一诗中，诗人不遗余力地构想抹大拉的马利亚在耶稣去世后的各种表现和内心世界，从而使在《圣经》中着墨不多的一个妓女成为一个有血有肉的妇女形象。《西门（彼得）的同胞》《西蒙（彼得）的盛宴》则将出卖耶稣的西门（彼得）描写成"具有黑色毛发的非洲人的儿子"②，同时，在《西门（彼得）的盛宴》中，诗人通过一个女性叙述者——美国黑人妇女的视角，描写西门（彼得）在最后的晚餐上出卖耶稣时的内心世界和微妙表现。

除上述作品外，哈珀还有至少 16 首诗歌直接取材于《圣经》片段，

---

① 转引自 Maryemma Graham ed, *Complete Poems of Frances E. W. Harper* (New York：Oxford Universtiy Press, Inc. 1988), pp. xl – xli.

② Frances Ellen Watkins Harper, *Idylls of the Bible* (Philadelphia, 1901), p. 58.

但她同样对此加入了新的阐释，并对那些曲意使用《圣经》以袒护奴隶制的言论进行了反驳。另外在《各种主题之诗》（*Poems on Miscellaneous Subjects*，*1854*）《南方生活素描》（*Sketches of Southern Life*，*1872*）等诗集中，探讨了宗教和道德等问题，表达了她的基督教思想。

总体来看，不管《圣经》是否被种族主义者断章取义地用于袒护奴隶制和种族思想，早期的美国黑人女作家从黑人妇女的视角出发理解《圣经》和基督教教义，表达自己的宗教情愫，将《圣经》和基督教当作一种维护自己合法权益的工具。

二　佐拉·尼尔·赫斯顿与《圣经》

代表美国黑人文学大繁荣的哈莱姆文艺复兴，表现出前所未有的创造活力，但其中有一个重要角色常被忽视——宗教表达。事实上，"哈莱姆文艺复兴所体现的创造力是将宗教和哲学思想完整地结合在一起的创造力"[1]。哈莱姆文艺复兴时期的作家重新审查了传统的精神信仰体系，同时也表达了与时代相契合的新的宗教思想，如在内拉·拉森（Nella Larson）、兰斯顿·休斯（Langston Hughes）、佐拉·赫斯顿等人笔下的人物形象具有鲜明的种族意识和自信心；在形式上则将多种宗教与文化融合在一起，如詹姆斯·威尔登·约翰逊（James Weldon Johnson）的戏剧《上帝的长号——七个黑人的诗歌布道》（*God's Trombones*：*Seven Negro Sermons in Verse*）将诗歌、基督教意象和非洲宗教的圣经阐释融合在一起。但与这一时期男作家不同的是，美国黑人女作家不但从种族意识、黑人人性的视角重新审视黑人基督教信仰，而且还具有鲜明的性别特色。在这一点上，女作家佐拉·赫斯顿最具有代表性。

众所周知，佐拉·赫斯顿不仅是一位作家，还是一位民俗学家、人类学家，对非洲土著宗教——伏都教感兴趣乃至着迷。但实际上佐拉的宗教思想极为复杂，她的父亲是一位浸信会的牧师，她对《圣经》和基督教从小耳

---

① Caroline Levander, African American Literature and Religion, in Anthony B. Pinn, ed. *African American Religion Culture* (Santa Barbara, California：ABC CLIO, LLC, 2009), p. 460.

濡目染，而在南方的田野调查中，她更切身地看到了美国黑人的宗教信仰的特点和本质。佐拉通过文学的形式表达了自己对宗教尤其是对基督教的认识。

1934 年发表在《挑战》杂志上的短篇小说《火和云》（*The Fire and the Cloud*）取材于《圣经》中有关摩西的故事。摩西作为《圣经》中一个自由的战士和解放者，经常出现在美国黑人的文学作品中。在 20 世纪之前的美国黑人口头文学和颂歌中，摩西领导希伯来人脱离埃及人的奴役而获得自由的故事，具有一定的映射意义，象征着美国黑人从奴隶最终成为自由人，埃及法老映射美国白人。因此，摩西被当作一位英雄，他鼓舞着美国黑人摆脱压迫争取自由。但是佐拉对美国黑人文学传统中的摩西形象进行了颠覆和重塑。在这部短篇小说中，摩西坐在坟墓上远眺迦南，旁边有一只蜥蜴正在和他说话。摩西已经在尼波山待了 30 天，他说他很孤独，希望约书亚来寻找他，他告诉这只蜥蜴他已经当了很多年的领导者，他征服了法老，他解放了人民，现在已经返回了埃及，他很难过，因为他解放了的人民背叛了他，正在说他的坏话。这只蜥蜴在睡醒以后对摩西发表了意见，并问他坟墓是什么。摩西解释了坟墓的含义，然后把他的杖放在坟墓上，开始在坟墓上踱步，并说约书亚能得到他的杖。在这里，作为一位领导者，摩西的权威和身份受到了质疑和挑战。通过对《圣经》中摩西故事的重述，佐拉对领导者和人民以及自由和专制之间的关系进行了深层思考。这部短篇小说可以和发表于 1939 年的长篇小说《摩西，山之人》（*Moses, Man of the Mountain*）联系在一起。

长篇小说《摩西，山之人》是在短篇小说《火和云》的基础上创作的，《摩西，山之人》的最后一章来源于《火和云》，开篇就写了摩西在埃及的出生，其他章节叙写了摩西在埃及公主的营救下以埃及王子的身份成长的过程，以及在米甸的 40 年生活以及带领希伯来人脱离埃及人的奴役最终获得解放的过程。但是，和《火和云》一样，这部长篇小说是佐拉在新的时代语境下对《圣经》中故事的再创造。和《火和云》一脉相承，《摩西，山之人》中的摩西形象一改美国黑人文学传统中的解放者形象，而且比《火和云》中的摩西更加复杂。小说明显可分为两个部分，且两个部分中摩西的性格截然不同。在第一部分埃及王宫中，摩西在一个名叫门图的马夫的教导下逐步明白了人与自然要和谐相处的道理，同时也懂得了人与人包括男人与女人之间要平等共处、相互扶持。此时的摩西崇尚自然，富有正义感，反抗独裁专制，帮助压迫者，尊重女性，主张平等，可以说，他"代表了赫斯顿理想的男人形象"①。在第二部分中，摩西来到了一个叫米甸的地方，遇见了当地部族首领叶忒罗和他的女儿们，并娶了叶忒罗的一个女儿西坡拉为妻。这个父权制部落首领叶忒罗向摩西灌输父权制思想：推崇等级制度、绝对统治，歧视女性。在叶忒罗的影响下，摩西渴望权力和控制，他征服了一个又一个部落，获得了大量战利品，包括女人，在米甸建立了"绝对的统治"。他歧视女性，呵斥自己的妻子，制定了大量违反自然、否定生活的法规，俨然是又一位法老。而且他以上帝的名义，号称在上帝的召唤下回埃及解救同胞，实则是为了实现自己的神权政治统治。于是，"希伯来人民成为他实验室里的材料，他总是说'这些人民''上帝的人民'，从不说'我的人民'，他轻视他们，不曾说过一处爱的话语"②。第二部分中的摩西成了一个地道的独裁者、一个性别主义者，其特征是残忍、偏执、狂热。对于这一具有颠覆性质的描述，佐拉在给卡尔·万·维克顿（Carl Van Vechten）③的一封信中表达了自己的认识，佐拉声称，摩西通过恐怖与死亡将他的法律强加给希伯来人，摩西应为他至少50万子民的死亡负责任。④ 正是由于摩西形象的复杂性和前后不统一，这部小说曾一度受到批评家的质疑和否定，认为"赫斯顿从未解决好巫师摩西与《圣经》中的摩西、那位法律的颁布者与解放者之间的张力关系。于是，摩西有时显得极度的神圣和神秘，有时则显得极度的世俗、冲动、狂暴，他是一个卑劣的吹牛者，欺骗那些反对他的人"⑤。赫斯顿之所以对摩西做出反面结论，是因为她认识到，摩西和上帝一样，只是一

---

① 程锡麟：《赫斯顿研究》，上海外语教育出版社 2005 年版，第 145 页。

② Michael Lackey, *Moses*, *Man of Oppression*：*A Twentieth-Century African Critique of Western Theocracy*（African American Review, 2009, Vol. 43, Issue. 4），p. 583.

③ 卡尔·万·维克顿（1880—1964）是美国作家和摄影师，他是哈莱姆文艺复兴的赞助人。

④ Michael Lackey, *Moses*, *Man of Oppression*：*A Twentieth-Century African Critique of Western Theocracy*（African American Review, 2009, Vol. 43, Issue. 4），p. 577.

⑤ Lillie P. Howard, *Zora Neale Hurston*（Boston：Twayne Publishers, 1980），p. 119. 转引自程锡麟《赫斯顿研究》，上海外语教育出版社 2005 年版，第 145 页。

个符号、一个空虚的所指，根据人们的需要，他可以成为人们争取解放的精神动力，也可以变成一个政治工具——用于佐证镇压和暴力是合理的。

　　这一反面形象还和 20 世纪初期反宗教思想的兴起有关，如哈莱姆文艺复兴时期的许多作家公开诋毁黑人教会的布道，对《圣经》的态度变得复杂和模棱两可。如兰斯顿·休斯发表于 1932 年的诗歌《再见，基督》，叙述者声称，《圣经》故事中的人物已经被妖魔化了；女作家内拉·拉森在 1928 年发表的小说《流沙》（*Quick Sand*）中勘察了《圣经》是如何被用作评判白人社团优越、黑人社团低等，黑人男人优越、黑人女人低等，并且使这些论断合理的。另外，从政治、历史语境来看，处在 20 世纪的美国黑人已经在身体上获得了自由，正处在精神自由的探索中，因此，对任何具有统治和专制性质的思想，他们都警惕、质疑和批判。

　　但是，在《摩西，山之人》中，摩西的形象绝不是对传统形象的简单否定，他的复杂性体现在结尾摩西的自我幡然醒悟上。摩西登上尼波山看着山下希伯来人的帐篷，他发现自己并没有解放一个人，他认识到"没有人能使另一个人自由""自由是内在的东西""一个人只有通过自身才能解放自己"[①]。他远眺迦南，思考着希伯来人的将来和自己的过去，"他不想再当一个统治者了，他想自由……想陶醉在丛林中"[②]，于是，他给自己挖了一个坟墓，却向山的另一面走去。这样的结尾尽管有唐突之嫌，但作家关注的问题——如何处理人与人、男性与女性、人与自然、奴役与自由之间的关系，通过对《圣经》中的故事的再创造，答案不昭自明。

　　遵循着菲利斯·惠特利、弗朗西斯·哈珀、佐拉·赫斯顿等"祖母们"所开创的道路，至 20 世纪 60 年代末期，一大批黑人女作家崛起，她们在自己的文学作品中，用艺术的手法，从当代美国黑人的立场和处境出发，重新阐释了基督教和《圣经》，从而建构了当代美国黑人妇女的新的价值体系。

　　① Zora Neale Hurston, *Moses, Man of the Mountain* (Illinois: University of Illinois Press, 1984), pp. 344 - 345.
　　② Ibid. , p. 348.

第三章

当代美国黑人女作家的神义论

当代美国黑人女作家大都历经坎坷，对痛苦有着切身的感受。艾丽斯·沃克出生于南方佐治亚州的一个佃农家庭，是家里8个孩子中最小的一个，她在8岁时右眼失明，长大后经历流产、离婚的苦痛，后来成为单身母亲。托妮·莫里森的父母为了逃避种族主义的迫害和寻找工作机会从美国南方移居到俄亥俄州，但这个家庭仍然不富裕，托妮·莫里森靠业余打零工一边补贴家用，一边读大学，后来同样遭遇了婚姻的不幸，成为单身母亲，独自抚养两个儿子。她们将自己对生活的理解和感受写入她们所虚构的一部部文学作品中，反过来，她们通过文学作品表达了她们的生活信念，包括对上帝信念的理解，即神义论。

第一节　神义论

神义论（Theodicy）这一术语由希腊词语"theos"（表示"神"）和字根"dik-"（表示"义"）合成，其核心问题是对神的正义进行辩护，即在各种苦难和邪恶面前，神是公义的，因此，神义论又称"神正论"。神义论关涉神的全知、全能、至善的属性，主要与基督教、犹太教、伊斯兰教等一神教神学相关联。由于人类迄今为止仍然经历着苦难、罪恶、失败等所谓的"否定性经验"①，因此，神义论问题就一直存在。不同宗教派别、不同时期的神学家都试图寻找一个最令人满意的解释。

一 基督教的神义论

基督教是一神教，其信仰对象——上帝的最突出特点是全知、全能和至善。面对这个全知、全能、至善的神，尘世中的信徒总要面临着一个令人苦恼的信仰难题：全知、全能、至善的上帝为何要允许世上存在苦难和罪恶？基督教对神正义的讨论由来已久。圣经中的《约伯记》表达了信徒对神义论的理性主义质疑。根据神义论，上帝全知、全能、至善的属性包含两个方面：上帝不仅是万能的造物主，还是公义的道德神；上帝按照"赏善罚恶"的原则管理世界，世间的一切行为都是上帝公义性的体现。但是，在《约伯记》中，虔诚信仰上帝的义人约伯却无辜受难，打破了"恶人受罚，义人得福"的原则，"使上帝的道德天平失去了平衡"②。约伯是一个完全的义人，他"完全正直、敬畏神、远离恶事"（《约伯记》1：1），却遭到撒旦的攻击，转瞬之间所有的家业一扫而光，七个儿子三个女儿死于非命，约伯自己也全身长满毒疮，痛苦无比。面对这从天而降的苦难，妻子曾劝约伯放弃对神的信仰（《约伯记》2：9），但即便如此，约伯最初仍然没有质疑神、质疑神义论，反而斥责妻子愚顽。但是，经过七昼夜的反思以及三个友人的无理诘责，约伯对神义论产生了种种质疑。深思熟虑后的约伯一张口便"诅咒自己的生日"（3：1），并想到了死，他质问上帝："受患难的人，为何有光赐给他呢？心中愁苦的人，为何有生命赐给他呢？"（3：20）"人的道路既然遮隐，神又把他四面围困，为何有光赐给他呢？"（3：23）接着，三个朋友分别安慰约伯，实则是对约伯怀疑神义论的责难。以利法、比勒达、锁法三个友人主要重申神义论，他们一致认为：上帝是公正的，他奖善罚恶。他们按照神义论评判约伯，由此认为约伯受此苦难必定犯有罪孽。他们论证的逻辑思路为：

---

① 汉斯·昆：《基督教大思想家》，包利民译，社会科学文献出版社 2001 年版，第 179 页。
② 侯灵战：《道德的上帝与荒谬的上帝——〈约伯记〉文旨分析》，《广西社会科学》2005年第 2 期。

大前提：上帝是公义的，按照"赏善罚恶"的原则维护人间伦理秩序。（神义论）

小前提：因为约伯遭受苦难。

结论：所以，约伯犯有罪孽。①

针对友人的推论和观点，约伯一一辩驳，他声称自己完全按照上帝的旨意行事，"没有违弃那圣者的言语"（6：1），没有犯罪，反而遭受如此苦难，相反，有的恶人却享有很长的寿命，势力强盛，背信弃义者、强取豪夺者"仍然兴起"，因此，约伯质疑神的公义。约伯认为，自己是无辜的，这一切都是上帝一手造成的："你的手创造我，造就我的四肢百体"（10：8）"你将生命和慈爱赐给我，你也眷顾保全我的心灵"（10：12），既然上帝创造了一切，那么，祸与福都是上帝意志的表现。不仅如此，约伯还认为上帝实际上并没有所谓的善恶准则："善恶无分，都是一样……完全人和恶人，他都灭绝。若有人忽遭杀身之祸，他必嬉笑无辜者的遇难。"（9：22，23）约伯觉得上帝不仅一手造就了自己的苦难，而且还完全和"敌人"站在一起羞辱自己："主发怒撕裂我，逼迫我，向我切齿；我的敌人怒目看我。他们向我开口，打我的脸羞辱我，聚会攻击我。……他折断我，掐住我的颈项把我摔碎，又立我为他的箭靶子。"（16：9—12）面对约伯的大胆质疑，上帝并没有做出正面回答，由此表明约伯的质疑具有普遍性和永恒性，"约伯的难题"是人类的神学信仰所难以回答的问题。

由于"约伯的难题"，神义论面临着理性哲学的挑战，而且关乎信仰神学的严密性。基督教如何调和神义论？这不仅是对理性主义哲学和自然神学的挑战的回应，同时也是基督教信仰神学得以建立和巩固的基础。基督教教父试图对此做出努力。中世纪神学家奥古斯丁从原罪论出发集中讨论了神义论。他在讨论罪恶起源的名篇《论自由意志》一书中认为，上帝不仅按照自己的形象造人，而且赋予人类自由选择的意志，但人类违背了

---

① 侯灵战：《道德的上帝与荒谬的上帝——〈约伯记〉文旨分析》，《广西社会科学》2005年第2期。

上帝的命令，滥用上帝赋予人类的自由意志，从而犯了罪，因此，他认为"上帝不是罪恶的原因""意志是罪的根本原因"①，人类需要上帝的恩典（信仰）才能得到救赎。奥古斯丁的这种观点奠定了基督教神义论的基础，构成了基督教传统神义论的基石，奥古斯丁的"自由意志"思想对托马斯·阿奎那等后世哲学家乃至笛卡尔、莱布尼茨、康德等现代哲学家产生了深远影响。

但是，奥古斯丁对"自由意志"的认识显然是有一定局限的，因为当论及是什么原因使得自由意志选择恶时，他无法做出进一步回答，只能说意志的原因就是意志本身，并声称这样无限的追问没有意义，它只能最终归于上帝是否存在的问题。② 自文艺复兴以来，人们对"自由意志"的认识转化了角度，在培根、笛卡尔等启蒙思想家看来，"自由意志的使命在于使人脱离上帝的束缚，寻求人在自然面前的主人地位，自由不再仅仅是消极的，人对上帝的背离有其积极的一面"③。因此，传统神义论一直在遭受质疑。正如 18 世纪启蒙主义思想家伏尔泰的追问："上帝或者能够从世界消除恶但他不愿意；或者愿意这样做而没有能力；或者他既没有能力也不愿意；最后，或者他既能够也愿意。如果他愿意消除恶而没有能力，那么，他就不是全能的。如果他能够但不愿意消除恶，那么，他就不是仁慈的；如果他既不能够也不愿意，那么，他既不是全能的也不是仁慈的；最后，如果他既能够并愿意灭绝恶，恶是怎样存在着的呢?"④ 神义论首先受到了理性主义的质疑。

在 17 世纪理性主义思潮兴起的时代背景下，德国哲学家莱布尼茨⑤在奥古斯丁传统神义论的基础上进一步讨论了神义论问题，并明确提出了

---

① 奥古斯丁：《独语录·论自由意志》，成官泯译，上海人民出版社 1997 年版，第 96 页。
② 同上书，第 101 页。
③ 张荣：《论传统神正论的当代转换——从奥古斯丁的传统神正论到约纳斯的责任哲学》，《文史哲》2006 年第 6 期。
④ 转引自查常平《约翰神学的正义论与基督论》，http://www.chinacath.org/article/teo/dogma/renleixue/2008-08-03/2106.html。
⑤ 戈特弗里德·威廉·莱布尼茨（Gottfried Wilhelm Leibniz, 1646—1716），德国自然科学家、哲学家，研究领域涉及数学、力学、光学等多个自然科学领域和法学、哲学、神学等多个社会科学领域，被誉为"17 世纪的亚里士多德"。

"神义论"这一术语。与同一时期的理性主义者不同，作为 17 世纪举足轻重的自然科学家、数学家、物理学家、哲学家，莱布尼茨并没有反对神义论，反而从理性出发，将理性和信仰统一起来，为神义论辩护，其发表于1710 年的著作《神义论》就是这一思想的集中体现。在《神义论》中，莱布尼茨的一切论证都是以他提出的两个原则为出发点的："其一是矛盾原则，这就是说，在两个相互矛盾的命题中一个是真理，另一个是谬误；其二是确定理由原则，根据此一原则，任何事物的产生都不可能没有原因或者至少不会没有一个确定的理由，这是指某种能够用来先验地进行解释的东西，它说明为什么某物存在着而不是不存在，为什么某物恰恰存在而不是以完全另一种形式存在。"① 从这两个原则出发，莱布尼茨首先论证了上帝的存在：这个世界存在着，但是它也可能不存在，因此，它是偶然的。世界存在的原因不在世界自身之中，而在世界之外，因此，必须有一个存在者作为现实世界存在的保证，这个存在者即上帝。② 至此可以看到，在莱布尼茨这里，上帝具有了"理性"。

　　全知、全能、至善的上帝的存在是莱布尼茨全部论证的前提，在证明了上帝的存在后，莱布尼茨论证了恶的存在与全知、全能、至善的上帝之间的关系问题。他将恶分为 3 种情况："人们可以将恶理解为形而上学的、形体的和道德的。形而上学的恶在于纯然的不完美性，形体的恶在于痛苦，道德的恶在于罪。虽然形体的恶和道德的恶并非必然，但它们凭着永恒真理是可能发生的，这也就够了。"③ 然后根据矛盾原则和确定理由原则，莱布尼茨认为，由于这浩瀚的真理区域包含着一切可能性，所以，"必然存在着无限数量的可能的世界，恶必然会进入其中的一些世界，甚至在其中最好的世界中必然也包含着一些恶。这便是上帝所规定的：容许恶"④。可见，和传统神义论一样，莱布尼茨最终的结论是恶在上帝之外自然自足地存在着，恶不是上帝本身。但接下来的问题是全知、全能、至善的上帝

---

① 莱布尼茨：《神义论》，朱雁冰译，生活·读书·新知三联书店 2007 年版，第 135 页。
② 李伟纳：《莱布尼茨的〈神义论〉》，硕士学位论文，复旦大学，2009 年，第 19 页，未刊。
③ 莱布尼茨：《神义论》，朱雁冰译，生活·读书·新知三联书店 2007 年版，第 120 页。
④ 同上。

为什么会容许恶的存在呢？对这个问题，莱布尼茨的回答是：上帝正是本着"最善者原则"才容许恶的，即"恶往往是为了使人对善有更高的鉴别力，它甚至有时帮助那种有耐性的人达到更高的自我完善"①，正如《约翰福音》第 12 章和第 24 章中耶稣曾用过的比喻一样，人们播下的种子必须先经过某种霉变，然后才能发芽，上帝允许恶是为了更大的善。

　　总之，莱布尼茨的神义论将理性和信仰统一起来，但由于他提出一切可能世界中之最好者，而被称为极端乐观主义者，因此，莱布尼茨的神义论历来褒者少，贬者多。法国启蒙主义思想家伏尔泰在长篇哲理小说《老实人》（1759）中对莱布尼茨的神义论和乐观主义思想进行了尖刻的嘲讽：

　　　　邦格乐斯教授形而上学、神学、宇宙论、虚无论，他以令人惊奇的方式证明，没有无因之果，在众多可能的世界中的这个最好的世界上，仁慈的男爵大人的官殿是官殿之中最美者。已经证明，他说，事物不可能被创造成另一副样子。既然一切都是为某一目的而创造的，一切必然用于最好的目的。要记住，鼻子是为戴眼镜而做成的，所以，我们才有眼镜。腿显然是为穿鞋而安排的，于是，我们才有了鞋袜。石头的创造是为了让人们开采它用来建造官殿的，因为仁慈的大人才有了美妙的官殿。②

　　可以看出，莱布尼茨的神义论仍然是基督教传统的神义论，和众多对神义论的论证一样，莱布尼茨对神义论的论证显然也是失败的。但是，信仰与现实之间的恶产生了冲突，这促使着人们一代又一代地追问神义论问题。在各种无法避免的自然灾难以及人类的各种罪恶面前，尤其是发生在 20 世纪的奥斯维辛事件等，基督教传统的神义论越发难以自圆其说，几乎被颠覆。

---

　　①　莱布尼茨：《神义论》，朱雁冰译，生活·读书·新知三联书店 2007 年版，第 122—123 页。
　　②　伏尔泰：《老实人》，参见伏尔泰《伏尔泰小说选》，傅雷译，人民文学出版社 1980 年版，第 78—79 页。

二　黑人解放神学的神义论

对于长期处于社会边缘、备受压迫和奴役的美国黑人而言，对罪恶与受难的思考是他们寻求解放的重要内容，也是他们在反抗奴隶制、种族歧视等负面因素的过程中和建立黑人宗教与黑人神学中，需要处理的首要问题。可以说，由于深切体验了压迫的处境和生存的苦难，美国黑人比其他种族的人们更深切地遭遇到了"约伯的难题"——神义论问题，几乎所有的黑人神学家都试图解决黑人神学的神义论问题或罪恶问题，正如当代美国黑人神学家安东尼·平所言："神义论议题成为黑人神学思想的基础。"①

早在奴隶制时期，美国黑人就出现了对人类受难的宗教诘问。美国黑人被掳到美洲大陆，他们遭遇了文化毁灭、亲人离散、强奸、殴打、剥夺人身权利等灭绝人性的暴行，所有这些都是以上帝的名义进行的。不排除一些奴隶按照白人传授给他的基督教教义认可了自己的命运，但是，有些奴隶对白人传授给他的基督教教义产生了怀疑，并在白人牧师的说辞之外寻求另一种理解，以解释自己的苦难境遇，由此，形成了美国黑人自己的神义论。他们的神义论随着美国黑人不同时期的不同处境而有所变化。

尽管在 20 世纪 60 年代美国黑人神学或黑人解放神学产生以前，美国黑人神学还没有形成系统的理论，但是美国黑人显然是从自我处境来建构自我的神学思想的。当代美国黑人神学家安东尼·平（Anthony B. Pinn）在其著作《上帝，为甚么？黑人·苦难·恶》和其主编的《道德罪恶与救赎性受难：美国黑人宗教思想中的神义论历史》（*Moral Evil and Redemptive Suffering*: *A History of Theodicy in African-American Religious Thought*, 2002）中，对美国黑人神学的神义论历史进行了梳理②，他考察

① 安东尼·平：《上帝，为甚么？黑人·苦难·恶》，周辉译，（香港）道风书社 2005 年版，第 132 页。
② 下文关于黑人神学家对神义论的讨论主要参见安东尼·平《上帝，为甚么？黑人·苦难·恶》，周辉译，（香港）道风书社 2005 年版。

了美国黑人文化，同时考察了宗教历史学家克拉伦斯·沃克（Clarence Walker）、洛弗尔（John Lovell）、林肯（C. Eric Lincoln）、拉伯托（Albert J. Raboteau）、德特（R. Nathaniel Dett）等人对黑人灵歌的研究，得出这样的结论：17、18世纪的黑人灵歌是美国黑人神学的源头，它不仅为美国黑人保留了重要的文化资源和精神资源，而且"代表了完整的新兴黑人神学，后来黑人神学的基本主题结构就是由此而来的"①。现存大量的黑人灵歌表明，17、18世纪的美国黑人相信上帝是公正的，他们相信苦难和痛苦逃不过上帝的眼睛："我们有个公正的上帝为我们辩护，/为我们辩护，为我们辩护，/我们有个公正的上帝为我们辩护，/我们是上帝的子民。"②尽管他们也曾质疑上帝：对于我们的受难，上帝在做什么？如《难道不是上主救了但以理》之类的灵歌表达了美国黑人对神义论的质疑："难道不是上主救了但以理？/救了但以理，救了但以理，/难道不是上主救了但以理？/他为什么不救每一个人？"③但是，长期被奴役和被奴化的美国黑人并不能像约伯一样上下求索，在现有的知识语境和生活语境中，他们反而在以色列人受奴役以及耶稣的受难中确认了自我受难的意义，进而认为，受难是可以救赎的，受难是救赎的先决条件。换句话说，受难的救赎性质是受奴役的美国黑人对神义论的最后回应。

在19世纪美国废奴运动此起彼伏，越来越多的美国黑人也主动加入到废奴运动中，为本民族的解放摇旗呐喊，在此过程中，他们也开始深入认识几百年来压在自己身上的奴隶制。在长期的反抗斗争中建立起来的黑人独立教会，也向美国的奴隶制发出了自己的声音。根据安东尼·平对美国黑人神学的神义论发展历史的梳理可知，19世纪的黑人神学家和民族主义者从不同视角表达了对神义论问题的认识。卫理公会信徒大卫·沃克（David Walker）在其著作《呼吁书》［即《大卫·沃克对世界有色公民——尤其是对美利坚合众国的有色公民——发出的呼吁书》（*David Walker's*

---

① 安东尼·平：《上帝，为甚么？黑人·苦难·恶》，周辉译，（香港）道风书社2005年版，第11页。

② 同上书，第32页。

③ 同上书，第43页。

Appeal to the Colored Citizens of the World，*but in Particular and Very Expressly*，*to Thoses of the United States of America*1829）〕中严厉谴责了美国的种族主义，并提出了神义论问题：

　　我要说，如果上帝赐给你和平与安宁，又容许你因此来折磨从未有过思考挑衅的我们，以及我们的孩子——对于我们来说，他是公义的上帝吗？①

　　对这个问题，大卫·沃克给出了他的理解，他认为上帝是至善、公正、全能的，美国黑人之所以遭受奴役和苦难，主要是因为他们不顺从，上帝是出于教育的目的才容许奴隶制存在。正如安东尼·平所指出的，大卫·沃克对苦难的理解实际上是在 3 种可能之间摇摆不定，或者结合了 3 种可能性：（1）受难是美国白人行为过失的结果；（2）受难在本质上具有教育意义；（3）受难是神圣的奥秘②。

　　大卫·沃克对受难认识的摇摆不定表明，他深受黑人灵歌救赎性受难的思想影响。这种救赎性受难的思想通过大卫·沃克，在后世的美国黑人神学家中得到延续。费城圣托马斯教会的创建者、由圣公会按立的第一位黑人牧师阿布萨隆·琼斯（Absalom Jones）提出，奴隶制是上帝授予美国黑人获得救赎非洲所必须具备的众多技能中的其中一个；圣公会牧师、神学家克拉梅尔（Reverend Alexander Crummell）在希伯来人和美国黑人之间看到了一种内在的关联，由此将美国黑人的受难界定为神授的——利用痛苦的经验得以升华的过程。美以美会牧师特纳虽然提出了上帝是黑人的观点，但是在神义论问题上仍然继承了传统黑人神学的观点。他说：

　　上帝看到非洲人需要文明，就在一段时间里准许奴隶贸易——这并不是要与他的人统治人的基本律法相和谐一致，也不是上帝打算让

---

　　① 转引自安东尼·平《上帝，为甚么？黑人·苦难·恶》，周辉译，（香港）道风书社2005 年版，第 51 页。

　　② 同上书，第 54 页。

黑人处于奴隶的地位，而是要让他们成为道德与知识文化的主体。于是，对奴隶制度的建立，上帝视而不见或不加垂顾。①

　　总体而言，19 世纪的美国黑人神学家一直认为，奴隶制是一种罪恶，但它是神授的，目的是从中造就终极的善。因此，19 世纪的美国黑人神学的神义论仍然是救赎性受难的神义论。

　　进入 20 世纪以后，美国黑人神学家对神义论的讨论产生了分化。一部分神学家仍然坚持传统黑人神学关于救赎性受难的神义论，如 20 世纪上半叶深受社会主义思想和自由主义神学②影响的美国黑人神学家兰塞姆（Reverdy Cassius Roansom），他从自由主义神学的人类进步意识角度出发，认为美国黑人遭受奴役和苦难是上帝铸炼黑人集体性格的手段，正如上帝曾经把野蛮人放在罗马人的铁板上最终铸造出了欧洲文明的榜样一样，"上帝把赤身裸体的野蛮人从非洲带来，放在美国的基督教和民主的铁板上。在白热化的鄙弃和迫害下，上帝正用重锤击打他们，把他们锻造成美国文明的新典范"③。20 世纪中后期，深受甘地非暴力哲学影响的马丁·路德·金（Martin Luther King, Jr.）在个人经验的基础上很实用地把黑人的受难描绘成：既是用来刺激更广泛的白人社会之良知的工具，又是提炼黑人性格的手段。④ 马丁·路德·金的观点与兰塞姆的观点如出一辙，都是救赎性受难的神义论。

　　在 20 世纪也有一部分神学家和学者不赞成传统黑人神学救赎性受难的神义论，他们认识到，黑人灵歌和传统黑人神学中的救赎性受难的神义论确实给深陷奴隶制压迫的美国黑人以慰藉，但是这种神义论对于在 20

---

　　① 转引自安东尼·平《上帝，为甚么？黑人·苦难·恶》，周辉译，（香港）道风书社 2005 年版，第 74 页。

　　② 自由主义神学（Liberal Theology）是盛行于 19 世纪末 20 世纪 30 年代欧洲和北美的新教神学思潮，主要特征为：排除神学中形而上学和思辨的影响，注重人的理性、感觉、道德责任和价值观；强调宗教的实践性；倾向于以现代科学重估正统神学，主张从道德、社会进步方面来解释基督教教义。

　　③ 安东尼·平：《上帝，为甚么？黑人·苦难·恶》，周辉译，（香港）道风书社 2005 年版，第 92 页。

　　④ 同上书，第 110 页。

世纪仍然备受种族歧视和各种苦难的美国黑人就是一种阻碍和麻痹。他们拒绝将美国黑人的受难看作是救赎性的和终极的善。随着这部分神学家对传统黑人神学的改造，黑人神学迈向了黑人解放神学。黑人解放神学的总建筑师、纽约联合神学院教授詹姆斯·孔（James Hal Cone, 1938—）在《黑人解放神学》一书中，警告美国黑人"不应当把奴隶制、私刑或任何不公正的事情当作是对善的趋近接受"，"奴隶制、私刑或任何不公正的事情等对于美国黑人而言没有任何优点"。① 孔将受难分为消极性受难和积极性受难：消极性受难即一切奴役人的非人性力量，包括种族主义等；积极性受难是美国黑人与一些消极性受难的斗争。孔主张美国黑人从消极性受难中转移到积极性受难中，积极主动地投身于美国黑人的解放斗争中。孔试图对受难从消极和积极两个方面来进行区分，但在现实生活中，美国黑人很难明确区分出受难的形式类型，从而影响了人们对受难采取合适的态度，而且在生存的两难矛盾中，消极性受难和积极性受难很容易被瓦解成一个范畴，最终统一为救赎性受难。但尽管如此，孔对消极性受难的反抗具有调动美国黑人斗争意志的作用，部分地矫正了救赎性受难在对美国黑人获取自由时的束缚。

神学家安东尼·平进一步发展了詹姆斯·孔的观点。安东尼·平是明尼苏达州马卡莱斯特学院（Macalester College, St. Paul, Minnesota）宗教研究系教授，主要讲授美国黑人宗教与黑人神学史等课程，同时担任该学院美国黑人研究项目协调人一职。平在其著作《上帝，为甚么？黑人·苦难·恶》中对美国黑人神学的神义论历史进行梳理后认为，传统的美国黑人神学在生存苦难与基督教福音的矛盾中努力理解上帝，最终发展出了"一条以救赎性受难或富有成果之受难的观念为中心的神义论进路"②，而这样的神义论没有与黑人的基本经验联系起来。他总结说，"迈向解放的运动，应当包括变革的愿望，这个愿望是从对受难——作为毫无疑问、不

---

① James Hal Cone, *A Black Theology of Liberation*（Philadelphia: Lippincott, 1970, 2d ed; Maryknoll, NY: Orbis, 1986), pp. 124, 57.

② 安东尼·平：《上帝，为甚么？黑人·苦难·恶》，周辉译，（香港）道风书社 2005 年版，第 11 页。

可救药之罪恶的受难的正确理解中产生的"①，而传统黑人神学的神义论策略在某种程度上阻碍了黑人的解放。由此，平提出"本质阐释学"（nitty-gritty hermeneutics）的方法，这一方法与传统黑人神学的"解放的怀疑阐释学"（hermeneutic of liberative suspicion）不同，解放的怀疑阐释学迫使黑人的经验符合基督教的原则和价值，从而不知不觉地调和了黑人的经验，进而软化了黑人的经验的"粗糙"边缘，而本质阐释学深入到黑人生活的复杂特征中，"说出它本来的样子"②。平进一步提出"强势人文主义"立场，即"否认存在一个为人类受难负责的邪恶上帝"，在一个没有上帝的世界里体验人类自身的生命，"通过人类积极地献身于生活及其相应活动，来与压迫抗争"③。运用本质阐释学的方法和强势人文主义的立场，平最后得出："受难是错误的，而且它完全是人类不良行为的结果。受难是邪恶的，而且必须结束；接近它和忍受它，都不会带来任何好处……受难没有救赎的性质。"④

三 妇女主义神学的神义论

在美国黑人历史上，女性所受的压迫和苦难远比男性同胞深重。在奴隶制时期，女奴不仅和男性奴隶一样在田间从事繁重的体力劳动，而且还经常受到男性主人的性骚扰，有时成为男性主人满足性欲的工具，因此，女奴承受着精神和生理上的双重苦痛。获得解放的美国黑人女性在承受种族歧视的同时，还承受着性别的歧视，同时还受到阶级的压迫，可以说美国黑人女性深受种族、性别、阶级三重压迫。这种独特的经历，使得美国黑人女性对苦难有着独特的认识和思考。因此，美国黑人男性研究的神学从美国黑人男性的经验出发，没有能够包括美国黑人的经验的完整领域，美国黑人女性的经验是美国黑人的经验组成的一部分，它扩展和批判了黑

---

① 安东尼·平：《上帝，为甚么？黑人·苦难·恶》，周辉译，（香港）道风书社 2005 年版，第 130 页。
② 同上书，第 170—171 页。
③ 同上书，第 209 页。
④ 同上书，第 234 页。

人男性提供的素材，是黑人神学重要的思想资源。

事实上，美国黑人女性一直都从自身经验出发，阐述基督教神学以及基督教的神义论。在 19 世纪那个崇尚维多利亚时代的道德规范的美国社会里，美国黑人女性和男性一样干活，如男性一样强悍，她们被贬低为人类中的另类，是无性别的一类。为了反击维多利亚时代的道德规范中所隐含的压迫内涵，一些黑人女性主义者指出，艰难的经历并没有减少美国黑人女性的女人气质。如前所述，著名黑人女性社会活动家索乔纳于 1851 年 6 月 21 日，在马萨诸塞州伍斯特市召开的首届美国妇女权利大会上发表了著名的演讲"我难道就不是女人吗"，强烈抗议当时人们对美国黑人女性的质疑：

> 在那儿的那位男人说什么妇女上车要人帮忙，过小沟得人抱着，到哪都得为她们让出最好的位置。可是，谁也不曾帮我上车，或帮我过烂泥洼，或为我让出最好的位置！那么，我就不是女人吗？看看我，看看我的胳膊。我扛过犁，种过地，收过庄稼，可是没有一个男人劝阻过我！那么，我难道就不是女人吗？我能像一个男人一样干活，一样吃喝——如果我能够弄到的话——并且像男人一样挨过鞭子！那么，我难道就不是女人吗？我生过 13 个孩子，眼睁睁地看着大多数孩子都听到我的哭声！那么，我难道就不是女人吗？①

实际上，索乔纳曾在多处场合发表类似的言论。索乔纳本是一个奴隶，被相继卖给了多个残酷的奴隶主，由于她体格健硕，常被迫做更加繁重的劳动，后来，她冒着生命危险逃离了主人，成了一个自由人和牧师。她向人们描述自己经历的苦难，并将自己的名字改为"索乔纳·褚斯"（Sojourner Truth），意为寄居者·真相。当人们嘲笑她是一个穿着女人的

---

① 戴安娜·拉维奇编：《美国读本——感动一个国家的文字》（上下），林本椿等译，生活·读书·新知三联书店 1995 年版，第 202 页。

衣服的男人时，她曾当众掀开自己的胸脯，告诉那些吃惊的观众："这不
是我的耻辱，我这样做反而是你的耻辱。"① 索乔纳是当时美国黑人女性
的缩影，她对受难的认识同样具有代表性。在索乔纳看来，美国黑人妇女
的受难并不表明她们的身份与生俱来就是下等的，正如黄金要经过烈火的
千锤百炼一样，受难强化了美国黑人妇女的伦理和道德气质。但是，索乔
纳并没有论述受难的原因。

　　作为一个忠实的基督徒，斯图亚特（Maria Stewart）和索乔纳一样强
调受难所带来的力量和具有的教育意义，但与索乔纳不同的是，斯图亚特
从认识论和本体论上论述受难的意义：

　　　　我的朋友们，我们的心灵至今仍然被无知蒙蔽，这是为什么？这
　　是因为罪恶。我们的教会卷入这么多的苦难当中，这是为什么？这是
　　因为罪恶。上帝从我们身边夺去我们当中最博学和最明智的人，这是
　　为什么？啊，我要说，这是因为罪恶！②

　　在斯图亚特看来，由于美国黑人曾经是愚蠢的和有罪的，所以，上帝
才通过受难来教育和净化美国黑人，而且由于这神授的苦难，美国黑人女
性将具有振兴美国黑人所需要的独特能力和内在力量。

　　和索乔纳一样，斯图亚特对受难的认识同样属于传统黑人神学救赎性
受难的范畴，只不过从性别的立场为黑人女性的受难量身定制，但并她没
有建立起美国黑人女性自己的神义论观念。直到 20 世纪 70 年代，在妇女
主义神学家重新阐述神学时，神义论问题成为重新阐释的首要问题。

　　神学家德洛丽丝·威廉姆斯（Delores Williams）在《旷野里的姐
妹——妇女主义上帝言说的挑战》（*Sisters in the Wilderness：The Challenge*

---

　　①　Brenda Wilkinson, *African American Women Writers* (New York: John Wiley & Sons, Inc.,
2000), p. 18.

　　②　Maria Stewart, *Religion and the Pure Principles of Morality*, *The Sure Foundation On Which We
Must Build.* 转引自安东尼·平《上帝，为甚么？黑人·苦难·恶》，周辉译，（香港）道风书社
2005 年版，第 59 页。

of Womanist God-Talk, *1993*）中的思想，可以说是妇女主义思想的最佳范例之一。在该书中，威廉姆斯将被遗忘的黑人女性的经验引进神学，在考察了黑人社团挪用《圣经》本身及其故事、意象和人物的方法后，她发现了美国黑人挪用《圣经》的两个传统。第一个传统是"美国黑人挪用《圣经》的解放传统"，这个传统是黑人男性神学家发现的，并在 20 世纪 60 年代黑人文化和政治革命中得到灵感，由此创造了黑人解放神学，在这个传统中，神义论的标准化解释是——"上帝是所有穷人和被压迫者的解放者"①。第二个传统是以美国黑人女性的独特经验为中心，"美国黑人挪用《圣经》的生存的/基本生活条件的传统"②，这个传统主要由美国黑人女性完成。威廉姆斯主要论述了第二个传统，并由此建构她的妇女主义神学。

从美国黑人女性的独特经验出发，威廉姆斯发现，《圣经》中夏甲的故事在美国黑人文化中被广为流传，尤其被美国黑人妇女广为关注。在《圣经》中，埃及女子夏甲是亚伯拉罕的妻子撒拉的使女和奴隶，最初撒拉因不能生育就把使女夏甲给丈夫做了妾，夏甲怀有身孕后得罪了撒拉，就被撒拉逐出家门，在旷野里流浪。上帝指示夏甲再次回到主母家。后来，夏甲生下了儿子以实玛利，几年后，撒拉也生下了以撒。撒拉为了维护自己儿子的权利，要求亚伯拉罕再次驱逐了夏甲，夏甲只能带着儿子以实玛利在旷野里流浪。美国黑人女性在这个非洲女奴身上看到了自己的身影和困境——奴隶制，贫困，种族划分，性和经济的剥削，代理制，强夺，家庭暴力，无家可归，单身母亲等。但是，对于美国黑人女性而言，如何理解旷野经验中的上帝临在呢？如何理解《圣经·创世记》中第 16 章第 7 至第 9 节的内容呢？

> 耶和华的使者在旷野书珥路上的水泉旁遇见她，对她说："撒莱（撒拉的原名）的使女夏甲，你从哪里来？要往哪里去？"夏甲说："我从我的主母撒莱面前逃出来。"耶和华的使者对她说："你回到你

---

① Delores Williams, *Sisters in the Wilderness: The Challenge of Womanist God-Talk* (Maryknoll, New York: Orbis Books, 1993), p. 2.

② 在《旷野里的姐妹——妇女主义上帝言说的挑战》一书中，威廉姆斯所谓"基本生活条件"主要指精神的、经济的、政治的、法律的、教育的资源。

主母那里，服在她手下。"

全知、全能、至善的上帝为什么要让一个逃跑的女奴再次回到她的主人那里去，也就是返回到奴役状态？这是一个神义论的问题。在夏甲的故事中，威廉姆斯注意到，"上帝明显偏袒撒拉""上帝没有解放夏甲"①，这样的上帝和黑人解放神学中"解放的上帝"的观念是有冲突的。威廉姆斯从美国黑人女性的集体经验出发，提出从"认同—见证诠释学"的角度认识上帝和压迫事件之间的关系。这种诠释学需要从 3 个层面进行：首先是主观的阅读，其次是适应"他们所属的基督教社区之信仰旅程"的阅读，最后需要客观地考察作者所认同的现象以及这些作者所忽视的现象。②运用这种诠释学，威廉姆斯既对《圣经》进行了批判性重新思考，也没有破坏上帝的声誉。她认为，上帝对被压迫者的允诺是存活而不是解放：

> 当黑人女性基督徒及其家庭陷入遭遇了严重的社会和经济苦难时，她们相信上帝会帮助她们脱离困境。当夏甲和以实玛利被赶出亚伯拉罕的家，没有食物和水，在荒野漂泊的时候，上帝正是这么做的。上帝开启了夏甲的眼睛，使她看见了以前从未见过的水泉。在贫穷的美国黑人妇女之存活斗争的语境中，这又可以表述成上帝提供给夏甲（有时也被读作美国黑人妇女）的新幻象，即在没有希望的地方看到存活的资源。上帝对夏甲的允诺是她的后代的存活而不是解放。③

在威廉姆斯看来，由于上帝为被压迫者提供的是生存技能和完善的生命抉择，而不是解放，那么就不需要再质问上帝——被压迫者为什么受难。因为衡量上帝的价值不再是解放，而是生存，只有获得了生存的基本保障后才能谋求解放，而且谋求解放是被压迫者自己的责任，与上帝无

---

① Delores Williams. *Sisters in the Wilderness*: *The Challenge of Womanist God-Talk* (Maryknoll, New York: Orbis Books, 1993), p. 145.

② Ibid., pp. 144 – 153.

③ Ibid., p. 198.

关，正如在夏甲的故事中，"夏甲的解放不是上帝给的，她在人类的主动中找到资源"①。

与黑人解放神学中"解放的上帝"的观念不同，威廉姆斯的观点具有鲜明的美国黑人女性特色：不追问受难，关键是如何从受难中凭借自己的努力解放自己；上帝解放但并不是总解放被压迫者。

正如威廉姆斯从美国黑人女作家的作品中寻求资源一样，当代美国黑人女作家也在自己的作品中通过文学想象，书写了美国黑人女性经验下的对自身苦难的认识以及对自身苦难与上帝之关系的认识，从而成为妇女主义神学神义论的重要组成部分。

第二节　艾丽斯·沃克的神义论

和众多苦难重重的美国黑人女性一样，当代美国黑人女作家艾丽斯·沃克在经历了种种苦难并对此进行了哲学和神学思考以后，对上帝的正义性提出了质疑，她大胆地指出，上帝很少眷顾受难的黑人女性，因此，她警告美国黑人女性，爱一个不爱你的上帝是致命的。

一　沃克对苦难的生存感受

作为评论界公认的 20 世纪下半叶美国南方最优秀的作家之一，艾丽斯·沃克的作品深深烙着美国南方生活的影子，烙着她本人痛苦的生活经历。

1944 年，沃克出生于美国南方佐治亚州一个小镇上的黑人佃农家庭，是 8 个孩子中最小的一个。黑人佃农的生活非常艰苦，他们只有最基本的食物、贫穷的房子、不充足的钱，曾一度依靠救济金生活。母亲辛苦地操持家务，寻找一切时间为 8 个孩子缝补衣物。受母亲影响，沃克从小就承担起家务工作。8 岁时，沃克在和哥哥们玩游戏时，被哥哥用玩具枪射瞎

① Delores Williams, *Sisters in the Wilderness: The Challenge of Womanist God-Talk* (Maryknoll, New York: Orbis Books, 1993), p.5.

了右眼，造成终身残疾，这一残疾也使得沃克很敏感、很孤独。因此，沃克的童年生活中充满了贫困、艰苦和孤独。

残疾使得艾丽斯从小学习就非常勤奋，她总是在班里名列前茅，受到同学和老师的赞扬，17 岁就进入佐治亚州亚特兰大市的斯帕尔曼大学（黑人女子大学）学习，并多次获得奖学金。尽管如此，沃克的生活仍然充满着不幸。在大学毕业前夕，沃克在一次东非旅行中意外怀孕，由于当时流产属于非法，沃克极为痛苦，曾一度想到了自杀。1965 年，作为单身母亲的沃克在大学毕业后回到了当时民权运动中心的南方老家，投身到争取黑人权利的运动中。其间，沃克认识了犹太人列文斯尔，二人冲破种族障碍走入了婚姻殿堂，成为"革命伴侣"。沃克再次怀孕，但这次上帝又和沃克开起了玩笑，沃克在参加马丁·路德·金的葬礼时因悲伤过度而流产，可谓"想得却未能得"。经历了生产和流产的苦痛，沃克将这些痛苦的经历用诗歌的形式记录了下来，发表于 1968 年的诗集《一度》（Once）回响着在这段时间里让沃克难以释怀的痛苦记忆。不久之后，沃克和列文斯尔感情破裂，最终分道扬镳。之后，沃克和《黑人学者》的编辑罗布特·亚伦共同生活过一段时间。目前，沃克居住在加利福尼亚州，和女儿瑞贝卡生活在一起。

尽管沃克著作等身，获过美国普利策奖、美国全国图书奖等多项奖项，在威尔斯利大学、马萨诸塞州大学、加利福尼亚大学等多所大学任教和演讲，但上帝并没有给沃克一个幸福的童年、健全的身体、完整的家庭，她的生活充满了不幸与苦难，她一生都是在与苦难、不幸的生活不停地做斗争。

不幸与苦难使沃克对美国黑人的生活有更真切的认识。散文集《寻找我们母亲的花园：妇女主义者的散文》是沃克心声的流露，她在其中一篇散文《黑人作家及其南方经历》中描绘了美国南方黑人的贫困生活及其对作家的影响。沃克的母亲领着 3 个孩子到镇上领取红十字会发放的救济面粉，因为那天母亲穿的是北方姨妈寄来的稍微好一点的衣服，就被发放面粉的白人女人给羞辱了一番，两手空空地回了家，一家人靠邻居的接济艰难度日。母亲的经历让沃克看到了一个民族的境况和力量，这个民族在苦难的生活和种族歧视面前没有他人或物质可以依靠，只能相互寻求依护，才能安然度过困境。沃克认为，这样的经历是馈赠给南方黑人作家的财富。

沃克不但切身经历过贫困、种族歧视、残疾、分娩、堕胎、婚姻破裂等痛苦生活，而且在潜意识中还具有美国黑人被奴役、遭凌辱、受歧视的集体无意识，它们相互印证、彼此加强。正如荣格所言："那种集体的、普遍的、非个人的集体无意识对作家的个人创作产生了重大影响。每当集体无意识变成一种活生生的经验，并且影响到一个时代的自觉意识观念，这一事件就是一种创造性行为，它对每个生活在那个时代的人，都具有重大的意义。"① 在沃克的个人意识中，普遍存在于美国黑人身上受难的集体无意识变成了沃克现实生活中的真切感受，它使沃克比一般作家更善于表现受难的集体无意识以及个人意识。在这种集体无意识和个人意识的作用下，沃克的作品大都是从亲身经历出发，以自己成长的地方佐治亚州的乡村为背景，以她的父母亲友、家乡邻里为原型，以美国黑人妇女的遭遇为主要情节，用血和泪直书她们的内心世界。书信体小说《紫色》即是体现沃克对苦难的认识和美国黑人女性精神信仰探讨的典范。

小说《紫色》发表于 1982 年，当时美国的女性主义运动产生了分裂，出现了各种不同主张的女性主义派别。如激进主义女性主义，认为女性受压迫的原因在于男性，排斥一切男性，主张以姐妹情谊、同性恋等女性结盟的方式解决妇女问题。同时，黑人女性主义逐渐形成了自己的观点。沃克早在 70 年代末就撰文表达自己的女性主张——妇女主义（见前）。正是在这种背景下，沃克创作了长篇书信体小说《紫色》。该小说一经发表，就备受读者关注，成为大家竞相购读的畅销书。第二年，该书 下子夺取了美国书坛上 3 个最重要的大奖——普利策奖、全国图书奖、全美书评家协会奖。1985 年，该小说被导演改编成电影，轰动一时。2005 年，又被改编成音乐剧在百老汇上演。直到今日，该小说仍然散发着巨大的魅力。显然，《紫色》的成功不仅在于它涉及当代美国社会中两个极受人们关注

---

① 陆扬：《精神分析论》，山东教育出版社 1998 年版，第 112 页。

的热点即种族与女权的问题，而更重要的是指出了面对现实，广大黑人女性应该做何选择，走怎样一条解放之路的问题。①

二　《紫色》中西丽亚受难的心路历程

《紫色》的故事背景仍然是沃克自己的家乡——美国南方的佐治亚州的乡村，故事发生的时间是在 20 世纪初至第二次世界大战的前夕。全书由 92 封书信组成②，其中 56 封是主人公西丽亚（Celie）写给上帝的信，15 封是西丽亚写给自己的妹妹耐蒂的信（被退回），22 封是妹妹耐蒂写给西丽亚的信③，这些信被西丽亚的丈夫藏了起来，后来被萨格发现。这 92 封信杂乱地交织在一起，全面而细腻地讲述了黑人女性西丽亚从 14 岁的苦难生活到中年迎来全新生活的过程以及个人精神信仰的变迁。

小说由"恐吓"开始："你最好什么人都不告诉，只告诉上帝。否则，会害了你的妈妈"④。这句话是 14 岁的黑人女孩西丽亚遭到父亲（后来得知是继父）强暴后父亲对西丽亚说的。西丽亚的苦难由此开始。14 岁的花季少女被自己的父亲（继父）强暴而怀孕，身心遭受残虐对待，面对生理上的变化，这个女孩无法告诉自己备受父亲（继父）折磨以至于病危的母亲，同时还要照料年幼的弟弟妹妹。于是，在百般无奈之下，西丽亚只好向自己唯一可信赖的上帝诉说苦难的遭遇。这些写给上帝的信没有落款，没有地址，它们是西丽亚单方面的诉述，因此，是西丽亚的独语和内心世界的袒露。"亲爱的上帝"既是文学形式（书信体小说）的浮现，也是一个宗教仪式，是祈祷者在虔诚地诉述自己的苦难，祈求她所信靠的

①　黄铁池：《当代美国小说研究》，学林出版社 2000 年版，第 372 页。

②　英文原著和中文译作（主要有陶洁 1986 年译本和杨仁敬 1987 年译本）中信的数量不一致。主要原因是在英文原著中的第 61 封西丽亚写给上帝的信里包含耐蒂写给西丽亚的第 7 封信，第 86 封是耐蒂写给西丽亚的两封信，第二封很短。所以英文原著都分别按一封处理，而中文译作都分别按两份处理。故此，美国学者认为《紫色》由 90 封信组成，中国学者一般说由 92 封信组成。本书以陶洁的中译本为准。

③　朱丹在《从〈紫色〉中透视"信仰"的力量》（《世界文学评论》2010 年第 1 期）一文中认为，前 55 封是主人公写给上帝的，后 15 封是写给妹妹的，其余 22 封是妹妹写给主人公的。本书认为，这一统计有误，最后一封明显是主人公写给上帝的感谢信。

④　沃克：《紫色》，陶洁译，外国文学出版社 1986 年版，第 3 页。以下对该小说的引文均出自该书，不再一一标注，只在行文中标明页码。

神能帮助她。通过西丽亚不停地向上帝写信（诉说），以及西丽亚与妹妹耐蒂通信，小说展现了主人公西丽亚受难与觉醒的心路历程，对上帝观念的认识和建构过程。

（一）神性放弃阶段

1. 上帝是全知、全能、至善的

和民权运动之前的所有美国黑人一样，教堂是西丽亚最常去的地方。14 岁的少女西丽亚生活在一个没有温暖和亲情的家庭，没有可以依靠的亲人，没有朋友。周末去教堂参加礼拜、听神父宣讲《圣经》，是西丽亚每个星期中最高兴的事，也是西丽亚接受教育、增加知识的最重要途径。在第一次受到继父的强暴而怀孕后，面对妊娠的反应和生理上的变化，还未发育成熟的西丽亚不知所措，"不知道究竟出了什么事"。后来，西丽亚在教堂里得知，自己的遭遇是极其残酷的，残暴的蹂躏导致西丽亚从此不能再生育，她说："可是我的肚子再也不会大了。教堂里有个女孩说过，如果你每月流血的话，你的肚子会大的。我已经不再流血了。"（第 6 页）

但是，教会传授给西丽亚的知识是极其斑驳复杂的，有些知识能够帮助她认识生活，但有的知识恰恰束缚了她进一步的发展。正如妇女主义神学家威廉姆斯指出的，美国黑人基督教教会是一把双刃剑，他们情感上支持黑人女性，为黑人女性的信仰经验的表达提供"神学的空间"，但抑制那些看不见的黑人女性的思想和文化；通过对《圣经》不加批评地使用，通过他们父权制的神学，许多美国黑人宗派教会禁止黑人女性询问关于女性受压迫的批评性问题。威廉姆斯认为，美国黑人基督教教会通过以下方法充当了对黑人妇女进行思想—文化殖民化的基本机构：第一，它不加批判地依赖父权制和男性主义的有偏见的文本——《圣经》，教会中的黑人女性被教会根据这个父权制的、男性中心主义的有偏见的神圣文本定位。第二，美国黑人基督教教会很少注意或较少关注美国黑人奴隶依据《圣经》进行口头经典如灵歌等创作的文化方式。而这些口头经典对于美国黑人女性具有重要意义，因为它是从男女平等的角度，记录下了历史上黑人社团是如何根据上帝和社团之间的关系来理解黑人女性经验的特点的。第三，男性学者和牧师对黑人教会生活的神学和社会学评价阻碍着教会中黑人女性文化的建构。他们教导黑人教会里的女性习惯于崇拜黑人男性传教士，习惯于赞扬白人男性耶稣，习惯于忠诚地充当耶稣的仆人。黑人女性不被鼓励去思考自己的生活，不被鼓励去思考她们所受的压迫以及用黑人女性文化中的象征意象去质疑教会中性别主义者的压迫。相反，许多黑人教会的妇女通过经文、布道和圣餐仪式吸收了男性文化。于是，她们变得依赖于教会男性文化去弥补生活中最迫切的情感需求。①

在父权制的黑人基督教教会生活中，西丽亚学会了顺从与忍耐。面对继父惨无人道的践踏，西丽亚不加反抗，忍气吞声，即使自己的两个孩子相继被继父卖掉，西丽亚也没有反抗，因为"我也不能生我爸爸的气，因为他到底是我的爸爸。《圣经》上说，无论如何也要尊重父亲和母亲"（第39页）。继父的行为不但损害了西丽亚年幼的身体，而且摧残了她脆弱的心灵，它不但使西丽亚被乱伦观念折磨，而且独自忍受母亲的责骂和邻人的非议，同时还要承受骨肉分离的苦痛。但作为一名在父权制教会培育下的虔诚的基督徒，西丽亚习惯于默默忍受。

西丽亚不但忍受着继父的践踏，而且忍受着丈夫从肉体到精神上的双重欺压。西丽亚的继父以一头牛外加自带被褥的"优惠条件"把西丽亚以商品的形式卖给了艾伯特做妻子，但是西丽亚的苦难并没有结束，她不但继续承受男人——艾伯特的蹂躏，而且要照顾艾伯特前妻留下的几个"混账孩子"，同时要操持家务，像一个男人一样在田地里干活，而且稍有不慎，西丽亚还会遭到丈夫的毒打。当她挨打时，"我拼命忍着不哭，我把自己变成木头。我对自己说，西丽亚，你是棵树"（第39页）。艾伯特不但在身体上蹂躏她，而且还在精神上折磨她。作为西丽亚的丈夫，艾伯特公然把自己的情人带回家，当着西丽亚的面与情人亲热。在艾伯特眼里，西丽亚不过是个不用付费的保姆、劳力和泄欲的工具，他认为，"老婆都像孩子。你得让她们知道谁厉害。狠狠地揍一顿是教训她的最好的办法"（第33页）。为了更好地控制西丽亚，艾伯特将耐蒂的来信藏起来，以达

---

① Delores Williams, *Sisters in the Wilderness: The Challenge of Womanist God-Talk* (Maryknoll, New York: Orbis Books, 1993), p. xii.

到切断西丽亚和亲人的感情链的目的。面对丈夫的行为，西丽亚尽管也觉得"有时候某某先生待我实在太过分了"，但因为"他毕竟是我的丈夫啊"，面对丈夫，做妻子的只有顺从，这是《圣经》上明确规定的："你们做妻子的，要顺服自己的丈夫；这样若有不信从的道理的丈夫，也可以因妻子的品行被感化过来。"（《彼得前书》3∶1）"你们做妻子的，当顺服自己的丈夫，如同顺服主，因为丈夫是妻子的头，如同基督是教会的头。"（《以弗所书》5∶22—23）

父权制的黑人基督教教会培养了西丽亚顺从、忍耐的性格，使得西丽亚无法认识自己受难的根源，从而不可能质疑上帝的正义。因此，在西丽亚最初的思想中，上帝永远是全知、全能、至善的，它是自己生命中唯一可以信赖的对象，是生活的基石。面对生活的苦难，西丽亚不曾质疑，只是默默地向上帝倾诉自己的迷惑、恐惧、忧虑。一个14岁的女孩在发生了巨大变化而不知所措之时，她所选择的倾诉对象往往是她最信赖的，是最亲密的朋友和亲人，他应该是万能的，可以帮她指点迷津或安慰她。因此，在14岁的西丽亚心目中，上帝是万能的，是她最亲密无间的忠实朋友。她深信："只要我会写上帝两个字，我就有了伴"。她认为，自己的苦难一定会结束，"这辈子会很快过去……只有天堂永远存在"（第39页）。在这种观念下，当索菲亚在监狱中遭受毒打时，西丽亚并没有像其他人一样去寻找营救索菲亚的方法，而是在幻想中期待着那个至善的上帝的降临："天使们一身白色，白头发，白眼睛……上帝也是一身白，就像那个在银行工作的高大白人。天使们敲响锣鼓，一位天使吹起号子，上帝吐出一口大火，突然，索菲亚就自由了……"就这样，在小说的前28封信中，西丽亚一直坚信上帝一定会来拯救她，一定会带她进入天堂；苦难是暂时的，拯救必然降临；上帝永远是正义的。

2. 上帝是冷漠的沉默者

具有讽刺意义的是，西丽亚如此信赖的上帝面对信赖者、崇拜者、倾诉者，并没有丝毫动静，他岿然不动、冷漠无情、始终不曾发言，在他所创造的人类面临不幸、苦难之时，他是冷漠的沉默者。在《紫色》中隐含着一个自始至终沉默不语的上帝。

　　语言本是上帝全能的体现。在《创世记》中，上帝的全能是通过语言体现出来的。神说："要有光。"就有了光；神说："诸水之间要有空气，将水分为上下。"神就造出空气，将空气以下的水、空气以上的水分开了。神说："天下的水要聚在一处，使旱地露出了。"事情就这样成了。上帝也通过语言创造天地万物，人根据上帝的语言命名来理解和把握世界，上帝也通过语言与人类交流。因此，对语言的理解和运用是上帝全能的体现。但是，面对一个 14 岁少女的不幸与苦难，开启语言源头、以语言展现全能的上帝沉默了。

　　第一封信，14 岁的西丽亚被继父奸污并怀孕了，上帝不语；第二封信，西丽亚的第一个孩子被继父卖掉，母亲气死了，上帝不语；第三封信，西丽亚的第二个孩子被继父卖掉，继父还打起了妹妹耐蒂的主意，上帝不语；第五封信，继父娶了一个和西丽亚年纪相仿的新妻子，这个后妈受到继父的蹂躏，上帝不语；第六封信，继父打了西丽亚，准备打发她嫁给某某先生，并继续打耐蒂的主意，上帝不语……继父骂西丽亚，上帝不语；某某先生打西丽亚，上帝不语；某某先生羞辱西丽亚，上帝不语……如果上帝是全知的，他一定看到了西丽亚的遭遇，听到了西丽亚的控诉；如果上帝是至善的，他一定能够制止西丽亚所遭遇的一切不公正行为；如果上帝是全能的，他一定可以帮助西丽亚找到解决问题的办法。但是，上帝没有采取任何措施，没有发出任何声音，罪恶继续为所欲为、大行其道，弱者仍然无可奈何。

　　无助的西丽亚一再求助她心目中仁慈而全能的上帝，但是上帝始终缄默不语，这迫使西丽亚对自己的受难进行反思，也反思上帝本身。实际上，西丽亚早就意识到上帝是一个冷漠的沉默者。西丽亚只在第一封信中祈求上帝"告诉我，我究竟出了什么事"，接下来所有写给上帝的信件都是西丽亚的独语，而不是与上帝的对话，她已经隐隐感觉到上帝并不是一个全知、全能、至善的上帝，所以冷静地向上帝讲述自己的遭遇，成了言说的主体，从而表明西丽亚一直在追求言说自己的权利。

　　接下来，经过耐蒂、索菲亚、萨格 3 位女性先后的启发、教育和鼓舞，西丽亚逐渐唤醒了自己的个人意识。耐蒂告诉西丽亚，"你得斗争。

你得斗争。"（第 17 页）索菲亚鼓动她"应该把某某先生的脑袋打开花"，"然后再想天堂的事情"；萨格则通过引导西丽亚认识自己的身体，教导西丽亚做一个有独立思想和行为的女性。西丽亚最终获得了确认自我的能力，个人意识也开始觉醒。在个人意识觉醒后，西丽亚对上帝有了清醒的认识。于是，她给上帝发出了 55 封书信之后，终于认识到，对自己的受难，上帝一直无动于衷，她开始质疑上帝："我的爸爸被人用私刑杀死了。我的妈妈疯了。我的小弟弟小妹妹不是亲的。我的孩子不是我的妹妹和弟弟。爸不是我的亲爸。你一定睡糊涂了。"（第 153 页）她最终得出结论："我总算发现，上帝根本不想。他就是坐在那儿，我猜，以耳聋为光荣。"（第 167 页）上帝不再是西丽亚可以信赖的亲密无间的朋友，不再是一个全知、全能、至善的上帝，而是一个冷漠的沉默者，这是西丽亚觉醒后的第一个发现。

3. 上帝是卑鄙的黑男人

如果说上帝对苦难、非正义的沉默，说明上帝非全知、非全能、非至善，那么邪恶日益膨胀，善良被压制、萎缩，这只能说明上帝就是恶本身。这是觉醒之后的西丽亚的第二个发现——上帝原来是个黑男人，这个黑男人不是呵护自己，而是自己苦难的制造者。她大胆质疑上帝，在自己遭遇苦难时上帝不仅不制止苦难，而且还助纣为虐，"上帝为我干了哪些事？……给了我一个被死刑处死的爸爸，一个疯妈妈，一个卑鄙的混蛋后爹，还有一个我这辈子也许永远见不着的妹妹"（第 166 页）。西丽亚认为，自己生活中的苦难都是上帝这个万能的创造者制造的，这个制造自己苦难的上帝就如同她生活中的黑人男人，她说："我一直向他祈祷、给他写信的那个上帝是个男人。他干的事和所有我认识的男人一样，他无聊、健忘、卑鄙"（第 166 页）。

西丽亚对上帝的所有认识源于自己的生活体验。小说中，不乏善良的好黑人男人形象，如收留照顾西丽亚的两个私生子的塞缪尔先生、自愿到非洲传播福音的传教士等，他们都没有直接出现在西丽亚的生活中，只是书信中的一个符号和角色。在西丽亚的生活中，对她影响最大的是继父、丈夫艾伯特、艾伯特前妻之子哈珀这 3 个男性，他们都直接或间接压迫着西丽亚。西丽亚的继父霸占了生父所有的财产，她的母亲被继父折磨最终病魔缠身而死，自己代替母亲成为继父泄欲的工具。这个男人既没有夫道，也没有父道，当他盯上西丽亚的妹妹耐蒂却受到西丽亚的阻碍时，他便以赔上一头牛的代价将西丽亚送给一个有着 4 个孩子的鳏夫——艾伯特。艾伯特最初看上的是耐蒂，经过一个春天、三个月的时间才勉强同意娶相貌丑陋的西丽亚为妻，主要原因是除了免费得到一头牛外，还可以得到另外一头更有价值的"牛"——西丽亚，这头牛不但老实、可以干各种重活，还可以照顾自己的 4 个孩子，尤为重要的是可以毫无防备地满足自己的性要求而不用担心有生孩子的累赘。艾伯特在婚前婚后都没有正眼看过西丽亚，从未把她当作一个人甚至一个女人看待，他任意使唤她，践踏她的身体，凌辱她的尊严。尽管小说结尾处艾伯特有所悔悟，但这个男人曾经深深地伤害了西丽亚的身体和灵魂。哈珀是艾伯特的长子，比西丽亚小 8 岁。在父亲艾伯特夫权思想的影响下，哈珀看到继母西丽亚从事繁重的体力劳动无动于衷，认为"女人该干活"（第 21 页）。在长大成人后，哈珀按照父亲的教导和父亲对待继母的方式对自己的妻子索菲亚欲进行武力制服，尽管遭到索菲亚这个莉莉丝①式的女人的抗争乃至带着孩子离去，哈珀仍然坚持让女人"服服帖帖"。哈珀的行为再次向西丽亚展示了黑人男性的霸权地位。

在《紫色》中，西丽亚所看到和感受到的黑人男性世界是一个充满粗暴、冷酷和强权行为的世界。而在作家沃克看来，为黑人男性粗暴、冷酷、强权行为埋单的不仅仅是传统社会里的父权制思想，还有美国长期以来的种族歧视。在美国种族隔离和种族歧视的社会里，黑人男性在政治、经济、教育等公共领域长期遭受歧视，回到家中，便将自己所受到的屈辱变本加厉地转移到黑人女性身上。美国黑人男性如何转移自己所受的屈辱与压迫？美国黑人女性为什么工作最辛苦、所受压迫最重？美国黑人女性对这个问题有着清醒的认识。赫斯顿于 1935 年 10 月出版的《骡子与人》

---

①　莉莉丝是犹太教和基督教传说中亚当的第一个妻子。根据犹太教和基督教的传说，上帝用泥土创作了第一个女人莉莉丝，送给亚当做妻子。莉莉丝不愿服从亚当，便逃离了亚当，成为撒旦的一个情人。她只在夜间活动，是夜之魔女。

中记载了美国南方关于"为什么黑人姐妹工作最辛苦"的民间故事：

> 知道它是怎样发生的吗？在上帝造出了世界、动物和人之后，他造出了一口大箱子并把它放在大路中间。它被放在那里几千年之后，女主人对男主人讲："去把那口箱子拿来，我想看里面有什么。"男主人看了看那口箱子，它显得很重。于是他对那个黑人讲："去把路上的那口大旧箱子搬来。"那黑人磨蹭了半天，又对他的妻子讲："女人，去搬那口箱子。"于是那黑人的女人去搬那口箱子。
>
> "我喜欢打开大的箱子，因为在巨大的箱子里总是有好东西。"于是她跑过去，抓住箱子，把它打开，里面装满了艰苦的工作。
>
> 那就是黑人姐妹比世界上任何人都工作得更辛苦的原因。那个白人叫黑人去干活，那个黑人接下了活计后，又叫他的妻子去干。①

赫斯顿对这个民间故事加以改造，在 1937 年出版的小说《他们眼望上苍》中，赫斯顿借祖母南妮之口再次讲述了这个故事，并赋予了其更为深刻的含义：

> 亲爱的，就我所知道的，白人是一切的主宰，也许在远处海洋中的什么地方黑人在掌权，但我们没看见，不知道。白人扔下担子叫黑人男人去挑，他挑了起来，因为不挑不行，可他挑不走，把担子交给了家里的女人。就我所知，黑女人在世界上是头骡子。②

作为哈莱姆文艺复兴时期的黑人女作家，赫斯顿长期遭受忽视和埋没。在 20 世纪 70 年代后，赫斯顿重新被发现并大放光彩，其原因是有多方面的，既有赫斯顿及其作品自身的因素，也有美国女性主义运动蓬勃发

---

① 赫斯顿：《骡子与人》，转引自程锡麟《赫斯顿研究》，上海外语教育出版社 2005 年版，第 238—239 页。

② 佐拉·尼尔·赫斯顿：《他们眼望上苍》，王家湘译，北京十月文艺出版社 2000 年版，第 16 页。

展的时代原因，但更得益于两位作家，一是罗伯特·E. 海明威，他于1977 年发表了美国文学史上第一部全面系统地研究赫斯顿生平及其作品的传记《佐拉·尼尔·赫斯顿传》，该著作成为赫斯顿复兴的一座重要里程碑。二是艾丽斯·沃克。沃克尽管在旁听著名黑人女诗人玛格丽特·沃克（Margaret Walker）讲授的黑人文学课上曾经听到过赫斯顿的名字，但是对赫斯顿的真正认识则源于她搜索有关伏都教的资料，沃克发现了赫斯顿著名的民俗学著作《骡子与人》，从而对赫斯顿印象深刻，并萌发了"寻找佐拉"的念头。1973 年，沃克千里迢迢前往赫斯顿的家乡，遍访赫斯顿的足迹，最后在赫斯顿的墓地为她立了一块墓碑。正如复兴后的赫斯顿影响了托妮·莫里森、盖尔·琼斯（Gayle Jones）、托妮·凯德·芭芭拉（Toni Cade Bambara）、格洛里亚·内勒（Gloria Naylor）等当代众多黑人女作家一样，艾丽斯·沃克在创作思想、主题意蕴和文学风格等多方面深受赫斯顿这位"文学之母"的影响。①

　　显然，艾丽斯·沃克非常熟悉《骡子与人》中"为什么黑人姐妹工作最辛苦"的民间故事，《紫色》中西丽亚的遭遇是《骡子与人》中"为什么黑人姐妹工作最辛苦"的民间故事的具体化，也是对《他们眼望上苍》中关于"黑女人在世界上是头骡子"的比喻所做的注脚。具有讽刺意义的是，在《圣经》中，即使一再遭受主人欺压的骡子（或驴）也会得到上帝和天使的眷顾②，但是像只骡子一样的美国黑人女性从未得到过

---

① 有关二者关系的研究，国外早在 20 世纪 70 年代就开始了。国内的研究大量出现于 2000 年以后。比较有代表性的如刘英川：《赫斯顿与沃克：美国黑人女性文学史上的一对"母"与"女"》，《四川外语学院学报》2002 年第 2 期；孙薇、程锡麟：《解读艾丽斯·沃克的妇女主义——从〈他们眼望上苍〉和〈紫色〉看黑人女性主义文学传统》等。具有代表性的学位论文如郭鑫：《非裔美国文学中的"母女"：赫斯顿与沃克》，黑龙江大学，2007 年；王益娟：《黑人女性文学的继承与发展——〈他们眼望上苍〉与〈紫色〉之比较》，南京师范大学，2008 年；贾小伟：《论黑人妇女写作传统的继承与发展——从〈他们眼望上苍〉到〈紫色〉》，山东师范大学，2008 年；张春燕：《佐拉·尼尔·赫斯顿对艾丽斯·沃克的影响力研究——以〈他们眼望上苍〉和〈紫色〉为例》，四川师范大学，2012 年等。

② 《民数记》第 22 章记载巴兰和他的驴的著名故事。希伯来先知巴兰被摩押王请去诅咒希伯来人，巴兰骑着驴前往，路途遭到耶和华派来的天使的阻拦，驴见了天使不敢往前走，巴兰就多次使劲打驴，耶和华就让驴开口斥责巴兰："我向你行了什么，你竟打我这三次呢？……我不是你从小时直到今日所骑的驴吗？我素常向你这样行过吗？"参见《民数记》第 22 章第 28—30 节。

她们的"上帝"（黑人男性）的呵护。《紫色》中的西丽亚不但从未得到黑人男性的呵护，而且一贯受到黑人男性的欺压，并且这种欺压甚至比种族歧视还凶猛。西丽亚的遭遇展示了美国黑人男性的个性扭曲，同时也使美国黑人女性见证了自我群体中的性别压迫。因此，对自我群体中的性别压迫的认识和反抗，是美国黑人女性自我意识觉醒的重要体现。西丽亚的自我意识的觉醒包括对父亲等黑人男性的认识和反抗。

西丽亚曾经把她的父亲、丈夫看作自己的上帝。西丽亚告诉母亲，自己孩子的父亲是上帝，抱走孩子的也是上帝。对于自己的丈夫，西丽亚一直称"某某先生"，英文为"Mr. ＿＿＿"，而不称其名"艾伯特"（在最后两封信中才称呼其名），这对应《圣经》中对上帝的称谓。在《旧约》中，当摩西问显现在他面前的神叫什么名字时，神自称"雅赫维"，该词的希伯来语意为"我是我在""我是我将临在"，中文译作"我是自有永有的"（《出埃及记》3：13—14）。由于当时希伯来文献只标记辅音，所以该单词用拉丁文字母表示为YHVH，平时犹太人用"主人"（adonai）这个单词的发音来诵读YHVH，并且只有每年犹太历七月初十大祭司进入至圣所时，才能在约柜前说出这个单词的正确发音。因此，在《圣经》中提到神时常用空白表示。可见，在西丽亚的思想中，某某先生就是上帝，是她的神，本质上与父亲无疑。

根据女性主义神学的观点，这种对上帝之父的认可恰恰是父权制神学对上帝形象的限定，为了消除上帝的父权制意象，有的女性主义神学家提出要超越上帝的父亲形象。如神学家玛丽·达利指出："如果上帝是个男人，那么男人就是上帝。"因此，女性信徒必须阉割上帝之父才能确立真正的信仰。[1] 西丽亚最终认清了上帝之父的真面目，并摆脱了上帝之父的束缚。在耐蒂的鼓励、索菲亚的帮助和萨格的引导下，西丽亚一步步走上了觉醒的道路。在西丽亚的觉醒道路上，具有转折意义的是她认识到了上帝之父的本来面目。通过耐蒂的信，西丽亚得知奸污她的所谓的"父亲"

① Mary Daly, *Beyond God the Father: toward a Philosophy of Women's Liberation* (Boston: Beacon Press, 1973), p. 19.

竟然不是她的亲生父亲，而是继父，这一真相减轻了或者卸掉了压在西丽亚心头的对乱伦的负罪感，也使她认清了上帝之父的本来面目。正如继父强奸和利用了西丽亚的身体，上帝以仁慈和呵护的名义"强奸"了西丽亚的精神和情感①，二者都戕害了西丽亚。觉醒后的西丽亚认识到：既然她所认为的父亲不是亲父亲，那么他就是一个坏男人，这个坏男人就不再是她的上帝，所以，西丽亚认为没有必要再给这个坏男人写信了。从此，西丽亚写信的对象就不再是上帝了。接下来，西丽亚开始给妹妹耐蒂写信，开始宣称"哪儿有男人，哪儿就有麻烦"（第181页），"你眼睛里没有了男人，你才能看到一切"（第172页），最后，西丽亚离家出走，以反抗丈夫某某先生的压迫。至此，西丽亚超越了上帝之父。

4. 上帝是残暴的白老头

尽管美国是一个多种族国家，在美国建国历程中，在美洲大陆上现存的各种族和各民族都发挥了作用，但是，毫无疑问，美国历史和文化的血脉来源于欧洲，尤其是继承了西欧（特别是英国）的宗教信仰、政治体制和经济模式，其本质上仍然是欧洲中心主义的文化史观，这也是美国主流文化的一贯思想。由 J. R. 坎林主编的一本近年来发行广泛的美国历史教科书就声称："我们所知的美国历史进程开始于 C. 哥伦布对美洲的第二次重大发现。不管我们继承的遗产是什么，我们作为美国人的起源并不是来自墨西哥的金字塔，而是来自西欧的教堂、各州议会和会计事务所，这样一种文化不仅影响了美洲各地，而且影响了世界。"② 这种历史观表明，美国是一个由西欧基督徒在美洲开垦出的"外来的"国家，其主流价值观是西欧白种人的文化价值观。在美利坚民族文化的建构过程中，西欧白人基督徒为了维系"英格鲁——新教"文化体系，对其他民族进行了文化殖民，以多种方式传播、宣扬"英格鲁——新教"文化的优越性，压制、贬低他种文化为低劣、野蛮的文化。这一行为就是后殖民理论所谓的"内部殖民"文化政治霸权。文学史家萨克文·伯科维奇指出了这一行为的目

---

① Patricia Andujo, Rendering the African-American Woman's God through *the Color Purple*, in Kheven LaGrone Edited *Alice Walker's the Color Purple* (Amsterdam-New York: Rodopi, 2009), p. 66.

② 转引自江宁康《美国当代文学与美利坚民族认同》，南京大学出版社2008年版，第2页。

的："在自己的国界之内，占据统治地位的文化也在试图对它的已经被边缘化的文化所具有的想象力进行殖民化。"①

在美国历史上，白人奴隶主为长期统治和奴役来自非洲的黑人奴隶，一边宣扬黑人天生低等、野蛮、愚昧的思想，一边向黑人奴隶传播白人的价值观。但是，正如萨义德所指："帝国的持久性是由统治者和被统治者双方维持的，而且每一方都有从其自身的视角、历史感、情绪与传统出发，对它们的共同历史做一套解释。"② 美国黑人在长期被奴役的过程中，不但承受身体的摧残，还遭受精神的压迫，在身心备受打击的情况下，他们渐渐抹去了非洲传统文化的记忆，并慢慢接受了白人奴隶主的文化统治，甚至认同了白人至上主义。《紫色》中的西丽亚曾经一度奉行白人至上主义，就连心目中的上帝也是一副白人的形象，"他个子高大，模样挺老，胡子花白，满头白发。他穿白颜色的长袍，光着脚走路"（第 168 页），他是一个蓝眼睛、白眉毛的白老头。西丽亚的这种想法是长期受白人文化殖民统治的结果，正如小说中萨格一针见血地指出的，这个上帝"就是白人的白《圣经》里的上帝"（第 169 页），但是，这个具有白老头形象的上帝也是西丽亚对白人文化认同的结果，她和大多数黑人一样鄙视自己的肤色和身体，由于"黑鬼最不希望他们的上帝有扭结绞缠的头发"，所以在读《圣经》的时候，就"没法不觉得上帝是白人"（第 169 页）。

但是这些在西丽亚看来是上帝的白人都干了些什么呢？他们杀死西丽亚的亲生父亲，原因仅仅是西丽亚的父亲勤劳努力、善于经营，抢走了白人商人的黑人顾客。他们的手段极其残忍，他们不但砸了西丽亚父亲的店铺，而且将西丽亚的父亲用私刑处死，使其"尸体残缺不全，而且都被烧焦了"（第 151 页），以至于西丽亚的母亲在看到丈夫惨死的情景时昏死了过去。黑人女人索菲亚是一个强壮能干的女人，她体格健硕，敢作敢为，从小就敢于反抗男性的欺侮，用她自己的话说"我这辈子一直得跟别

---

① 萨克文·伯科维奇：《剑桥美国文学史》第七卷，孙宏译，中央编译出版社 2005 年版，第 567 页。

② 爱德华·W. 萨义德：《文化与帝国主义》，李琨译，生活·读书·新知三联书店 2007 年版，第 13 页。

人打架。我得跟我的爸爸打。我得跟我兄弟打。我得跟我的堂兄弟、我的叔伯们打"（第 37 页）。而且，索菲亚还是位贤妻良母，她把几个孩子收拾得干净利索，教导得乖巧伶俐。因此，白人市长的太太——米莉小姐相中了能干的索菲亚，要求她当自己的佣人。但是，当索菲亚不甘屈服地拒绝了这一要求并出言不逊，她被投放进监狱并遭到警察极其残忍的毒打。西丽亚记录了自己的见闻：

> 我看见索菲亚的时候，真不明白她怎么还活着。他们打破了她的脑袋，他们打断了她的肋骨。他们把她半个鼻子掀了。他们把她一只眼睛打瞎了。她从头到脚浑身浮肿。舌头有我胳膊那么粗，伸到牙齿外面，像是块橡皮。她不会说话了。她浑身青紫，像个茄子似的。（第 80 页）

西丽亚曾经对白人上帝抱有幻想，她希望"上帝赶着马车来，赶得低低的，把索菲亚带回老家去"，幻想着"天使们一身白，白头发、白眼睛，像得了白化病的人。上帝也是雪白的，像在银行里工作的胖胖的白人。天使敲打铙钹，其中一个吹起号角，上帝吐出一口火焰，突然间索菲亚自由了"（第 82 页）。但具有讽刺意义的是，拿着《圣经》去向白人监狱长布伯·霍奇斯求情的吱吱叫（又名玛丽·阿格纽斯）以被强暴的代价，最终却换来了索菲亚服刑 3 年以及在市长家当 11 年半女佣的结果。这位战胜了家庭暴力的黑人女性，在掌握着政权的强大的白人阶级面前，她的反抗宛如以卵击石。[①]

白人的强权统治无处不在，即使遥远的、宛如净土的非洲也不能逃脱白人统治的魔爪。耐蒂在信中向西丽亚讲述了自己在非洲的见闻。耐蒂告诉西丽亚，在塞内加尔这样的非洲国家，"白人多极了"，总统的内阁成员中也有很多是白人，内阁成员的妻子也都是白人，"她们浑身上下是绫罗

---

① 杨玉清：《论艾丽斯·沃克小说〈紫色〉中的上帝形象》，硕士学位论文，华中师范大学，2008 年，未刊。

绸缎、珠光宝气"（第 123 页）。奥林卡部落的原住地被白人用他们的
"发明"强行霸占，致使以狩猎为生的奥林卡人背井离乡，四处流浪。

这样的白人老头值得膜拜吗？西丽亚经过对自己苦难的思索，最终认
识到白人从来不想听黑人在说些什么，白人上帝也从来没有听见过黑人女
性西丽亚的苦难讲述。因此，觉醒之后的西丽亚要做的第一件事情就是
"使劲把那个白老头从我的头脑中赶出去"（第 172 页）。至此，西丽亚倒
空了基督教传统神学中有关神义论的所有阐释。

总之，西丽亚最初抱着上帝是全知、全能、至善的想法给上帝写信，
向上帝诉说自己的不幸遭遇，并按照自己的生活经验，将上帝看作自己生
活中的父亲、丈夫等这样的黑男人，还曾经按照白人的价值观将上帝看作
一个蓝眼睛、灰胡子、白头发的白人老头，但是觉醒之后的西丽亚发现，
无论是黑男人还是白老头，他们都是冷漠的甚至是卑鄙的、残暴的。认识
到上帝的这种本质后，西丽亚就倒空了传统的信仰体系，否定了传统的神
义论，从而决定放弃这个不仁、不义、不能的上帝，重新建构一个属于自
己的新上帝。

（二）神性重构阶段

1. 上帝是黑女人

艾丽斯·沃克通过西丽亚倒空和颠覆基督教传统神义论的目的，显然
不是走向虚无论，正如耐蒂所警告的，没有信仰是很可怕的事情，进入虚
无主义的撤退并不能解决问题，西丽亚必须重新学习和建构一种可以补充
这种精神的新的信仰体系。西丽亚建构新的信仰体系的过程就是迈向自我
的过程，而"西丽亚迈向自我的道路包含着对基督教蒸发、清除的过
程"①，二者相辅相成。

事实上，小说中的西丽亚自始至终是一个不断探寻自我的女性，她单
方面地、不停地给上帝写信，就是要袒露自己的心声，探寻自我的本质。
在开篇第一封信中，西丽亚就在探寻自我。"我向来是个好姑娘"（I am

---

① James C. Hall, Towards a Map of Mis（sed）Reading：The Presence of Absence in the Color
Purple, in *African American Review*（Vol. 26, Issue, 1992）.

I），这里，西丽亚已经说出了《圣经》和基督教中不能言说的话（I am），这是对《圣经》和基督教禁忌的挑战，从根本上修订了基督教有关神的定义。当西丽亚学会写字以后，她不再说"亲爱的上帝"，而是"G-O-D"，其中字母之间的空隙喻指白人对上帝概念填充的空间，是白种人的空间（white space）。如同对神的名字的呼唤，西丽亚最初对自己的丈夫一直称为"某某先生"（Mr. ＿＿＿），随着西丽亚自我意识的觉醒，她最后大胆地说出了丈夫的名字，这不仅是对父权制的颠覆，也是对父权制神学的颠覆。

如果说西丽亚的自我意识是一股被父权制社会和父权制神学遏制的潜流，那么这种自我意识是通过耐蒂的鼓励、索菲亚的帮助和萨格的引导最终被唤醒了。耐蒂是一个漂亮、有文化、有见识的黑人女性，敢于与命运抗争。她在姐姐出嫁后逃出继父的魔爪，但不幸又进入新的虎穴，面对姐夫的骚扰，她毅然反抗以至于被赶出姐夫的家门。她隐姓埋名，到非洲传教，并将自己在非洲的见闻和感受写信告诉姐姐西丽亚，鼓励西丽亚学习文化，认识自我。实际上，早在西丽亚和艾伯特结婚不久，耐蒂就告诉西丽亚："你得斗争。你得斗争。"（第 17 页）耐蒂是西丽亚的精神依靠和灵魂导师。

如前所述，索菲亚是小说中最具有反抗精神的黑人女性。她自己不但和压迫她的一切势力进行斗争，还鼓动西丽亚"应该把某某先生的脑袋打开花"，"然后再想天堂的事情"（第 39 页）。索菲亚建议西丽亚加入清算父权制神学的工作之中。索菲亚为西丽亚提供了另外一种生活的可能，唤醒了西丽亚对自我已忽视了很久的世界的感知力，使她感受到自己的软弱，使她认识到必须依靠自己才能拯救自己。

对西丽亚影响最大的是萨格。小说中的萨格是一个魔鬼一样的女性。她随心所欲，为所欲为。她本来有自己的家庭，却公然做一个有妇之夫的情人。最初，西丽亚认为她很坏，"她只是病了。病得比我见过的都要厉害。她比我妈妈临死时病得还厉害。但她比我妈妈邪恶"（第 43 页）。尽管萨格是一个恶魔，但她的出现使西丽亚开始从不同的角度看待事物，开始认真地思考这个世界。萨格通过引导西丽亚认识自己的身体，从而给西丽亚上了最生动的一堂课。由于西丽亚的身体从 14 岁起总是被男人践踏，西丽亚从来没有看过自己和自己的身体，她从没有照过镜子，从来不认识自己。在萨格的引导下，西丽亚逐渐认识了自己的身体，进而开始认识生命，认识自我。从这封讲述认识自我的信开始，西丽亚写给上帝的信就不再是受难日记，而是成长日记。① 萨格还帮助西丽亚找到了被艾伯特藏匿多年的耐蒂的来信。显然，被藏匿的信在小说中具有一定的寓意，寓指西丽亚潜在的自我和潜藏的非洲文化传统，西丽亚在萨格的帮助下找到被藏匿的信，表明西丽亚必须在他人的帮助下亲自发现自我。在萨格的启发和引导下，西丽亚终于打破多年的沉默，打破自己编织的藩篱，重新思考生活，重新做人。她第一次在镜子面前端详自己，发现自己也拥有其他女性所拥有的美丽。她向骂自己是扫帚星的艾伯特的父亲的碗里吐唾沫，以离家出走的方式反抗艾伯特的压迫，最后还建立了自己的"大众裤子非有限公司"。

在西丽亚的成长过程中，耐蒂、索菲亚、萨格这些黑人女性身上所体现的爱的力量、不屈的精神、坚韧的意志、自强不息的气概，正是美国黑人女性所需要的基督精神，是上帝所体现的正义。在成长起来的西丽亚看来，她们就是上帝所宠爱的人，她们是西丽亚心中真正的上帝。这时，上帝已经由非人性的上帝成了一个人性化的上帝，上帝是黑人女性，上帝是我自己，"上帝在你心里，也在大家心里。你跟上帝一起来到人间"（第170页）。作为黑人女性的上帝，她不是全知，也不是全能，但她为黑人女性言说，她要求黑人女性自己消除自己的苦难。这一点与前文所提到的妇女主义神学家威廉姆斯的观点是一致的。

2. 上帝是它

萨格给西丽亚上的第二堂影响深远的课是有关上帝和神义论的讨论课。如威廉姆斯所总结的，在这堂课中，萨格帮助西丽亚重新审视她这一生所坚守的某些宗教价值，这一重新审视集中在对上帝、男人、教会的观念上。② 萨格一层一层剥离了深嵌在西丽亚思想意识中的父权制神学观念

---

① Patricia Andujo, Rendering the African-American Woman's God through *the Color Purple*, in Kheven LaGrone Edited *Alice Walker's the Color Purple* (Amsterdam-New York：Rodopi, 2009), p. 73.

② Delores Williams, *Sisters in the Wilderness：the Challenge of Womanist God-Talk* (Maryknoll, New York：Orbis Books, 1993), p. 53.

和传统基督教神义论，让西丽亚自己认识到，上帝并不是全知、全能、至善的上帝，而不过是一个生活中卑鄙的黑男人、残暴的白老头，是一个冷漠的沉默者。在倒空了父权制神学观念和基督教传统的神义论以后，萨格开始向西丽亚传授她自己的宗教意识——泛神论：

> 上帝既不是她也不是她，而是它。
> ……它不是电影。它不是你看得见摸得着的东西，不是跟别的东西，包括你自己在内的一切东西分得开的东西。我相信上帝就是一切……现在的一切，从前的一切，将来的一切。（第 170 页）

萨格还向西丽亚讲述了自己产生这种意识的过程：

> ……我摆脱这个白老头的第一步是我在树木中发现了生命力；后来我在空气中发现了生命力；后来在鸟身上；再后来是在别人身上。有一天我安安静静地坐着，觉得自己像个没娘的孩子，它突然来了，我觉得我是万物的一部分，不是跟万物毫无关系、割裂的东西。我知道如果我砍一棵树的话，我的胳膊也会流血。（第 170 页）

具体来说，萨格向西丽亚传授的泛神论包含几个方面的内涵：第一，否认上帝和神的超越存在，将上帝自然化；第二，否认上帝是万物创造者的身份，认为神与世间万物同时产生；第三，否认上帝对世间万物的统治，认为神与世间万物之间是相互关联的。

萨格的泛神论思想有着鲜明的非洲文化传统渊源。非洲黑人传统宗教对自然万物、祖先、部落神、至高神、图腾等进行崇拜，是多神宗教、泛神崇拜。耐蒂从非洲写给西丽亚的信中记叙了非洲的泛神崇拜。奥林卡人将大叶子树视为他们的上帝和保护神，他们认为大叶子树有灵魂，因为大叶子树长在茂盛之处，庄稼丰产，而没有大叶子树的地方就会出现饥荒、洪水和疾病。在看到了白人基督教的狭隘与虚伪后，作为一个虔诚的基督教徒和热忱的传教士，耐蒂最后接受了奥林卡人的朴素的泛神崇拜，并影响了西丽亚的信仰的转变。在西丽亚的最后一封信中，信件抬头"亲爱的上帝。亲爱的星星，亲爱的树木，亲爱的天空，亲爱的人们。亲爱的一切。亲爱的上帝"的称谓，表明西丽亚最终接受了泛神论的宗教思想。

　　非洲的传统宗教作为集体无意识被美国黑人继承，或者被美国黑人再次发现，这再次使我们联想到被藏匿的信失而复得的隐喻，非洲文化传统从不曾消失，它潜藏在某个角落，它流淌在美国黑人的血液中，只是美国黑人自己并不知道。正如艾丽斯·沃克所言："如果说美国黑人保留了非洲的某种遗产，那么很可能是泛灵思想：这种信仰认为万物皆有生命，都有灵魂栖居。这种信仰提倡依靠直觉得来的知识。现在，科学家们发现树木、植物、花朵都有感觉……情绪，当人向他们喊叫时会收缩，而当周围出现某个有可能伤害他们的邪恶之人时会褪色。而这些，就我个人而言，并不使我惊讶。"① 显然，不仅萨格、耐蒂、西丽亚继承了非洲传统宗教中的泛神论的思想，作家艾丽斯·沃克也在散文和小说中多次声称自己不相信超越于自然的上帝，更不相信一个不爱自己的上帝。她说：

　　　　去爱一个不爱你的上帝，这是致命的。……我们是宗教餐桌旁的乞丐……我们自己的宗教被否定和遗忘了。我们自己的、祖传的、和所有创造物相关联的东西，被我们引以为耻。我认为，没有我们野蛮的异教徒的祖先，我们是空洞无物的和孤独的，我们必须和他们一起快乐地过日子，并开始把他们看作一个整体、看作必需品和正确的：他们以地球为中心的尊重女性的宗教，像他们的建筑、农业和音乐一样，完全适合他们所引导的生活……当然，那是因为我们的许多祖先完全熟悉耶稣的教义，尤其在新的世界——他们已经按照他（耶稣）所鼓吹的爱和分享进行实践——基督教教会能够让真正的皈依者皈依基督教。所有的人都值得去崇拜一个也崇拜他们的神，神能使人们喜

---

　　① 转引自朱荣华《论艾丽斯·沃克小说中的泛灵论思想》，《重庆工商大学学报》2012年第2期。

欢他，而他也喜欢他们。这就是自然、地球母亲成为人们一个如此好的选择的理由。自然从不要求你割去身体的某一部分去取悦于它，地球母亲从没有在你的自然行为中发现有什么错误，无论如何，都是她使然，以至于你非常舒服地成为她的创造物的一部分。去崇拜一个爱护我们的自由的神，对于我们而言是值得的：除了我们自己去做以外，自然并不建议我们去做任何事情，地球母亲将去做她不能支持我们选择的所有事情……因为我们是她的，我们创造物的内在本质是她所信任的。①

这段话清晰地表明了艾丽斯·沃克的宗教信仰。沃克批判传统基督教中的种族主义、性别主义、殖民主义等负面因素，提出把自然/地球母亲作为创造者和神/女神，从而修订了基督的意象和角色。沃克的这段论述强有力地颠覆了基督教的神义论。以自然/地球为基础的女神崇拜、万物有灵论、泛神论并不要求信徒受难，不要求信徒牺牲自己，神的正义体现在自身之中。因此，沃克接下来继续写道："所有的人和所有有生命的事物都是上帝的身体和灵魂……我们不是通过使地球和她的人们受难而服务上帝，我们是通过使地球和她的人们完整而服务上帝。"②

正如希克（John Hick）在《宗教哲学》一书中所阐明的，要解决罪恶和神义论问题，可以采取 4 种不同的方式：一是重新思考罪恶的性质/作用，大多数经院派基督教神父如奥古斯丁就是从这一角度论述神义论的；二是假定一个有限的上帝；三是质疑/否定上帝的存在；四是质疑上帝的善与/或正义。③ 艾丽斯·沃克对罪恶和神义论的探讨正是从第 3 个方式进行的，与妇女主义神学极为相似。

艾丽斯·沃克对受难和上帝正义的认识与她的"妇女主义"主张一脉

---

① Alice Walker, The Only Reason You Want to Go to Heaven, in Alice Walker, *Anything We Love Can Be Saved*: *A Writer's Activism* (New York: Random House Press, 1997), pp. 25 - 26.

② Alice Walker, *Anything We Love Can Be Saved*: *A Writer's Activism* (New York: Random House Press, 1997), p. 194.

③ 希克:《宗教哲学》，何光沪译，生活·读书·新知三联书店 1988 年版，第 83 页。

相承。沃克的"妇女主义"概念的一个非常重要的特征就是"热爱音乐。热爱舞蹈。热爱月亮。热爱宗教。热爱爱情、食物和圆形物。热爱斗争,热爱民间故事。热爱自身。爱一切"① 的泛神论思想。沃克的"妇女主义"思想也是妇女主义神学的基础,她对神义论的理解也成为妇女主义神学的组成部分。

第三节 托妮·莫里森的神义论

正如学界公认的,作为自诺贝尔文学奖颁布以来第一位获此殊荣的美国黑人女作家,托妮·莫里森始终以美国黑人的历史和现实生活为素材,极力弘扬美国黑人的文化。但是,对本种族的文化,她并不是盲目地宣扬,而是审慎地思索,在弘扬本种族优秀文化的同时,批判和反思其中的劣根性,探索在新时代语境下美国黑人文化崛起之路。和其他美国黑人作家一样,托妮·莫里森认为美国的白人文化不但严重压制了黑人文化的发展,而且扭曲了美国黑人的灵魂,致使美国黑人一味崇拜和模仿白人文化从而迷失了自我。因此,她在《黑暗中的游戏:白人性和文学想象》一书中提出,要通过文学创作揭示美国白人的种族优越性和强势文化对黑人的冲击和异化。② 由于宗教信仰是文化的重要组成部分,因此,托妮·莫里森重新思考和检阅了既影响美国白人也影响美国黑人的基督教宗教信仰,神义论是其思考和检阅的对象之一。她首先揭示出白人强势文化强加给黑人的上帝是一个种族化的、非正义的白人上帝,然后从黑人女性的经验出发,为美国黑人女性建构了一个属于自己的上帝。

一 对苦难沉默的白人上帝

和其他黑人女作家一样,莫里森对苦难有着切身的体会,虽然她出生

---

① Alice Walker, *In Search of Our Mother's Gardens*: *Womanist Prose* (San Diego and New York: Harcourt Brace Jovanovich, 1983), p. vi.

② Toni Morrison, *Playing in the Dark*: *Whiteness and the Literary Imagination* (New York: Vintage Books, 1993), p. 3.

和成长的地方是位于美国中西部俄亥俄州的一个小镇，而不是贫穷的黑人云集的南方，但是其父母正是为了逃避种族主义的迫害和寻找工作机会的南方黑人移民，种族迫害和贫困的南方生活也作为故事和记忆回响在这个家庭中。而且，这个家庭在移民后仍然不富裕，托妮·莫里森从 12 岁起就在课余打工挣钱补贴家用。成人后，尽管凭借自己的努力，托妮·莫里森相继获得了霍华德大学的学士学位、康奈尔大学的硕士学位，并在一所高校谋得教师职位，但是遭遇了婚姻的不幸。1958 年，她与牙买加建筑师哈罗德·莫里森结婚，1964 年便离婚，从此开始了单身妈妈的生活。她白天工作，晚上陪伴两个儿子，在夜深人静之时，便将自己对生活的理解和感受形诸笔端，写入她虚构的一个个故事中。

小说《最蓝的眼睛》便是莫里森在生活艰难时期经过 5 年左右的酝酿发表于 1970 年的处女作，它表达了作家对黑人女性遭遇不幸与苦难的认识。但和以往的黑人小说对成年男女的关照不同，这部小说开创性地采用了黑人小女孩作为故事的叙述人，并且以黑人小女孩作为故事的主角。正如莫里森在 1980 年的一次访谈中所言，正因为"在文学中，任何人都未曾认真对待过那些处于边缘地位的小女孩"①，她才以此为动力写下了这部小说，因此，这些处于社会边缘地位的黑人小女孩的遭遇更能引人深思。

《最蓝的眼睛》主要讲述了 12 岁的黑人女孩佩科拉一直遭受父母的冷落、同学的奚落、白人的歧视，她认为这一切都因为自己相貌丑陋，于是每晚都虔诚地向上帝祈祷，渴望有一双像白人女孩一样的蓝色眼睛，并以为一旦她有了蓝色的眼睛，人们对她的态度就会改变。但是生活一如既往，唯一变化的是佩科拉遭到了生父的强暴，在几个月后，她早产生下一个死婴。佩科拉最终疯癫，沉浸在自认为得到了"最蓝的眼睛"的虚幻中。

正如学者王守仁、吴新云所言，《最蓝的眼睛》"展示了由白人强势文化冲击所造成的黑人心灵文化迷失的悲剧"②。除此以外，笔者认为，

① Danille Taylor-Guthrie, ed. *Conversations with Toni Morrison* (Jackson: University Press of Mississippi, 1994), p. 88.

② 王守仁、吴新云：《性别、种族、文化——托妮·莫里森的小说创作》，北京大学出版社 2004 年版，第 27 页。

这部小说更重要的是揭示了白人强势文化是如何冲击黑人灵魂使其文化迷失的。显然，白人文化一直是美国的主流文化，同时也是强势文化，凌驾于其他文化之上，并通过多种手段向弱势文化渗透，最终试图达到文化侵略和文化霸权的目的。在《最蓝的眼睛》中，莫里森揭示了美国白人强势文化实现文化侵略和文化霸权的一些手段，诸如学校教科书①、儿童玩具②、宣传画③、电视电影等大众传媒④等，而在这些手段中，对黑人产生最根深蒂固影响的是白人化的基督教文化。白人优等、黑人劣等，白人美丽、黑人丑陋，这种观念被白人化的基督教文化加强，从而成为一种貌似合理的价值判断被白人也被黑人普遍接受。佩科拉、佩科拉的家人以及广大黑人都不加怀疑地认为自己的外貌和行为都是丑陋的，这种丑陋的意识是由多方面的原因造成的，但负首要责任的是白人化的基督教。作者在小说中这样揭示：

> 他们的眼睛，小小的眼睛长在低低的额头下，两眼间距极窄。发际很低且又不齐，与两道几乎相连的笔直的眉毛相比，越发显得不齐。鼻梁虽高但不直，鼻孔粗大。高颧骨，招风耳。很有线条的嘴不

---

①　小说开篇的引子以 3 种不同的叙述状态：第一种为正常叙述状态，语法、句读正常；第二种取消大小写和标点符号；第三种取消了大小写、标点符号和词语间隔，完全是字母的排列——重复描述了同一个画面：美丽的房子，慈爱的父母，漂亮的小女孩，可爱的猫和狗，玩耍的小朋友……这个美国白人中产阶级理想家庭的生活场景则是美国儿童启蒙读本"迪克和简"课文中的选段（参见王守仁、吴新云《性别、种族、文化——托妮·莫里森的小说创作》，北京大学出版社 2004 年版，第 28 页）。这个选段在每一章的前面都出现了。

②　显然，在美国，女孩最常见的芭比娃娃是一个白皮肤、蓝眼睛、黄头发的小女孩。在《最蓝的眼睛》中，对小说叙述人克劳迪娅——一个比佩科拉还要小的黑人小女孩而言，"圣诞节最贵重、最特殊、最可爱的礼物总是蓝眼睛的大娃娃"。参见托妮·莫里森《最蓝的眼睛·秀拉》，胡允桓译，南海出版社 2005 年版，第 12 页。

③　如小说中，佩科拉购买的玛丽·珍牌的糖块，其糖纸宣传画上印刷着玛丽·珍的图像："一张笑盈盈的白脸和飘逸的黄头发。一双蓝眼睛从一个清洁舒适的世界里向外看着她"。参见托妮·莫里森《最蓝的眼睛·秀拉》，胡允桓译，南海出版社 2005 年版，第 32 页。

④　小说中，佩科拉的母亲波莉最快乐的事情是看电影，因为电影里演的是白人的生活，正是因为"看电影受教育"，波莉向往白人生活而厌弃黑人生活，她说："白人男人对他们的女人真好，他们都住在整洁的大房子里，穿着讲究，澡盆和马桶在同一地方。这些片子让我快乐，但也让我难以回家，难以面对乔利。"托妮·莫里森：《最蓝的眼睛·秀拉》，胡允桓译，南海出版社 2005 年版，第 78 页。

仅不让人赞美反倒让人更注意脸上的其他部位。当你注视着他们时，你会纳闷他们为什么这么丑陋。你再仔细观察也找不出丑陋的根源。之后你意识到丑陋来自信念，他们对自身的信念。似乎有个无所不知的神秘主子给他们每人一件丑陋的外衣，而他们不加疑问便接受下来。主人说："你们都是丑陋的人。"他们四下里瞧瞧，找不到反驳此话的证据；相反，所有的广告牌、银幕以及众人的目光都为此话提供了证据。"是这样，"他们对自己说，"这说的是实话。"他们把丑陋抓在手心里，穿戴在身上，去闯荡世界……①

　　白人化的基督教以命令、真理的形式向人们传达了一种白人优等而黑人劣等、白人美丽而黑人丑陋的价值观，在广告牌、银幕等其他手段以具象的形式佐证了前述命令后，命令就越发是真理了。
　　在《最蓝的眼睛》中，白人化的基督教文化主要体现在白人上帝形象上。乔利对上帝形象的认识代表了一部分黑人的观点：

　　　　那人高高的个儿，高昂着头，眼睛盯着石块。两臂举得比松树还高。两手捧着的西瓜比太阳还大。那人停了一下，站稳脚跟，对准目标。看着那蔚蓝天空衬托下的形象，乔利的胳膊上、脖子上起了一层鸡皮疙瘩。他不知上帝是否就是这副模样。不对，上帝是一个和善的白人老头，长长的白发，飘逸的胡须。当有人死去时，上帝的蓝眼睛会变得很忧伤。但当有人作恶时则会变得严厉。这一定是魔鬼的模样——把地球捧在手中，随时准备摔在地上，把甜蜜温乎的瓜瓢摔出来让黑人吃。如果魔鬼真是这般模样，乔利会喜欢他的。想到上帝时他没有什么感受，可稍一想到魔鬼他就兴奋不已。此刻那个高大的魔鬼正把太阳遮住，把地球摔得粉碎。（第 86 页）

---

　　① 托妮·莫里森：《最蓝的眼睛·秀拉》，胡允桓译，南海出版社 2005 年版，第 24 页。以下有关该小说的引文均出自该译本，不再一一标注，只在行文中标明页码。

　　这是乔利在一次教堂野餐中看到的一个黑人老头为家人切西瓜的情景。最初，乔利按照黑人的民族经验，将上帝想象为一个强壮的黑人，他比自然物高大，能把太阳遮住，他充满力量，能够将地球摔得粉碎，他帮助黑人，"把甜蜜温乎的瓜瓤摔出来让黑人吃"。但是，在强大的白人文化面前，乔利感到了恐惧，"起了一层鸡皮疙瘩"，最终，这个黑人上帝很快被白人上帝打败了，上帝永远是蓝眼睛、白头发的白人老头，而他心目中的黑人上帝只能是魔鬼。与黑人上帝相比，这个白人上帝尽管也会因人的死亡而悲伤，因人的作恶而严厉，对黑人却无动于衷。在白人上帝的睽睽注视下，乔利的第一次性行为遭到了白人的羞辱：一天晚上，当他和初恋情人在一片空地上正体验着性的快乐时，被两个路过的白人撞见了，他们要求乔利在手电筒的照射下继续进行"表演"，他们则一边欣赏一边评头论足。在白人上帝、白人男人面前，黑人男人阳痿了。这次羞辱对于乔利而言成为他一生无法抹去的伤痛和苦难，他无法将此事向任何人诉说，不敢也没有想过怨恨那两个白人，他认为，白人是上帝，"他们是高大带枪的白人，而他是弱小无助的黑人。他下意识地明白仇恨白人会让他自取灭亡，会将他像煤球一样燃烧，只剩下灰烬以及团团的青烟"（第 97 页）。乔利没有认识到这个白人上帝不但不会帮助黑人，而且还是黑人苦难的制造者。所以，正如作者所言，"这种想法会毁了他"（第 97 页），对白人上帝的认同和顺从让乔利迷失了自我，正如他不知道上帝终究是黑人还是白人，不知道上帝和魔鬼的区别一样，他不知道如何表达自己的爱和恨。于是，面对正在刷盘子的瘦弱的 12 岁女儿，乔利本想表达自己的护卫之情，用的方式却是强暴。最终，乔利对白人上帝的依从毁灭了他。

　　对于乔利的妻子、佩科拉的母亲波莉而言，上帝是一个引导她进入白人世界的白人上帝。波莉虽然出生在贫穷的南方，并且两岁时因意外跛足，但其早年的生活还是健康而正常的，她辛勤地料理家务，定期去教堂，憧憬爱情，渴望无所不知的上帝领着她朝前走。教堂唱诗班的歌声包含了波莉的心声：

　　　　尊敬的上帝拉着我的手

　　　　让我站立起来，领着我向前走

　　　　我疲乏无力，我筋疲力尽。

　　　　带领我走向光明

　　　　拉着我的手，尊敬的上帝，领着我向前走。

　　　　当道路暗淡阴沉

　　　　尊敬的上帝就会来到我跟前

　　　　当我的生命到了尽头

　　　　上帝会听见我的哭泣我的呼唤

　　　　拉着我的手不让我跌倒

　　　　拉着我的手，尊敬的上帝，领着我向前走。（第73页）

　　上帝领着波莉进入了爱情，领着他们来到了北方寻找新的生活，领着他们收获了爱情的果实，但同时也将白人的歧视、生活的贫困领到他们面前。波莉在医院里充满期待地等待即将出世的孩子时，白人医生却嘲笑波莉这样的黑人女人，说她们在生孩子时不会感到疼痛，"就像下马驹儿一样"（第79页）。这次羞辱给波莉带来了很大的伤害。和乔利的错误认识一样，波莉同样没有摆脱白人上帝，在白人上帝面前，她和乔利一样迷失了自我，但是，和乔利迷失之后的默然、消沉、颓废不同，面对白人上帝提供的一幅幅白人生活场景，波莉最终泯灭了自我，开始向往和模仿白人生活。她接受了西方白人的神学传统和思想，相信好与坏不同，正义与非正义不同，信仰者与非信仰者不同，它们之间泾渭分明。这一伦理方向反映在她的信仰中，她相信自己是一个正直的基督徒，而把乔利当作罪孽与失败的典范（第81页）。前述伦理方向也反映在她的生活中，她全心全意地照料白人主人家的女儿，而厌弃自己的女儿；她向往和享受白人主人家的美丽、井然、清净的生活，而任凭自己的家像库房。因此，尽管她积极地参加教堂的活动，还在教堂管理委员里任职，是教堂妇女小组成员，尽管她一遍遍"祈求上帝帮助她让两个孩子免受父亲恶习的影响"，但是最终女儿佩科拉还是遭遇了被亲生父亲强奸的厄运。这是因为她所崇拜的上帝是白人上帝，这个白人上帝听不到黑人女性波莉的哭泣和呼唤，而且还将她带领到一个分裂的、苦难重重的世界之中。

　　与乔利、波莉相似，《秀拉》中的海伦娜·赖特也在黑人身份和西方传统神学观念的对峙下迷失了自我。奈尔的母亲海伦娜·赖特从小在基督教教义的教导下，"在色彩缤纷的圣母马利亚的哀伤的目光下长大"，成为一个"令人确信她的权威的正统性的人物"。她加入了最保守的教会，定时向祭坛奉献应时花卉，反对不按时礼拜。总之，从思想到言行举止，海伦娜无不表现出一个所谓的正派和圣洁之人的特征。然而，海伦娜携女儿奈尔前往新奥尔良的南方之旅表明，海伦娜永远无法抹去自己身为黑人的印记，她们因错踏入专供白人乘坐的车厢而受到白人的侮辱，因不能用专供白人使用的厕所而不得不到所谓"黑人妇女专用"的灌木丛里方便。莫里森的其他小说中也出现了类似的人物，如《所罗门之歌》中男主人公奶娃的母亲露丝（Ruth Forster）出生在一个有名望的黑人医生家庭，为了做父亲的乖乖女和丈夫的贤妻，也为了迎合他们的白人文化情结，她最终把自己压抑成一个小妇人，一个性情柔弱、逆来顺受之人，她虔敬、整洁、温顺，但仍然婚姻不幸，为排遣寂寞、孤独之情，她溺爱儿子奶娃，不愿他长大离开自己，一直给儿子喂奶到6岁，致使儿子落下了"奶娃"的绰号并精神得不到健康发展。《柏油孩子》中的女主人公吉丁（Jadine）和其婶婶昂达英都属于被欧化的黑人女性。昂达英崇尚白人主人的文化，对本民族的贫苦人存有偏见，她曾自诩说："我熟悉我的厨房，甚于熟悉我的脸。"① 这句话说明她全心全意服务于白人主人，而较少关注自己的种族文化。她把侄女吉丁托付给白人瓦莱里安抚养，向其灌输白人的价值观。在此影响下，吉丁心安理得地接受了白人文化，并最终与固守黑人传统的爱人森（Son）分道扬镳。对于这样一个欧化的没有民族根基的现代黑人女性，莫里森并没有抱有乐观态度，小说开放性的结尾给读者留下了沉思，而且小说多处设计和暗示了吉丁被黑人女性公然唾弃的情节：如

① 托妮·莫里森：《柏油孩子》，胡允桓译，南海出版社2005年版，第40页。

埃罗的黑人妇女无法理解吉丁的举止，骑士岛上的女性咒骂她，巴黎那个着黄裙的黑人妇女公然唾弃她，等等。吉丁成为白人文化制造的"柏油娃"①，同时也是追逐"柏油娃"的兔子，但由于她"不能抓住任何一样东西"②，其悲剧便是必然的。

如果说白人上帝强行将白人价值观灌输给乔利、波莉（《最蓝的眼睛》）、海伦娜·赖特（《秀拉》）、吉丁（《柏油孩子》）、露丝（《所罗门之歌》）这样的人物，使她们进入了一个价值混乱的世界，那么对广大黑人而言，这个白人上帝则是一个冷漠的、是非不分的、从不眷顾黑人的上帝。

在《最蓝的眼睛》中，12岁的佩科拉被老师、同学欺负，连亲生父母都不喜欢自己，她唯一可以诉说的对象便是上帝。白人上帝告诉她，黑人很丑陋，她便认为自己丑陋；因为自己丑陋，没有人喜欢她，于是她渴望自己美丽；而白人是美丽的，她便渴望能像白人一样有一双蓝色的眼睛。有了这个想法后，佩科拉每到晚上便向上帝祈祷得到蓝眼睛，她从不中断且充满激情地祈祷了整整一年。如果说佩科拉对希望得到蓝眼睛的祈求不切实际，上帝对此可以无动于衷，那么，任凭佩科拉遭受歧视、受凌辱尤其被生父强暴，无所不知、无所不能、至善至美的上帝竟然也岿然不动，这就不得不让人怀疑这个上帝的正义何在。当佩科拉被杰萝丹③赶出家门时，佩科拉看见英国化的耶稣"正用伤感但极其冷静的目光看着她"（第60页）。用这样的耶稣画像，莫里森再次质疑传统神学中的神义论，但其答案是明确的，这样的上帝是不完美的，"是一个不能减轻或不愿意

---

① 这是莫里森幼年时听到的一个民间传说：有一农户种植了卷心菜，但由于卷心菜常遭到兔子的偷吃，便想出一个招数，他在菜园里用柏油浇筑了一个孩子的形象，只要前来偷吃的兔子碰到这个柏油娃，就会被粘住而不能逃脱。兔子果然再次来袭，见园中多了一个娃娃，就很礼貌地打招呼，不料柏油娃一脸倨傲，于是兔子大怒，便向柏油娃大打出手，结果就被粘在柏油娃上动弹不得，最终丧命。19世纪时的黑人对这个故事又略加改造，将菜园主人换成了白人奴隶主，并给兔子设计了逃脱的计谋，让兔子顺利逃脱。莫里森借用这个民间故事来表现黑人和白人两种文化传统的矛盾以及现代和传统的对立，因此，男主人公森和主人公吉丁互为柏油娃娃。

② Danille Taylor-Guthrie, ed. *Conversations with Toni Morrison* (Jackson: University Press of Mississippi, 1994), p. 102.

③ 波莉服务的白人女主人。

纠正人类社会的不公正的神学"①。

对于美国黑人而言，他们遭受苦难和不公正的待遇的根源在于美国200年的奴隶制，换句话说，美国早期奴隶制是美国黑人的最大苦难。对于黑人女性而言，她们就像寄居在主人亚伯拉罕和主母撒拉家的黑人奴婢夏甲，被践踏、被驱逐。《宠儿》再现了生活在奴隶制统治下的夏甲的悲惨命运。小说扉页赫然写着"6000万甚至更多"，这句献词"一方面是告慰六千多万死去的黑奴，另一方面是要现代读者了解生活在奴隶制下的黑人身心所遭受的摧残"②。塞丝（Sethe）如同《圣经》中的黑人女奴夏甲，曾是一个名为"甜蜜之家"（sweet home）的种植园里的黑奴，与丈夫和婆婆过了一段田园式的安宁生活。但好景不长，塞丝便遭到白人奴隶主的两个侄子的践踏，被他们惨无人性地吸取走她用以哺育婴儿的奶水，随后，叫作"学校教师"（school teacher）的新的白人奴隶主更是将其视为动物，于是，不堪重负的塞丝逃离了"甜蜜之家"。和逃离主母压迫的夏甲一样，塞丝此时也身怀六甲，在逃亡途中生活极其艰辛，充满了饥饿与劳累。但与夏甲不同，在旷野里流浪的夏甲受到了上帝的呼召，上帝为夏甲提供了暂时的庇护——这个庇护虽然是再次回到主人身边生下儿子以实玛利，但这是夏甲在当时最好的选择。而逃亡的塞丝从未受到上帝的眷顾，她在白人女仆爱弥（Amy Denver）的帮助下，在一条幽暗的小河里生下了后来唯一幸存的女儿丹弗（Denver）。不是在上帝的帮助下，而是凭借自己的不懈努力，塞丝历经千难万险终于与自己的亲人在辛辛那提团聚。夏甲在第二次带着儿子逃亡途中，上帝再一次眷顾了夏甲，并开启了夏甲的眼睛，让她找到了生存的资源。与夏甲相比，塞丝的遭遇更惨，塞丝虽然在自己的努力下逃离了白人主人的家，却永远无法摆脱白人主人的压迫。仅仅度过了一轮月缺月圆——28天的非奴隶生活，4个人——"学校教师"、一个侄子、一个猎奴者、一个警官出现在了辛辛那提塞丝婆婆

① Allen Alexander, The Fourth Face: The Image of God in Toni Morrison's The Bluest Eye, in *African American Review Summer* (Vol. 32, 1998), pp. 293 – 303.

② 王守仁、吴新云：《性别·种族·文化——托妮·莫里森的小说创作》，北京大学出版社2004年版，第127页。

的家中，他们要把塞丝抓回去。为了让女儿不再受奴隶主的欺压，塞丝随即奔到屋里，亲手杀死了自己刚刚会爬的女儿。正像贝比·萨格斯（Baby Suggs）所言，"只要上帝发恩"，她的儿子黑尔（Halle Suggs）就能虎口逃生；"只要上帝发恩"，已经逃离虎口的塞丝就不会再受到恶虎的追击。但是，已经逃离虎口的塞丝再次受到恶虎的追击，这只能表明，上帝没有发恩。女儿的生命换来了塞丝的自由，说明黑人女性的自由不是上帝的恩赐，而是自己主动获取的，并为此付出了血的代价。正如黑人妇女神学家威廉姆斯对夏甲故事的解读，上帝并没有解放夏甲，"夏甲的解放不是上帝给的，它在人类的主动中找到资源"①，莫里森也认为，塞丝的解放同样是自己主动争取的。但与威廉姆斯不追问苦难而只求超越苦难的保守观念不同，莫里森通过扉页题词以及回忆的叙述手法，力求提醒广大的美国黑人后代：上帝在万恶的奴隶制方面到底做了些什么？这样一个不完美的上帝对黑人尤其黑人女性有功吗？

答案存在于莫里森的小说中。莫里森依当代美国黑人女性的经验补充了基督教神学的上帝形象和神义论问题。

二　在苦难中缺席的上帝

发表于 1987 年的《宠儿》（Beloved）是托妮·莫里森"历史三部曲"的首部，这部小说主要描写在美国黑人历史上的一段最苦难的历史——奴隶制时期。然而，在美国黑人遭受人类有史以来最大的苦难时，上帝却缺席了。

《宠儿》的开篇有两处铭文，这两处铭文奠定了小说的基调。第一处是"6000 万甚至更多"，这个数字是在横跨大西洋的奴隶贸易中失去性命的非洲黑人的数目。莫里森自己声称，有的历史学家告诉她，大约有两亿非洲黑人死于奴隶贸易，而她从相关资料中得知，在奴隶贸易中，死去的非洲黑人"最少的数字是六千万"②。莫里森使用这个数字至少具有两个

---

① Delores Williams. *Sisters in the Wilderness: The Challenge of Womanist God-Talk*（Maryknoll, New York: Orbis Books, 1993），p. 5.

② Danille Taylor-Guthrie, ed. *Conversations with Toni Morrison*（Jackson: University Press of Mississippi, 1994），p. 257.

方面的意义："一方面是告慰六千万死去的黑奴，另一方面是要现代读者了解生活在奴隶制下的黑人身心所遭受的摧残。"① 莫里森认为，当今的美国人患了全民记忆失忆症，对曾经的奴隶制，美国黑人不愿回忆、白人不愿回忆，甚至连作者莫里森及其作品中的人物也不愿回忆②，但是现在与过去密不可分，作家的社会责任感迫使莫里森写下了《宠儿》这部小说。因此，《宠儿》这部小说最鲜明的主题是揭露奴隶制的罪恶。

第二处铭文取自《圣经·新约·罗马书》第9章第25节，中文译作：那本来不是我子民的，我要称为我的子民；本来不是蒙爱的，我要称为蒙爱的。莫里森小说的中文译者将其译作：那本来不是我的子民，我要称为我的子民；那本来不是我的宠儿，我要称她为宠儿。③《罗马书》的基本主旨是"因信称义"，主张突破狭隘的民族主义，宣扬博爱的思想。《罗马书》的思想与《创世记》中夏甲的故事联系在一起，保罗曾在《加拉太书》第4章第24—25节将夏甲及其后代看作奴隶，并称"不分犹太人，希利尼人，自主的，为奴的，或男或女；因为你们在基督耶稣里都成为一了"（《加拉太书》3：28）。《罗马书》第9章第25节的表述强调了《圣经》对奴隶的救赎。而美国黑人也常把自己看作夏甲的孩子。

那么第一处铭文与第二处铭文的联系是什么呢？显然，美国社会现实与其所标榜的基督教思想形成了强烈的对照，反讽意义不言自明。

在莫里森笔下，这个被称作"宠儿"（Beloved）的标题人物却是一个在奴隶制迫害下死去的小姑娘的鬼魂。莫里森将这个鬼魂作为故事里最核心的人物，她说："故事里最核心的人物应该是她，被杀害的人，而不是那杀人的人，是失去了一切而并且完全没有发言权的人。"④ 莫里森并将其称为上帝所宠爱的人。接着，莫里森为小说设置了一个具有独特标志的地点——124号房子。数字"124"意义独特，对于文学造诣极深的

① 王守仁、吴新云：《性别·种族·文化——托妮·莫里森的小说创作》，北京大学出版社2004年版，第127—128页。
② Danille Taylor-Guthrie, ed. *Conversations with Toni Morrison* (Jackson: University Press of Mississippi, 1994), p. 257.
③ 参见托妮·莫里森《宠儿》，潘岳、雷格译，南海出版公司2013年版。
④ 托妮·莫里森：《宠儿·序言》，潘岳、雷格译，南海出版公司2013年版。

莫里森而言，绝不会随意或者轻易命名自己作品中的人物和事物。莫里
森说：

> 给这座房子命名很重要，但是要与"甜蜜之家"或其他庄园命名
> 的方式不一样。不应该有形容词暗示它的舒适、宏伟，或宣称它不久
> 前还是一座贵族的大宅。只有门牌号来标志这座房子，同时它将与一
> 条街道或一座城市区分开来——也与周围其他黑人的房子区分开来；
> 这让它有一丝暗含的优越和骄傲，自由黑奴们会因拥有自己的地址而
> 感到的骄傲。①

因此，选择数字"124"时是慎重的，是有重要意义的。在数字1、
2、4的排列中缺少了数字3，而在基督教文化中，数字3则代表着"圣
父、圣子、圣灵"的"三位一体"。"124"中缺少"3"，结合小说的情
节，莫里森似乎在暗示：由于上帝的缺席，所以，这座房子成了奴隶制实
施淫威的地点，成了在奴隶制威逼下母亲杀婴事件的案发地，也成为受害
者阴魂不散的集聚地。学者南茜·伯科威茨·贝特（Nacy Berkowitz Bate）
则认为，"124"则暗指《圣经·诗篇》中的第124首，她说："《诗篇》
第124首为《宠儿》提供了神学的和修辞学的源泉，《宠儿》的叙述遵循
了一个典型的神话模式——陷入危险境地的出生、受难/冒险、牺牲/死
亡、复活、仪式性的回忆和社团救赎。"②《诗篇》中的第124首诗是"上
行之诗"，又称"登阶之诗""朝圣之诗"，是以色列人在节日期间敬拜
时，唱诗班在登耶路撒冷圣殿阶梯时唱的诗歌，也是以色列人在每年往耶
路撒冷过节或朝圣之旅的路途中，边走边登锡安山时唱的诗歌。这首诗的
内容为：

> 以色列人要说：

---

① 托妮·莫里森：《宠儿·序言》，潘岳、雷格译，南海出版公司2013年版。
② Nacy Berkowitz Bate, Toni Morrison's *Beloved*: Psalm and Sacrament, in Shirley A. Stave Edited *Toni Morrison and the Bible*: Contested Intertextualities（New York: Peter Lang, 2006）, p. 27.

若不是耶和华帮助我们，

若不是耶和华帮助我们，

当人起来攻击我们，

向我们发怒的时候，

就把我们活活地吞了。

那时，波涛必漫过我们，

河水必淹没我们，

狂傲的水必淹没我们。

耶和华是应当称颂的，

他没有把我们当野食

交给他们吞吃〔原文是"牙齿"〕。

我们好像雀鸟，

从捕鸟人的网罗里逃脱；

网罗破裂，我们逃脱了。

我们得帮助，

是在乎倚靠造天地之耶和华的名。

这首诗是以回忆的形式，叙写了以色列人在危难境地尤其在逃离为奴之地埃及时的遭遇，传达了逃跑奴隶的绝望境地以及胜利之后的欢欣。因此，从这首诗的内容和主旨看，笔者认为，学者南茜·伯科威茨·贝特的观点具有一定道理，莫里森在《宠儿》中恰恰是通过回忆的形式再现奴隶制的罪恶。但问题是在这首诗中，以色列人在逃亡过程中，上帝帮助了他们，但在《宠儿》中，逃亡的奴隶一再受到奴隶主的追捕，上帝是缺席的。通过文本与潜文本的对照，莫里森对传统的基督教教义进行了反思和颠覆。

三 上帝的第四副面孔——恶魔

在莫里森的小说中，上帝的特征并没有受到西方神学传统观念——"圣父、圣子、圣灵""三位一体"的限制，相反，上帝有了第四副面孔——恶魔。

1. 上帝创造了恶

传统神义论永远无法回避一个难题，即在全知全能至善的上帝所创造的世界中存在着恶。那么神学家对这个难题——恶从何来的解释成为神义论的核心。如前所述，中世纪神学家奥古斯丁在其讨论罪恶起源的名篇《论自由意志》一书中认为，上帝不仅按照自己的形象造人，而且赋予人类自由选择的意志，但人类违背上帝的命令，滥用上帝赋予人类的自由意志，从而犯了罪，因此，他认为"上帝不是罪恶的原因""意志是一切罪的根本原因"①。这种观点成为基督教传统神学的基本观点。莫里森从黑人生活经验出发，表达了黑人对这一神学难题的理解。在《最蓝的眼睛》中，欺骗佩科拉的黑人牧师艾利休很好地表达了黑人的观点。

《最蓝的眼睛》暗示了一个复杂的、完全不同于白人上帝的另一个神的形象。小说借牧师之口揭示了这个新的上帝的形象特征。牧师艾利休显然具有明显的精神分裂症。肉桂色眼睛、浅棕色皮肤的艾利休出生在一个崇拜白人文化的家庭，其祖先便是在这一思想指导下生下了具有白人血统的后代，自此开始极力维护其中的白人血统。但由于与白人通婚的机会较少，这个家族只有通过近亲结婚，结果导致后人智力退化、酗酒、纵欲乃至有怪癖行为。具有四分之一中国血统的艾利休受家庭传统的影响，从一开始就扭曲成长。尽管他读书很贪婪，但是有选择地吸收书中的糟粕而不是精华，因而，"他只记得哈姆雷特如何虐待奥菲丽娅而不记得耶稣给予玛丽·玛格黛琳的爱心；只记得哈姆雷特轻妄的政治观而不记得耶稣严肃的无政府主义主张。他只注意到吉本言辞尖刻，却无视他的忍让精神。只注意到奥赛罗对美丽动人的德丝黛蒙娜的爱情，而无视埃古对奥赛罗扭曲的爱慕……"（第109页）尽管他接触的是西方世界中最为杰出的思想家，但是由于他只允许自己吸收最为狭隘的理解特别是自我蒙骗的艺术，因此，他成为邪恶的化身，打着上帝的旗帜招摇撞骗，被人称为"皂头牧

---

① 奥古斯丁：《独语录·论自由意志》，成官泯译，上海人民出版社1997年版，第96页。

师"。作为牧师，他猥亵女童，尤其重要的是，他欺骗前来祈祷的佩科拉
可以得到她想要的蓝眼睛，他的谎言最终导致了佩科拉疯狂。然而，这个
恶魔一样的牧师在写给上帝的信中声称，自己吸收了上帝的力量，自己的
这些行为尤其对小女孩佩科拉的欺骗是在替上帝完成工作。具有讽刺意义
的是，这个打着上帝旗号的恶魔牧师对上帝的认识却极具深意："他认为
既然败坏、罪恶、污秽、无道无所不在，那一定是合理的。邪恶之所以存
在是因为上帝创造了邪恶。上帝犯了个马虎但又是不可饶恕的判断错误：
设计了一个不完美的世界。"（第 111 页）腐败的存在并不是上帝用来鞭
策人们奋斗、磨炼及取得成功的手段，它自然而言的存在，且是上帝在错
误的判断下创造的，这一观点显然推翻了传统神学中的神义论，从而有力
地批判了传统的白人神学中的神义论。从这个意义而言，恶魔牧师既是莫
里森批判的对象，同时也是莫里森借以批判基督教传统神学的一个强有力
的工具。

　　2. 上帝与恶同在

　　与《最蓝的眼睛》中的牧师认为的上帝创造了恶不同，莫里森在
《秀拉》中则表达了更为激进的观点。

　　在《秀拉》中，莫里森进一步将邪恶看作上帝本质的一部分，是上帝
在"圣父、圣子、圣灵""三位一体"之外的第四副面孔，这第四副面孔
主要体现在女主人公秀拉的形象塑造上。首先，秀拉具有恶魔的外形。小
说扉页出自《玫瑰琼纹》的题词"世人无人曾知晓我的玫瑰/除去我自
己……我有过极大的荣誉。/别人却在内心里不需要/那样的荣誉"，其中
"玫瑰"暗指秀拉的胎记，秀拉一只眼的眼皮上长着一块胎记，该胎记形
状如一朵带刺的玫瑰，正是这块胎记使得秀拉在外形上像恶魔一样，"使
本来平淡无奇的面孔平添了一些令人震惊之处，有那种蓝色刀片一样的阴
森恐怖"（第 172 页）。具有神秘胎记的秀拉对应于《圣经》中的该隐。
据《创世记》第四章第 1—15 节记载，亚当和夏娃被上帝驱逐出伊甸园以
后，便在伊甸园对面的以东地安家落户，并相继生下了亚伯和该隐两个儿
子，长子该隐以种地为生，次子亚伯以牧羊为生。一次，二人同向上帝献
祭，上帝悦纳了亚伯的祭品从而引起了该隐的嫉恨，该隐便在田间将弟弟

亚伯杀死了。上帝得知后，便惩罚该隐受到亚伯后代的追逐，该隐便向上帝请求减刑，于是上帝在该隐的额头上刻下一个记号，以免遇到他的人陷害该隐。从此，该隐成为人类历史上的第一个杀人犯，而带有记号的该隐成为一个人们避之唯恐不及的恶魔四处流浪。① 秀拉也具有胎记，在外形上类似于恶魔该隐。其次，秀拉在行为上离经叛道，放浪形骸，不分善恶。12 岁时，秀拉的好朋友奈尔遭到了一帮白人小孩的欺负，秀拉当即自残手指以警告、教训对方。在一次玩耍中，秀拉失手将一个被称作"小鸡"的小男孩抛入河中淹死。秀拉还目睹自己的母亲汉娜被大火活活烧死，而没有采取任何营救措施。再次回到家乡梅德林后，秀拉为了独吞房子将年迈的外祖母夏娃送进养老院。她上教堂礼拜时不穿内衣，和男人的关系随随便便，"尽量多地和男人睡觉"，甚至连好友的丈夫也不放过。莫里森使秀拉回乡及其以后的行为充满了神秘的色彩，作家这样描绘了秀拉的回乡：

> 秀拉回到梅德林的时候，随她而来的是一场知更鸟的灾害。这种土黄色胸脯的小鸟，令人不寒而栗。它们随处可见，通常挺小的孩子都喜欢这种鸟，可这次飞来得太多，连孩子都要冲着它们扔石子了。谁也不晓得这些鸟从什么地方飞来，也不清楚它们为什么要飞来。人们只知道，不管走到哪里，总要踩上白色圆粒的鸟屎；知更鸟到处围着你乱飞，死在你身边；要晾件衣服，拔除野草或是在前廊上坐一会儿都不成。尽管大多数人都记得，有一次天上满是云彩和成群结队的知更鸟，整整两小时天都被遮黑了；而且他们也习惯了自然界的种种过分现象——太热啦、太冷啦、太旱啦、大雨成灾啦——但是，他们仍然心怀恐惧地看着一种微小的物象变成他们生命的主宰，迫使他们屈从它的意志。（第 197 页）

---

① 该隐成为西方文化中恶魔、罪犯的象征，西方作家多以此为题材，创作了许多文学作品。有关该隐形象及其在西方文学的演变研究，可参见梁工《简论该隐形象在欧洲文学中的演变》，《国外文学》1997 年第 3 期。

秀拉伴随着成群结队的知更鸟而至，除了给梅德林带来了知更鸟的灾害，同时也扰乱了梅德林的生活，因此，在梅德林的人们看来，秀拉是"蟑螂"，是恶魔，是邪恶的化身，与死亡相伴。秀拉是撒旦，但因其神秘性和30岁的生命，秀拉又与耶稣基督联系在一起，这样，恶魔秀拉又具有了神性。这也是梅德林的人们所共识的，"因为在他们内心深处意识到他，而他并非他们所歌颂的那个三副面孔的上帝。他们深知他有四副面孔，而第四副就是对秀拉的解释"（第218页）①。梅德林的人们对秀拉的认识、对恶的认识、对上帝的认识显然不同于传统的基督教思想，是具有黑人特色的神义论。传统神义论认为上帝是全知、全能和至善的，而梅德林的人们认为恶是现实存在的，是上帝的一部分，是"圣父、圣子、圣灵""三位一体"之外的第四副面孔，因此，上帝便不是至善的。不仅如此，他们还认为恶是他们生活中的一部分，"若干年来，他们曾经和各种各样的邪恶同住共存，单凭相信上帝是不会得到关照的。相反，他们倒是懂得上帝有一个兄弟，那个兄弟连上帝的儿子都不肯放过，他为什么要饶恕他们呢？"（第218页）

恶的存在是否具有特殊的意义？这一问题在不同的神学家看来答案是不同的。中世纪神学家奥古斯丁将恶定义为善的缺失，美国当代神学家、宗教哲学家大卫·瑞·格里芬（David Ray Griffin）将恶区分为"表面之恶"（apparent evil）、"初步印象之恶"（prima facie evil）、"真实之恶"（genuine evil）②，英国当代哲学家、神学家约翰·哈伍德·希克（John Harwood Hick）在《邪恶与上帝之爱》（*Evil and the God of Love*，1966年初版，2007年再版）中将恶区分为"道德之恶"（moral evil）和"自然之恶"（nature evil），并且认为恶是促进道德和精神发展的工具。这部分神学家代表了神义论的主流思想——肯定恶存在的价值。但也有部分神学家基于恶的存在现实而否定神义论，如犹太裔美国神学家理查德·洛厄尔·鲁宾斯坦（Richard Lowell Rubenstein）否认上帝的仁慈，英国数学家、哲

---

①　"他"在小说原文中为黑体，特指上帝，这里以着重号表示。
②　David Ray Griffin, *God*, *Power*, *and Evil*: *A Process Theodicy* (University Press of America, 1991), p.22.

学家怀德海（Alfred North Whitehead），美国犹太教律法专家哈罗德·库希那（Harold Kushner）等否认上帝的全能。① 否定神义论者的逻辑论证思路大致如下：

> 大前提：
>
> 如果上帝是至善的，那么他必定试图阻止恶。
>
> 如果上帝是全能的，那么他能够阻止恶。
>
> 小前提：
>
> 恶是存在的。
>
> 结论：
>
> 因而，上帝要么不是至善的，要么不是全能的，要么既不至善也不全能。

但是莫里森笔下的梅德林人绕过了神义论的悖论，并不从抽象意义上论证神义论，而是从生活经验中理解神义论，他们将恶看作上帝的组成部分，认为恶是上帝的兄弟，即上帝是"圣父、圣子、圣灵、邪恶之兄弟"的"四位一体"，这样，邪恶就是现实存在的，不具有特殊意义。那么，人们如何面对恶呢？他们认为，"对于邪恶的存在，首先要承认，然后再应付，侥幸苟活，智取为上，最后战而胜之"（第218页）。因此，面对给他们带来死亡和恐惧的知更鸟，面对他们称为"邪恶的日子"，他们"采取一种近乎欢迎的宽容的态度"，他们甚至"任其泛滥，听其发展，而不想方设法去改变它、消灭它，或是防止它再次发生"（第197页），

---

① 参见 Beverley Foulks, Trial By Fire: The Theodicy of Toni Morrison in Sula, in Shirley A. Stave Edited, *Toni Morrisom and the Bible: Contested Intertextualities* (New York: Peter Lang Publishing, Inc., 2006), p. 9. 其中，鲁宾斯坦主要关注大屠杀和上帝的正义问题，其处女作是《奥斯维辛之后》，在该书中他提出了"上帝死了"的言论，他的言论及其"大屠杀神学"在 20 世纪 60 年代产生了很大影响。库希那是保守派犹太教的改革论者，他最畅销的书是《当好人遇到了坏事情》（*When Bad Things Happen to Good People*, 1978），该书是伴随着他儿子的去世完成的，他 14 岁的儿子亚伦因儿童早衰症于 1977 年去世，1981 年，库希那出版了该书。在该书中，作者讨论了人类的受难、上帝的全知全能和神义论问题。

他们认为，正如牛奶凝结是很自然的现象一样，瘟疫和旱灾以及生活中的
一切邪恶同春天的应时而至一样"自然"。同样，对邪恶的秀拉，他们也
没有避之唯恐不及或者将其驱逐出去。梅德林人对恶的理解也是作者莫里
森对恶的理解，她说：

> 当我描写善与恶时，我并不是根据西方的概念来写它们。使我感
> 兴趣的是，黑人民族并不像其他民族那样似乎一度对恶做出反应，而
> 是认为恶在宇宙中有其自然的位置；他们并不想要根除恶。他们只是
> 希望能保护自己免受其害，或许还可以利用恶，但是他们从未想过要
> 消灭恶。他们认为恶只不过是生活的另一个方面。在我看来，黑人民
> 族处理恶的方式说明了他们是如何对许多其他事情做出反应的。这看
> 起来像一把双刃剑。它阐释了其中的一个原因——他们为什么难以组
> 织长期斗争去反对另一个民族？它阐明了他们的慷慨以及对所有一切
> 的接受态度。这是因为他们并不惧怕恶，并不惧怕不同。恶不是异己
> 的力量；它只是不同的力量。这就是我在《秀拉》中所描写的恶。①

梅德林人或者说美国黑人一旦认识到恶是现实存在的，他们便调整自
我，使自我在邪恶面前能侥幸存活，进而精神焕发。小说中写道：

> 秀拉的邪恶已经确证无疑，这就大大地改变了居民们的生活，然
> 而其变化方式是神奇的。他们每个人的不幸之源一旦弄清，便一变而
> 为互相保护和热爱了。妻子开始疼爱丈夫，丈夫开始眷恋妻子，父母
> 开始保护他们的子女，大家动手修理住宅。还有最主要的，他们还抱
> 起团来反对他们中间的那个害群之马。（第 218 页）

邪恶的秀拉使他们夫妻恩爱，家庭和睦，邻里团结。从这个角度而

---

① Danille Taylor-Guthrie, ed. *Conversations with Toni Morrison* (Jackson: University Press of Mississippi, 1994), p. 168.

言，邪恶对于美国黑人具有一定的意义，这个意义就是让他们死里逃生，让他们侥幸存活。他们从秀拉的邪恶中侥幸存活，从洪水、雷电等自然灾害中侥幸存活，从肺病等身体疾病中侥幸存活，从饥荒等生活磨难中侥幸存活，从无知、孤独等精神苦难中侥幸存活，从白人的种族压迫中侥幸存活……美国黑人和各种邪恶同住共存，但从未被邪恶消灭和吞噬，反而存活下来，就是因为他们对恶具有一种泰然处之的态度。恶成为美国黑人生活的一部分，而恶一旦消失，生活便不完整，善也不复存在。莫里森对秀拉去世后的描写，便说明了生活中缺失恶的后果。秀拉之死没有让梅德林的人们生活更加轻松、美满，接踵而至的却是一种烦躁不安，暴雨侵袭，天寒地冻，饥寒交迫，子女不孝，父母不慈，夫妇不睦。莫里森通过这样的结局似乎在说明，恶之不存，善将附焉？这种善恶相互依存转化的观念和西方二元思维模式下的传统神学观念截然不同，具有鲜明的黑人生活特色。

在《秀拉》这部小说中，秀拉和好友奈尔的独特关系也说明了莫里森独特的善恶观念。与邪恶化身的秀拉不同，小说中的奈尔则善良、温顺。但毫无疑问，奈尔和秀拉两个性格完全不同的人建立了深厚的友谊，虽然秀拉引诱了奈尔的丈夫，但二者并没有因此中断友谊。在秀拉去世24年后，奈尔在秀拉的墓畔最终认识到秀拉实际上就是自己，认识到"我们是在一起的女孩"。莫里森安排这样的结尾实际上是想说明，秀拉和奈尔实际上是一个人，是同一个人的两个不同方面。二者既相互对立又互相结合的关系是善恶对立又相互转化的具体体现，莫里森用黑人生活阐释了黑人的哲学与神学观念。她说：

> 我确实是按照我的想法创作她们的……我认为，人们从来不能确切地定义善和恶，正是在这样的想法下，我开始了我的创作。有时善看起来像恶，有时恶看起来像善，你从未确切地知道它到底是什么，它依赖于你对它的使用。尽管人们普遍认为善更加有用，但恶和善一样有用，而且它更加复杂。我的意思是处在好的生活中比处在坏的生活中更加复杂，而且更难以确认，因为当人们讨论什么是好的生活

时，每个人都会有自己不同的理解。因此，我以传统的概念描写妇女：照料孩子，有责任，去教堂礼拜等。但与此相对，另一种妇女是冒险者，破坏习俗和法律者……但她们都是有问题的……①

莫里森认为这两种类型的人都是有问题的，最好是二者相互结合。善与恶的相互对照，可以让善者更善、恶者更恶，善与恶相互转化才能提高人性、促进发展。正如恩格斯所说："恶是历史发展的动力的表现形式。这里有双重意思，一方面，每一种新的进步都必然表现为对某一神圣事物的亵渎，表现为对陈旧的、日渐衰亡的、但为习惯所崇奉的秩序的叛逆；另一方面，自从阶级对立产生以来，正是人的恶劣的情欲——贪欲和权势成了历史发展的杠杆。"② 可见，莫里森的神学观具有辩证主义色彩。

3. 超越恶与苦难

邪恶与苦难总是相伴而生，面对邪恶与苦难，莫里森提出："首先要承认，然后再应付，侥幸苟活，智取为上，最后战而胜之。"（第 218 页）《秀拉》这部小说不仅通过梅德林人对待秀拉的行为表达了莫里森的苦难观，而且还描写了两种对待苦难的不同方式。

《秀拉》中的夏德拉克（Shadrack）的身上有着《圣经·但以理书》中的沙得拉（Shadrach）的身影。二者不仅具有相同的名字，而且还具有相似的经历。根据《但以理书》可知，沙得拉是先知但以理的朋友，但以理为巴比伦国王尼布甲尼撒解梦后，但以理的 3 个朋友包括沙得拉被任命管理巴比伦省的事务。但后来，沙得拉等 3 人拒绝崇拜尼布甲尼撒国王所塑造的神像，从而被尼布甲尼撒投入火窖中处以死刑。《但以理书》第 3 章第 8 至 30 节记载了沙得拉等人被处以火刑的故事。尼布甲尼撒恐吓沙得拉等人，如果不崇拜他所铸造的神像，就将他们扔到火窖中烧死。沙得拉等人严词拒绝，他们一致说："尼布甲尼撒啊！这件事我们不必回答你。即便如此，我们所侍奉的神，能将我们从烈火的窖中救出来。王啊，他也

① Danille Taylor-Guthrie, ed. *Conversations with Toni Morrison* (Jackson: University Press of Mississippi, 1994), pp. 13 – 14.

② 《马克思恩格斯选集》第四卷，人民出版社 1995 年版，第 237 页。

必救我们脱离你的手。即或不然，王啊！你当知道我们决不事奉你的神，也不敬拜你所立的金像。"（《但以理书》3：16—17）他们被投入火窖中，却毫发未伤，最终被尼布甲尼撒从火窖中释放。这个故事体现了人们反抗强权和暴政的斗争精神，同时从神学信仰角度看，也体现了信徒对自己信奉之神的坚定信念。在莫里森笔下，夏德拉克具有《圣经》中沙得拉的名字，同样也经历了火的洗礼——第一次世界大战的战争之火，同样在火中存活了下来，但是，莫里森并没有将夏德拉克与沙得拉等同起来，也没有表现夏德拉克的斗争精神和对上帝的坚定信仰，而是表现他对苦难的态度和反应。在第一世界大战期间，夏德拉克和千千万万的黑人一样奔赴了战场，他目睹了血腥与死亡。当他端着上了刺刀的步枪，挤在飞速穿越战场的人群中奔跑时，"他的头向右面稍稍一偏，刚好看到近旁一个士兵的头给炸飞了。他还没有来得及表示震惊，那个士兵扣在汤碗似的钢盔下面的脑袋就已经不见了。尽管失去了大脑的指令，那个无头士兵的身躯仍然在执拗地向前飞奔。动作有力、姿势优雅，根本不顾脑浆正顺着脊背向下流淌"（第140页）。对死亡的恐惧使得夏德拉克失去了理智，从此变得疯疯癫癫。

和《圣经》中的沙得拉不同，在战争之火中，黑人夏德拉克却对死亡产生了恐惧。但和《圣经》中的沙得拉一样，《秀拉》中的夏德拉克也最终战胜了死亡，其方式有二：

第一，他确认了自我的黑人身份。被警察以疯癫的名义囚禁在监狱后，夏德拉克在极度痛苦中突然萌生了要看自己面孔的愿望，在求镜子而不得的情况下，他通过抽水马桶里的水看到了自己映在其中的影子，确认了自我的存在，从而开始了新生：

　　后来在那片水里他看到了一副正经的黑面孔，这个面孔是一个黑人，如此确定无疑，让他大吃一惊。他内心始终隐藏着一种难以确定的想法，认为自己并不是真的——他根本就不存在。但是，当那张黑脸以其不容争辩的存在向他致意时，他再无他求了。（第144页）

在经历了战争之火的洗礼后，在消除了身份的焦虑后，夏德拉克确定以及肯定了自我的黑人身份，他不是找回了自我，而是超越了自我，开始了新生。

第二，创立了全国自杀节，其目的是在这一天思考和想着死亡，而在一年中其他剩下的日子里要安全和自由地生活。通过创立全国自杀节，夏德拉克要求人们要承认死亡和苦难的存在，并对其进行思考，从而对其进行操纵和控制。这也正是梅德林人的神学观念。所以，新生后仍然被认为疯疯癫癫的夏德拉克及其所创立的全国自杀节被梅德林的黑人逐渐接受，并成为他们生活的一部分。

但这部小说中的另一个人物李子有着完全不同的结局。李子和夏德拉克一样经历了第一次世界大战战火的洗礼，但李子没有像夏德拉克一样超越苦难。退役之后，李子无所适从，不愿意正视现实，在毒品中醉生梦死。母亲夏娃不愿意看着儿子如此沉溺，为了"让他死得像个男子汉"，她用火烧死了李子。面对苦难，李子不是积极应对和超越，而是一味回避，甚至连婴儿都不如，想重新爬回母亲的子宫里。但是，正如夏娃所言："一个大汉子没法再让他妈妈装进肚子里；那样会憋死他的。"所以，人一旦离开母亲的子宫来到这个世界上，必须在一切苦难面前挺住，走自己的路，否则，就会像李子一样最终被活活烧死。李子与夏德拉克形成了对照，通过这两个人物，莫里森再一次强调在苦难面前存活的重要性以及存活的方式。

《秀拉》中夏德拉克所代表的对待苦难的方式多次出现在莫里森其他的小说中。《宠儿》中的塞丝在逃出奴隶主的庄园过了不到30天的自由生活后，却再次面临被奴隶主抓捕的局面，为了反抗，她亲手杀死了自己的女儿，却从此陷入深深的自责和幻觉中不能自拔，最终在社团的帮助下走出了阴影，从而超越了苦难。因此，夏德拉克、塞丝等人对待苦难的方式也是作家莫里森所肯定的，同时也与以神学家威廉姆斯为中心的妇女主义神学的观点相一致——只有获得了生存的基本保障后才能谋求解放，而且谋求解放是被压迫者自己的责任，与上帝无关。莫里森的苦难观与神学家威廉姆斯的观点遥相呼应，共同表达了美国黑人女性在存活斗争语境中形成的生存策略，具有独特的种族色彩。

　　总之，艾丽斯·沃克、托妮·莫里森等当代美国黑人女作家，从美国黑人的生活经验尤其是美国黑人女性的生活经验出发理解神义论，认为恶本是上帝创造的，恶与上帝同在，因此，追问为什么受难没有意义，关键是如何从受难中凭借自己的努力解放自己。这种具有美国黑人女性特色的神学观颠覆了基督教传统的神义论，但在颠覆的同时也建构了一种新的神义论——美国黑人女性自己的神义论，同时也是美国妇女主义神学的神义论。

第四章

当代美国黑人女作家的罪论

如果说基督教的神义论主要关涉上帝是否正义的问题，那么基督教的罪论主要解决人是否正义。当代美国黑人女作家不但在自己的文学作品中表达了对基督教神义论的认识，而且也讨论了基督教的罪论。

第一节　基督教的罪论

在基督教神学中，罪（sin）与恶（evil）是两个不同而又彼此相关联的概念。如前所述，恶（evil）为善的缺失[1]，有"表面之恶"（apparent evil）、"初步印象之恶"（prima facie evil）、"真实之恶"（genuine evil）[2]，有"道德之恶"（moral evil）和"自然之恶"（nature evil）[3] 等，是一种与善相对的错误的动机与行为，或者是给人带来痛苦的自然秩序上的偏差。而罪（sin）不仅是错误的思想和行为，而且还意味着与上帝的一种

---

[1]　这种观点以中世纪神学家奥古斯丁为代表。

[2]　美国当代神学家、宗教哲学家大卫·瑞·格里芬（David Ray Griffin）的观点。参见 David Ray Griffin, *God, Power, and Evil: A Process Theodicy* (University Press of America, 1991), p. 22。

[3]　英国当代哲学家、神学家约翰·哈伍德·希克（John Harwood Hick）在《邪恶与上帝之爱》（*Evil and the God of Love*，1966 年初版，2007 年再版）中的观点。

疏离（alienation）状态。① 罪的希腊文（hamartia）本意即为"偏离标准""不中（读作去声）的"②，研究罪的学问则被称作罪论（hamartiology）。恶涉及神义论，罪与基督拯救的问题相关。但是恶与罪又相互联系，在基督教神学中，恶既被理解为罪的原因，也被理解为罪的结果。

和神义论一样，罪论也是基督教系统神学中的十大教义之一③，是基督教对人性与神性的论述。不同时代、不同派别的神学家对此进行了探讨。

一 传统基督教罪论

《圣经》中充满了对罪的描述，如"不中鹄或目标""不敬虔""道德上的邪辟""无知""变态"等（《诗篇》51：4，《罗马书》8：7），但无论哪种行为，无论是对自己、对别人、对神，其主要特征是故意违背神。换句话说，在基督教神学中，罪的根本性质不是通常情况下人们所认为的自私和罪恶，而是冒犯神。但是，人们对罪的认识因时代、种族、性别等多种因素的不同而有所差异。

基督教的罪论始自《旧约》时代。总体上讲，"《旧约》神学包含相互关联的两大主题：一是人的'罪性'；二是上帝的'救赎'。人的罪性又包含两个方面的内容：个人的罪性和民族的罪性，两者在《旧约》中具有同等重要的地位，个人的罪总是同整个以色列民族的罪联系在一起。与此相关，上帝的拯救也具有双重的意义，它既是对个人的拯救，也是对以

---

① 张庆熊：《基督教神学范畴：历史的和文化比较的考察》，上海人民出版社 2003 年版，第 227 页。

② 中国学者认为，中文对希腊语"hamartia"和英文"sin"的翻译应该是"过"，因为在中国文化中，"过"不仅有"过错"之意，还有"不中（去声）"之意。在中国文化中，"不合中庸之道曰过"，"过"是大罪，巨恶，"过"是哲学概念，是道德准绳，也是宗教名词。而中国文化中的"罪"则对应西方文化中的罪过（crime）和错误（fault）。参见李提源《重论中文〈圣经〉中"罪"字的翻译问题——与谢扶雅先生商榷几个修译的问题》，http：//tt. mop. com/read_12974189_ 1_ 0. html。

③ 基督教系统神学是对基督教信仰所做的有系统地反思、理解与陈述，主要有十大教义：1. 正典神学（Theology Proper），涉及神的属性和特点等，主要是神义论；2. 罪论（Hamartiology）；3. 救赎论（Soteriology）；4. 圣经学（Bibliology）；5. 基督论（Christology）；6. 圣灵学（Pneumatology）；7. 天使学（Angelology）；8. 人类学（Anthropology）；9. 教会学（Ecclessiology）；10. 末世论（Eschatology）。

色列民族的拯救。在《旧约》中，个人的经验总是与整个以色列民族的经验纠缠在一起"①。至《新约》时代，受希腊化思想的影响，"罪"成为一个非常理性化的问题，此时的罪论虽然在框架上仍然继承《旧约》创立的"上帝—个人—共同体（民族）"的三维框架，但其中的"共同体（民族）"不再局限于以色列民族的狭隘范围，而具有普世意义，世俗国家便成为人类所组成的共同体中最具有代表性的形式。②

但无论《旧约》还是《新约》都很少谈及罪的根源，唯有《新约·罗马书》第 5 章第 12 节提到后人有罪的原因："这就如罪是从一人入了世界，死又是从罪来的；于是死就临到众人，因为众人都犯了罪。"最早探讨罪的根源并提出"原罪"概念的是中世纪神学家奥古斯丁。奥古斯丁在讨论罪恶起源的名篇《论自由意志》一书中认为，上帝不仅按照自己的形象造人，而且赋予人类自由选择的意志，但人类违背上帝的命令，滥用上帝赋予人类的自由意志，从而犯了罪，因此，他认为"意志是一切罪的根本原因"③，自由意志本身不是邪恶的，但人们滥用自由意志，他说：

> 本是同样的东西，为不同的人以不同的方式使用，有的用得坏而有的用得好。用的坏的人，紧抓住它们并为它们所羁绊，因为他自身不善，他紧盯着善却不能恰当地使用它，于是，虽然那些东西本该做他的奴仆，他却做了那东西的奴仆了。而正确使用它们的人使它们表现出善良，尽管它们本身不是善。④

因此，他认为唯有意志的真正误用，使意志变为邪恶的意志才是邪恶的，而误用自由意志的潜在因素是人的骄傲，是人想要脱离原来的主人——神而自作主张，"是对自己的爱，取代了对神的爱"，即对神的疏离与悖逆。在解释了罪的起源后，奥古斯丁将人类始祖亚当的

---

① 刘宗坤：《原罪与正义》，华东师范大学出版社 2006 年版，第 89 页。
② 同上书，第 2 页。
③ 奥古斯丁：《独语录·论自由意志》，成官泯译，上海人民出版社 1997 年版，第 170 页。
④ 同上书，第 96 页。

罪视为罪的源头，即原罪，原罪遗传给后代，因此原罪是众罪之源，是万恶之母：

　　　　原罪——就是那从一人入了世界，又传给众人的罪（罗5：12），也就是那使婴儿也必须受洗的罪。虽然为数只是一个，但若把它加以分析，就可看出许多种不同的罪包括在其中。例如在其中有骄傲之罪，因为人会选择处于自己的管理之下，而不在上帝的管理之下。在其中又有亵渎之罪，因为他会不信上帝。在其中又有杀人之罪，因为他会自招死亡。在其中又有心灵上的淫乱罪，因为他心灵的清洁会被蛇的诱惑败坏了。在其中又有偷窃之罪，因为他会把上帝禁止他触及的东西拿来做了食物。在其中又有贪婪之罪，因为他会贪求需要以外的东西。在其中也有别的可以由仔细反省所察觉的罪。①

　　奥古斯丁的原罪论有着特定的历史和教会背景，但并不是所有的神学家都赞同奥古斯丁的观点。与奥古斯丁同时代的神学家彼拉纠就反对奥古斯丁的原罪论。彼拉纠认为，神直接且个别地创造了每一个灵魂，灵魂不能遗传，因此，没有一个受造的灵魂与亚当的罪有任何直接关联，亚当的罪对人类唯一的影响是做了一个坏榜样。② 但是，彼拉纠及其教义在418年的迦太基会议中被否定了，在431年以弗所大会上被定为异端邪说。之后，彼拉纠主义以不同形式出现，如半彼拉纠主义、亚米纽斯主义等，其共同特征是否定原罪说。但正是在奥古斯丁主义和彼拉纠主义的论证中，教会最终确立了奥古斯丁主义的正统地位，原罪论逐渐进入基督教教义，成为基督教正统神学的主要概念。

　　奥古斯丁的罪论及原罪论主要依据《创世记》第3章、《诗篇》第51章、《约伯记》、《以弗所书》第2章第3节以及《罗马书》第5章第12节为基础，尤其是《创世记》第3章和《罗马书》第5章第12节。但实

---

① 转引自刘宗坤《原罪与正义》，华东师范大学出版社2006年版，第47—48页。
② 来自维基百科词条"罪论"。

际上，除这些章节以外，奥古斯丁还依据了《圣经》中的另外一些经文，主要有《哥林多后书》第 11 章第 3 节和《提摩太前书》第 2 章第 11 至 15 节，这两部分的经文如下：

> 我只怕你们的心或偏于邪，失去那向基督所存纯一清洁的心，就像蛇用诡诈诱惑了夏娃一样。（《哥林多后书》11：3）
>
> 女人要沉静学道，一味地顺服。我不许女人讲道，也不许她辖管男人，只要沉静。因为先造的是亚当，后造的是夏娃，且不是亚当被引诱，乃是女人被引诱，陷在罪里。（《提摩太前书》2：11—15）

受父权制思想的影响，奥古斯丁根据《圣经》中的这些经文的内容，把亚当的罪行转嫁到了女人身上，最终认为原罪由女人而起。奥古斯丁在《上帝之城》中对《创世记》中所记载的亚当夏娃堕落犯罪一事曾做如下阐释：

> 人尚未堕落的状态正是魔鬼失去的，这引起了他的嫉妒，便企图诱使人逐渐陷入他的诡计之中。他选择了蛇作为其代言人，它与一切别的世俗动物同那两个人——男人及其妻子相安地生活在一起，并且受他们的管辖。他之所以选择蛇，是因为它狡猾而诡计多端，适于达到其目的。他以其天使性质的高贵，使这一动物屈从于他的邪恶目的，用做作他的工具，首先去诱骗女人，进攻那人类联盟中的薄弱环节，以便由此战胜这一整体；他猜想男人不会轻易听他的话或受骗，但男人会顺从女人的过错。……因此，我们不可相信是因为亚当受骗了，以为魔鬼的话是真的，因而违背了上帝的戒律，而是因为他出于亲缘的考虑而顺从了女人，即丈夫顺从了妻子，一个人顺从了另一个唯一的人。①

---

① 奥古斯丁：《上帝之城》第 14 卷，转引自刘文明《上帝与女性——传统基督教文化视野中的西方女性》，武汉大学出版社 2003 年版，第 71 页。

从这段话中可以探出奥古斯丁的思想：首先，关于人类始祖犯罪的原因和过程，大致是魔鬼的诡计、女人的轻信、亚当对女人的顺从。其次，关于人类始祖犯罪的量刑。1. 夏娃首先犯罪，为罪魁祸首；2. 亚当明知故犯，罪责与夏娃不相上下；3. 亚当出于对夏娃的爱，不得已而犯罪，其犯罪动机是被动而非主动的。奥古斯丁认为尽管亚当和夏娃具有同样的罪，但是从犯罪时间上将夏娃作为罪魁祸首，并以爱情为理由为亚当开脱。托马斯·阿奎那将奥古斯丁的这一思想发展到了极端，更强调女人的罪孽，认为夏娃的罪孽要比亚当深重得多①。

这样，经过早期教父带有性别偏见的阐释，夏娃就成为毒蛇的信徒、魔鬼的帮凶，是邪恶的化身。正如莱基在其《欧洲道德史》中所说："女人被视为地狱之门和人类罪恶之本。她只要想到她是一个女人，她就应当感到有愧。她应当在不断的忏悔中生活，因为她给这个世界带来了灾祸。她应当为她的服饰而羞愧，因为这是她堕落的象征。她尤其应当为她的美貌而内疚，因为这是魔鬼最有威力的武器。"②

二 女性主义神学为夏娃解咒

女性主义神学的根本任务在于祛除传统基督教的父权制因素，建构彰显女性价值的神学。女性主义神学对传统基督教教义中具有父权制色彩的原罪论进行了激烈批判，为了实现批判的目的，女性主义神学首当其冲为夏娃解咒，祛除父权制强加在夏娃身上的罪行，然后重新肯定夏娃的意义。女性主义学者普遍认为，从女性视角重新解读、诠释《圣经》中的有关夏娃的经文，不但非常必要，而且迫在眉睫。需要说明的是，女性主义学者萌发这种思想，依据的前提条件是，《圣经》本身没有问题，问题在于《圣经》的隐含作者、叙述者、编纂者、翻译者、阐释者在意识或潜意识中存在着性别歧视心理。③

---

① 转引自刘文明《上帝与女性——传统基督教文化视野中的西方女性》，武汉大学出版社2003年版，第74—75页。
② 转引自伯特兰·罗素《婚姻革命》，靳建国译，东方出版社1988年版，第42—43页。
③ 郭晓霞：《五四女作家和〈圣经〉》，中国社会科学出版社2013年版，第163页。以下有关女性主义神学对夏娃的论述主要参考该书。

几乎所有民族的创世神话都以超自然的形象描述了人类的来源，毫不例外，在基督教经典——《圣经》中也记载了上帝造人的故事，共有两处：

神说："我们要照着我们的形象，按着我们的样式造人，使他们管理海里的鱼、空中的鸟、地上的牲畜和全地，并地上所爬的一切昆虫。"神就照着自己的形象造人，乃是照着他的形象造男造女。（《创世记》1：26—27）

耶和华神用地上的尘土造人，将生气吹在他鼻孔里，他就成了有灵的活人，名叫亚当……耶和华神说："那人独居不好，我要为他造一个配偶帮助他。"……耶和华神使他沉睡，他就睡了。于是取下他的一条肋骨，又把肉合起来。耶和华神就用那人身上所取的肋骨，造成一个女人，领她到那人跟前。那人说："这是我骨中的骨，肉中的肉，可以称她为'女人'，因为她是从男人身上取出来的。"（《创世记》2）

从逻辑上看，这两处记载显然自相矛盾：第一处，上帝同时创造出了男人和女人，男人和女人都具有上帝的形象；而在第二处中男女受造有先后之别，且所用材料不同。但是，早期教父如奥古斯丁、托马斯·阿奎那利用这两处发展了他们的二元对立思想，并以此作为发展男尊女卑思想和女人原罪论的重要依据。①

女性主义学者对比分析了《创世记》中的两个创世神话以及其中隐含的女性地位，力图证实上帝在创世过程中给予女人的位置与父权制所限定的女人的位置截然不同。她们在细读文本之后，运用语义分析、修辞批评、文学批评、历史学和社会学研究等方法，逐步解除了夏娃身上的父权制魔咒。根据女性主义学者的研究，我们还可以归纳出女人夏娃身上具有

---

① 学者刘文明在其著作《上帝与女性——传统基督教文化视野下的西方女性》中分析了奥古斯丁和托马斯·阿奎那如何依据这两处经文发展了他们的二元对立思想以及男尊女卑思想。具体研究可参见刘文明《上帝与女性——传统基督教文化视野下的西方女性》，武汉大学出版社2003年版。

3 种基本品质：

第一，夏娃在精神和肉体上均不次于亚当。《圣经》中至少有两处经文可以佐证这一观点。第一处是第一个创世神话中所述"神就照着他自己的形象造人，乃是照着他的形象造男造女"。学者们发现，这里对神的称呼"艾洛希姆"（Elohim）在希伯来文中表示复数，而且从句法上看，"男人和女人"在句法排列上与"上帝的形象"对应。女性主义学者特丽波（Phyllis Trible）主要运用性别修辞策略，根据希伯来诗歌特有的平行体和交错排列修辞手法，分析了"上帝的形象"和"造男造女"之间的关联，强调男人和女人在上帝形象中的平等关系。① 男性学者杨克勤也赞同特丽波的分析，认为"上帝的形象表示男女在创造主面前为完整的人，缺一不可""在男女相伴、平等与相互依存的联合中并无高下之分"②。另外，美国《旧约》学者菲利斯·伯德（Phyllis Bird）则从历史学角度入手，根据底本说理论③，将《创世记》（1：27）置于上下文的整体语境中考察。通过考察，她认为，"上帝的形象"既不能从精神上理解，也不能完全从肉体上理解，上帝没有任何性别形象，只是一个空洞能指，因为这部分的作者即 P 底本"祭司派作者"的本意在于警示世人：上帝和人有本质区别，人类是按照上帝的形象创造的，但人是创造物而不是上帝，所以分为男人和女人。④ 尽管伯德没有像上述女性主义学者一样肯定这段话具有男女平等思想，但至少否定了托马斯·阿奎那、奥古斯丁之流以男女喻指灵魂肉体对立的二元论思想。而且，伯德主要关注的是，上帝同时祝

---

①　Phyllis Trible, *God and Rhetoric of Sexuality*（Philadelphia: Fortress Press, 1978）, p. 17.

②　杨克勤：《夏娃、大地与上帝》，华东师范大学出版社 2008 年版，第 69—70 页。

③　18 世纪中期以前的神学传统普遍认为，《旧约》首 5 卷《创世记》《出埃及记》《利未记》《民数记》《申命记》为犹太早期族长摩西所作，故称"摩西五经"。18 世纪中期以来，学者对"五经"的作者所属问题产生质疑，主张这 5 卷书乃有多种原始文献陆续汇编而成，提出"J、E、D、P 四底本说"，认为"五经"成书前的早期形式是 4 种主要文献，分别缩写为 J、E、D、P，其中 J、E、D 编著于古犹太史上的王国时期（约公元前 1028—前 586），P 编著于俘囚及复国时代（约公元前 586—前 332）；四底本经陆续汇纂，于公元前 5 世纪中后期形成流传至今的 5 部经卷。对于这两个创世神话而言，第一个创世神话出自 P 底本，第二个创世神话出自 J 底本。参见梁工《〈旧约·五经〉"四底本说"述论》，《北京图书馆馆刊》1997 年第 2 期。

④　Joseph Abraham, *Eve: Accused or Acquitted? An Analysis of Feminist Reading of the Creation Narrative Texts in Genesis 1 - 3*（Cambria: Paternoster Press, 2002）, pp. 196 - 197.

福了男人和女人，命令他们要结合并生养众多，共同管理世界，这些文本的潜在意义为：男人与女人要成为一个和谐整体。① 所以，伯德与其他女性主义学者殊途而同归。

除了《创世记》（1：27）以外，学者们还注意到第二个创世神话中所述女人的创造本身即表明女人并不是劣等的，甚至比男性更优越。周辉在其博士论文《西方女性主义诠释学研究》中集中介绍了特丽波对《创世记》第 2—3 章的性别修辞分析。根据周辉的研究，我们可以归纳出《圣经》批评学者特丽波（Phyllis Trible）所做的研究要点。在女人被创造的事件中，特丽波主要在 3 个问题上做文章。首先，从创造的顺序看，女人的创造在故事中最后出现，在伊甸园、各种植物与动物的创造之后。这一创造顺序成为父权制社会裁定女人从属地位的依据。特丽波对此种观点进行了反击，她依照福音书的思想，相信"最后的将成为最先的"（《马太福音》18：4；《马可福音》9：35；《路加福音》9：48），因此，女人的最后被创造是整个创世过程的巅峰，是叙事的高潮。② 希伯来文学本身的特点也在一定程度上支持了特丽波的观点。在希伯来文学中，一个意义单元的中心内容往往出现在开头或结尾处。在《创世记》第一章中，人的被造的确是最后的，但又是所有创造物的顶点。特丽波的这一观点直接对抗与颠覆了传统诠释者对女人从属性的断言。其次，从创造材料看，女人由男人的肋骨而来，父权制社会常据此认为女人天生比男人低等并依附于男人。特丽波犀利地批评了父权制观点的谬误，她认为：

> 称夏娃是"亚当的肋骨"是对文本的误读。这一文本仔细而清晰地表明，抽取出来的骨头需要神的工作才能变成女人、变成不被设计来支撑男性自我中心的论据。此外，声称肋骨意味着下等地位或从属关系，是将男人的品质凌驾于女人之上，叙事本身并没有这个意义。优势、力

---

① Joseph Abraham, *Eve: Accused or Acquitted? An Analysis of Feminist Reading of the Creation Narrative Texts in Genesis 1 - 3* (Cambria: Paternoster Press, 2002), p. 205.

② Phyllis Trible, *God and the Rhetoric of Sexuality* (Philadelphia: Fortress Press, 1978), p. 102.

量、进攻性、统治和权力在《创世记》第 2 章里都不是男人的特点。[1]

在特丽波看来，被抽取出来的肋骨只是创造女人的质料，与创造男人的质料尘土、气息相比，肋骨意味着坚固、平等以及女人在创造过程中的独特性。[2] 最后，特丽波还从语义角度分析了《创世记》第 2 章 18 节中"配偶"（ezer）一词的含义，发现在大部分情况下，希伯来单词"ezer"意味着优越性（superiority，如《诗篇》121：2，124：8，146：5；《出埃及记》18：4；《申命记》33：7），而在父权制的翻译中，这个词被译为 helper，则表示助手、从属、下级等含义（如《出埃及记》18：4；《申命记》33：7；《诗篇》33：20）。[3] 这样，通过特丽波的剖析，女人在《圣经》及传统中的地位得以确认并得到了提升。

第二，敢于反抗权威。在伊甸园神话中，夏娃因为受蛇的引诱首先违背上帝诫命偷食禁果，由此成为父权制思想中所谓的"堕落的肇始者"。但是，在性别视角下，夏娃的这一行为显然具有另外的深意：敢于反抗上帝的绝对权威。女人夏娃的反叛精神实则继承了其前辈莉莉丝（希伯来语：לִילִית，Lilith）的品性。根据犹太民间传说，莉莉丝是亚当在夏娃之前的第一位妻子，由上帝用泥土所造。莉莉丝认为他们都是上帝用泥土所造，彼此是平等的，所以在与亚当同房时，坚决不同意躺在他的下面，愤然离开伊甸园，至死不回。上帝曾派了 3 位天使追赶莉莉丝，同时还带着这样的口信：如果莉莉丝不回到亚当身边，每天她将有 100 个孩子死掉。即便如此，她仍然拒绝回去。[4] 对这样一个公然挑战等级制度的女性，父权社会的拉比们自然是恨之入骨。正如加拿大女性主义学者、宗教心理学家奈奥米·R. 高登博格所指出的："拉比们将其（莉莉丝）变成了一个夜

---

① Phyllis Trible，"Depatriarchalizing in Biblical Interpretation"，转引自周辉《西方女性主义诠释学研究》，博士学位论文，中国人民大学，1999 年，第 39 页，未刊。

② 参见周辉《西方女性主义诠释学研究》，博士学位论文，中国人民大学，1999 年，第 84 页，未刊。

③ Phyllis Trible，*God and the Rhetoric of Sexuality*（Philadelphia：Fortress Press，1978），p. 90.

④ 奈奥米·R. 高登博格：《神之变——女性主义和传统宗教》，李静、高翔编译，民族出版社 2007 年版，第 73—74 页。

间骚扰男人，使他们梦中遗精、患不育症的怪兽。拉比们把她说成在女人分娩时杀死她们并毁掉新生婴儿的恶魔。莉莉丝，第一个试图获得解放的女人，在犹太宗教界受到了可怕的压力。"① 莉莉丝的形象受到女性学者的大力关注，绝大部分的当代女性主义神学家甚至要免去夏娃对女人的象征，欲以莉莉丝取而代之，如茱蒂斯·普拉斯科（Judith Plaskow）将莉莉丝对上帝和亚当的反叛看作当代女性运动的典型范例。② 学者桑德拉·吉尔伯特（Sandra Gilbert）和苏珊·古巴（Susan Gubar）在《阁楼上的疯女人》中将莉莉丝描绘成"原型的女性创造者"和女性权威的象征：

> 她的历史所暗示的是：在父权制文化中，女性话语和女性"专横"，也就是说女性对男性统治的公然反叛——无法逃避地联系在一起，不可避免地具有魔法性。被人类社会驱逐出来，甚至被《圣经》不太神圣的公有编年史驱逐出来，这就是莉莉丝形象的意义：女人要拥有自我，必须付出代价。③

在此意义上，《莉莉丝》季刊的诞生，可以说是女性主义者推崇莉莉丝的极致，该杂志的编辑们认为，莉莉丝和亚当是平等的，她是独立女性身份的体现。④

相比较而言，夏娃对男性权威的反抗、对自我的追求似乎不及莉莉丝。但是，也有学者注意到，莉莉丝很早就被流放了，她的一切行为实质上是无效的，反而夏娃的叛逆更具有现实意义，她在离开伊甸园的时刻提供了第3种选择，即对抗和自由。如美国文学批评家芭芭拉·H. 瑞格内

---

① 奈奥米·R. 高登博格：《神之变——女性主义和传统宗教》，李静、高翔编译，民族出版社 2007 年版，第 74 页。

② Judith Plaskow, The Coming of Lilith: Toward a Feminist Theology, 转引自 Barbara Hill Rigney, *Lilith's Daughters: Women and Religion in Contemporary Fiction* (Wisconsin: The University of Wisconsin Press, 1982), p. 93.

③ Sandra Gilbert and Susan Gubar, *the Madwoman in the Attic: The Woman Writer and the Nineteenth-Century Literary Imagination* (New Haven: Yale University Press, 1979), p. 35.

④ 奈奥米·R. 高等博格：《神之变——女性主义和传统宗教》，李静、高翔编译，民族出版社 2007 年版，第 74 页。

（Barbara Hill Rigney）认为夏娃比莉莉丝更具有内在人性，主张将内在人性中的夏娃解释为真实存在中的女人。她说："夏娃不惜一切代价呼吁知识和自由，夏娃的对抗是直面现实：生活和不可避免的死亡。"① 女性主义神学家玛丽·达利也持同样的观点，她在《超越上帝之父》一书中用一章的篇幅"驱除夏娃身上的恶魔咒语"，为其堕落辩护，认为由女人引起的堕落不是"自神性而堕落"（a fall from the sacred），而是"堕落入神性"（a fall into the sacred），因而也"堕落入自由"②。无论如何，有一点是毋庸置疑的，即夏娃敢冒天下之大不韪而偷食禁果的行为与莉莉丝的叛逆一脉相承。

第三，追求智慧。在上帝创造的伊甸园里，有两棵特殊的树——生命树和分辨善恶的树，而只有分辨善恶的树上的果子是上帝唯一禁止不能吃的。这里所说的"分辨善恶的树"（the tree of the knowledge of good and evil），常被认为是"知识之树"或"智慧之树"，因此在《圣经》的一些英文版本中也做"Knowledge Tree"。关于上帝为何禁止世人追求知识和智慧一事，已不仅仅是神学问题，更是哲学问题③，不属于本书的讨论范围。如同女性主义学者所关注的，本书关注的是，恰恰是女人首先吃下了被上帝所禁止的"智慧之树"的果子，这一行为本身的寓意极为深刻。奥古斯丁认为，蛇之所以引诱女人而没有引诱男人在于，女人比男人软弱，是人类联盟中的薄弱环节，而男人因具有理性而不会轻易受骗。④ 显然这是一

---

① Barbara Hill Rigney, *Lilith's Daughters: Women and Religion in Contemporary Fiction* (Wisconsin: The University of Wisconsin Press, 1982), p. 94.

② Mary Daly, *Beyond the Father: toward a Philosophy of Women's Liberation* (Boston: Beacon Press, 1973), p. 67.

③ 举一个比较有见地的观点。张克政提出，上帝之所以不赋予人类理性和自由意志，是基于这样的考虑：首先，他不能容忍人类具有如他一样的理性和自由意志，因为人类一旦具有了理性和自由意志，就会变得难以管理，甚至会导致违抗他的命令的后果；其次，人类一旦具有了理性和自由意志，迟早有一天会意识到他们是按上帝的形象创造的，这种意识将会使人类从自身的罪恶里看到上帝的光辉形象中的恶的阴影，而这将彻底使他丧失相对于人类的权威性。参见张克政《原罪的重新解读——亚当和夏娃暴露了上帝的秘密和缺陷》，《陇东学院学报》（社会科学版）2004年第3期。

④ 奥古斯丁：《上帝之城》，第14卷，转引自刘文明《上帝与女性——传统基督教文化视野中的西方女性》，武汉大学出版社2003年版，第71页。

种性别歧视的观点，遭到了女性主义学者的坚决反对。在女性主义学者看来，一方面，男人与女人生来就是平等的，他们的天性从来就是一致的，不能说女人比男人更软弱、更狡猾；另一方面，在女性主义视角下，蛇之所以"引诱"女人，是因为女人在整个神话中都是更聪明、更勇敢、更富于感受力的一方。"女人既是神学家又是翻译家，她思考了这棵树，将所有的可能性都考虑在内。这棵树好做食物，可以满足身体需求；它赏心悦目，可以满足审美与情感的欲望。更重要的是，它是智慧的源泉。因此，女人在采取行动时十分清醒，她的视野包括了生命的全部区域。"① 也可以这么说，在"引诱"过程中，夏娃实质上并非被动地被引诱，而是积极主动地追求智慧的体现，而且在这一过程中男人是缺席的，女人具有一定的独立性。而给丈夫吃的过程与其说是引诱，不如说是很开心的恋人之间的行为，即要把自己羡慕喜悦的东西与爱人分享。相比较而言，男人却是静默的、被动的、无动于衷的接受者。

　　女性对知识和智慧的追求可以在《圣经》对智慧的女性化或女人化隐喻中得到进一步证实，还可以在希腊神话中智慧女神的形象上找到佐证。但不幸的是，父权制社会为了维护男性的中心统治地位，毫不留情地扼杀了女人的这一品性，并且变本加厉地对女性使用愚民政策，以铸造女人无知的假象。女性主义学者对女人智慧品质的彰显，无疑动摇了父权制统治的基础，挑战了男性中心主义的文化。

三　妇女主义神学家论罪

　　美国黑人女性从自身经验认识和阐释基督宗教的罪观，从而形成了妇女主义的罪观。著名的妇女主义神学家德洛丽丝·威廉姆斯（Delores Williams）对罪的认识代表了 20 世纪后半叶以来妇女主义者的罪观。她在《一个妇女主义者的罪观》（*A Womanist Perspective on Sin*）一文中梳理了美国黑人社团关于罪的认识的发展史，在此基础上表达了妇女主义者即美国

---

　　①　Phyllis Trible, Depatriarchalizing in Biblical Interpretation，转引自周辉《西方女性主义诠释学研究》，博士学位论文，中国人民大学，1999 年，第 85 页，未刊。

黑人妇女关于罪的思想。

德洛丽丝·威廉姆斯通过考察黑人灵歌、自由奴隶的自传叙述、黑人解放神学来梳理美国黑人社团关于罪的认识的发展脉络。依据艾伦（Allen）编辑的《美利坚合众国奴隶之歌》（*Slaves Songs of the United States*），威廉姆斯发现，在《美利坚合众国奴隶之歌》所辑录的 129 首英语灵歌中，只有 12 首提及罪或罪人，而且提到罪时总是伴随着与罪不相干，且与社团经验联系在一起的一些事情，因此，我们很难从中看到灵歌作者对罪的认识。但是，尽管如此，威廉姆斯还是从诸如《进入旷野》《多么痛苦的时刻》等少有的几首灵歌中发现了端倪。在《进入旷野》中，耶稣与旷野中的奴隶相遇，并在罪的问题上与个人的或者社团的行为方面产生了冲突，其中提到的罪则是 "世界的烦恼"。在《多么痛苦的时刻》中，歌者反复诉说着堕落的故事，并且将堕落归于亚当而不是夏娃。歌中唱道："哦，亚当，你在哪里？亚当，你在哪里？哦，多么难受的时刻！主，我在花园里。亚当，你吃了那棵树上的果子。主，夏娃给我的。亚当，那时被禁止吃的。主说，离开伊甸园。"① 在这首灵歌中，亚当和夏娃都没有因为他们的行为而受到惩罚；当不屈服导致了 "错误的" 行为时，亚当唯一的惩罚是必须离开伊甸园，但是上帝并没有说一句谴责夏娃的话。最后，根据《美利坚合众国奴隶之歌》中罪的概念，威廉姆斯认为，早期美国黑人对罪的认识具有 4 个特点：1. 罪与奴隶们不得不忍受的烦恼和负担相关，但没有《圣经》中的罪和原罪概念——因伊甸园中亚当的罪而一代代延续至后代。2. 与罪相关，有时神灵在两个方面发挥作用：第一，除掉罪恶的全部世界；第二，在一个特殊的语境中与奴隶相遇，在这个语境中，神灵（耶稣）特别参与了奴隶社团的罪，这个语境常常指 "旷野"。因而，一些诗歌表达了这样的信仰——上帝在一个普遍的语境中、也在一个存在的语境中参与了罪。3. 作为一种处理罪的方式，奴隶们看起来比关心个人的行为是否是罪行更关心罪积极转化的过程和目的。4. 这些搜

---

① Delores S. Williams, A Womanist Perspective on Sin, in Emilie M. Townes Edited. *A Troubling in My Soul: Womanist Perspectives on Evil and Suffering* (Maryknoll, New York: Orbis Books, 1993), p. 133.

集到的灵歌似乎反映的更多的是罪的社会概念而不是罪的个人概念。这个社会的罪是一个团体反对另一个团体的行为。[①]

依据诺曼·叶特曼（Norman R. Yetman）编辑的《来自奴隶制的声音》（*Voices from Slavery*，1970）和克利夫顿·约翰逊（Clifton H. Johnson）编辑的《上帝把我打死了》（*God Struck Me Dead*，1969）这两部自由奴隶自传集，威廉姆斯发现，首先，和黑人灵歌一样，在自由奴隶的自传中所体现的罪观和灵歌中的罪观极为相似，具体体现为：1. 灵歌中的罪常和烦恼、负担相关；自传中的罪也和烦恼相关，但是也和"感觉沉重"（一种精神状态）相关。2. 二者都关心罪，因为它叙述了在社团中积极皈依的努力，但是，一些自传也表明，某些行为（如跳舞和玩牌）是错误的。3. 二者都将撒旦和恶魔与白人压迫者联系在一起。4. 二者都暗示了根植于黑人有关犯罪认识的道德行为，如像偷盗这样的所谓"错误行为"，在自由奴隶看来，责任并不在于奴隶，而在于致使错误行为产生的奴隶主身上。和那些与集体社会罪恶相关的行为相比，这些偷盗的"错误行为"算不了什么。前者主要发生在一个占优势的团体对另外一个团体实行粗暴行为，其结果是进入地狱，而后者的结果是个人的精神失调，如绝望、内疚等。[②]

威廉姆斯还以黑人神学家詹姆斯·孔（James Hal Cone）为代表分析了黑人解放神学的罪观。她认为，以詹姆斯·孔为代表的黑人解放神学家将黑人对罪的认识上升到了神学层面，其系统的罪观发展了黑人社团关于罪的概念，同样在集体观念（根据社团的而不是个人的生活）下言说罪，因此，在黑人解放神学中，罪与种族偏见是同义语。

威廉姆斯认为以詹姆斯·孔为代表的黑人解放神学的罪论，反映了美国黑人男性对罪的认识，但是没有聚焦于美国黑人女性受难的历史经验，因此，在考察了黑人灵歌、自由奴隶的自传叙述、黑人解放神学所体现的美国黑人社团的罪观以后，威廉姆斯根据美国黑人女奴的自传叙述以及个

---

① Delores S. Williams, A Womanist Perspective on Sin, in Emilie M. Townes edited. *A Troubling in My Soul*: *Womanist Perspectives on Evil and Suffering* (Maryknoll, New York: Orbis Books, 1993), pp. 133 – 134.

② Ibid., pp. 137 – 138.

人的经验，表达了美国黑人女性或者妇女主义者对罪的认识。根据《杰伦娜·李的生活和宗教经历》（*The Life and Religion Experience of Jarena Lee*）《一个女奴的生活片段》（*Incidents in the Life of a Slave Girl*, 1861）等自传的描述，威廉姆斯发现，早期美国黑人女奴并没有确认具体的罪，只是将个人无价值的感觉看作罪，而在皈依上帝后，她们消除了无价值感（unworthiness），从而获得了自信，并具有了"某人"（somebodiness）的感觉。换句话说，早期美国黑人女奴对罪的认识经历了从个人的无价值感到身体上与耶稣相遇的感觉，这一历程反映了美国的父权制和种族歧视。在美国父权制下和种族主义思想下，白人女性和黑人女性的身份和价值不是被等同对待，相对而言，白人女性身份（或者白人女性的人性）被增值，而黑人女性身份（或者黑人女性的人性）被贬值。同时，过度劳动、死刑、白人男人对黑人女性身体的污损等，严重摧残了黑人女性的身体和精神。因此，威廉姆斯"将黑人女性人性的贬值和她们身体所受到的污损确认为美国父权制和独裁制的社会之罪"，认为"黑人妇女身体受到的污损以及精神上和自信受到的摧残形成了最严重的社会之罪"①。由于妇女主义者本身具有强烈的生态主义思想，所以，妇女主义者将美国黑人女性身心遭受凌辱与美国、地球等因受过度开采遭受污染联系起来，从而将罪扩展到整个地球和社会。由此，威廉姆斯归纳了妇女主义神学罪观的特点，比较黑人灵歌、自由奴隶的自传叙述、黑人解放神学，妇女主义神学的罪观大致有以下4个特征：①与上述3者不同，妇女主义的罪尤为关注人类的身体和性别资源；这些资源的滥用和消耗即污损形成了罪。②黑人女性身份和人性是一对同义语，都是上帝形象的反映；黑人女性的性行为也处在上帝的形象中，因而，贬低黑人的女性身份和性是罪，贬低黑人女同性恋者的女性身份和性也是罪。③女奴的自传中表达了个人"无价值"的感觉，这表明女性自我确信的问题。和前三者不同，妇女主义神学的罪观尤为关注黑人女性贫乏的自我价值，因而提升和治愈黑人女性的自我价值进

---

① Delores S. Williams, A Womanist Perspective on Sin, in Emilie M. Townes edited. *A Troubling in My Soul: Womanist Perspectives on Evil and Suffering* (Maryknoll, New York: Orbis Books, 1993), pp. 144 – 145.

入了妇女主义者的概念中。对于受压迫的美国黑人团体而言，它形成了拯救。④在黑人基督教思想史上，妇女主义者关于罪的概念是独一无二的，它将黑人女性身体上的污损和大自然的污损平行参照。①

由此可见，以威廉姆斯为代表的妇女主义神学家对罪的认识和传统黑人神学家一样，都是从社会学角度出发，将种族主义、阶级主义等社会行为界定为罪，即社会之罪。但妇女主义神学家还从性别出发，将性别主义、霸权主义等一切不平等的社会行为认定为罪，扩展了传统黑人神学社会之罪的外延。同时，具有开拓意义的是，妇女主义神学家还发展了"个人的罪"的概念，她们提出，"个人的罪与通过非可见的过程参与贬低黑人妇女的妇女身份（人性）的社会行为相关"②。而所谓"非可见的过程"就是将黑人经验的妇女主义特征非可视化，并将社会和持久的黑人女性"原型"——黑人女性具有孩子一样的心智，行为像个女孩，是淫荡的加以强化。但是，显然，妇女主义者所谓的"个人的罪"属于另一种社会之罪，前者是黑人包括黑人女性自身对黑人女性的错误认识和错误行为，后者是白人社会对黑人尤其对黑人女性的错误认识和错误行为。总之，与白人女性主义神学的罪观比较而言，白人女性主义神学从性别视角出发，批判系统神学有关罪的性别主义内涵，修正了系统神学的罪观，建构了女性视角下的基督教罪观；而妇女主义神学从性别和种族双重视角出发，否定了基督教神学的罪观以及原罪论，建构了性别、种族视角下的社会之罪论，是美国黑人妇女化的基督教罪观。

作为美国黑人女性的卓越代表，当代美国黑人女作家也在自己的作品中表达了她们对罪的独特认识，这种认识显然不同于其他种族尤其是白人女作家和神学家对罪的认识。

---

① Delores S. Williams, A Womanist Perspective on Sin, in Emilie M. Townes edited. *A Troubling in My Soul：Womanist Perspectives on Evil and Suffering* (Maryknoll, New York：Orbis Books, 1993), pp. 146 - 147.

② Delores S. Williams, A Womanist Perspective on Sin, in Emilie M. Townes edited. *A Troubling in My Soul：Womanist Perspectives on Evil and Suffering* (Maryknoll, New York：Orbis Books, 1993), p. 146.

第二节　当代美国黑人女作家的罪论

当代美国黑人女作家从种族经验出发，否定基督教的原罪说，而将美国黑人女性所遭受的种族歧视看作是社会之罪，这社会之罪给黑人造成了戕害，但也有部分作家看到，黑人本身具有人类的一些弱点，并不能免除人性之罪。在性别经验下，当代美国黑人女作家和妇女主义神学家以及其他女性主义者一样，揭示了生活中所遭遇的性别歧视，充分肯定了自我的性别身份，描绘了"无罪（原罪）的"黑人女性形象。

一　社会之罪

把美国以种族歧视为核心的独裁制看作美国黑人所遭受的社会之罪，这对于美国黑人而言，已经不是新鲜的事情了，但在当代语境下重新思考这一问题仍然具有重要意义。

美国历史上的种族歧视，对于号称自由、平等、民主的美国而言，显然是一个巨大的讽刺，甚至在21世纪的今天，美国仍然存在种族主义和种族偏见，这是连美国前总统布什、克林顿都承认的事实。显然，在美国众多种族中，美国黑人遭受种族歧视的时间最久，程度最深，毫不夸张地说，美国黑人的历史就是反抗种族歧视的历史。美国黑人遭受种族歧视的极致是美国历史上的奴隶制，奴隶制被废除以后，美国黑人仍然在经济、政治、文化教育等各种领域遭受歧视。因此，揭露和抨击美国社会对美国黑人种族的歧视和压迫，曾经在20世纪前期一度成为美国黑人作家共同的使命。如20世纪20年代图默（Jean Toomer，1894—1964）的《甘蔗》（1923）、30年代休斯（Langston Hughs，1902—1967）的《并非没有笑声》（1930）、卡伦（Countee Cullen，1903—1946）的《通向天国的一条路》（1932）、邦当（Arna Bontemps，1902—1993）的《黑色雷霆》（1936）、40年代赖特（Richard Right，1908—1960）的《土生子》（1940）等，这些小说的共同主题是深刻揭露当时美国社会依然存在的种族歧视和种族压迫，反映当时美国黑人的痛苦生活。因此，这些小说在20世纪美国文学史上被称为"抗议小说"①。"二战"结束后，美国乃至全球都进入了复苏与经济大发展时期，种族问题被湮没，美国人似乎忘记了美国历史上令人感到耻辱的奴隶制，美国黑人也开始淡忘了那些与奴隶制、与曾经的种族歧视相关的悲惨故事。美国黑人作家也从叙写"抗议小说"中转向描写黑人自身人格的独立，个体生命存在的价值和意义，以及寻找在现代文明社会中失落的自我等②，黑人女作家则转向探索黑人女性的人格独立与个性解放。70 年代后，越来越多的美国黑人进入美国的中上层，融入美国白人主流文化中，面对这一现象，崛起的美国黑人作家更加自觉地思考美国黑人的发展之路。几乎所有的美国黑人作家都意识到，在美国的多元文化中，美国黑人的独特身份致使他们既不同于非洲黑人也不同于美国白人，他们的身份建构根植于自己独特的历史中。因此，70 年代后的美国黑人作家比以往任何时代的都更加彰显美国黑人的民族文化。他们不仅亲自踏上寻找祖辈的旅行如艾丽斯·沃克之探寻佐拉·尼尔·赫斯顿，而且著书立说，呼吁同胞不要忘记自己的非洲之根，不要忘记在奴隶制下曾经遭受过的苦难，不要忘记种族歧视带来的伤害，不要忘记自己独特的文化传统。如1976 年美国黑人男作家阿历克斯·哈利（Alex Haloy）发表了长篇小说《根》，在美国社会引起较大反响。该小说以较大篇幅追溯了昆塔家族从非洲被掳到美国及其子孙在美国奴隶制下的生活，其基本主题是表达作家的寻根思想。

美国黑人女作家也加入了这一寻根浪潮中，但与男性作家不同的是，她们除了表现奴隶制和种族歧视对美国黑人女性的身心之践踏与戕害，也表现父权制社会对黑人女性的身心的另一种践踏和戕害。在她们看来，一切贬低美国黑人女性人性的行为都是社会之罪，不仅有种族主义，还有性别主义和阶级主义。

1. 种族主义、奴隶制对美国黑人女性的身体之戕害之罪

作为主人的私有财产，女奴的身体不是自己的，它完全受奴隶主的支

---

① 许海燕：《从反映种族歧视到呼唤民族文化意识的觉醒——论 20 世纪美国黑人小说的思想发展轨迹》，《南京师范大学文学院学报》2004 年第 3 期。

② 同上。

配。黑人女奴的身体首先是奴隶主增产的工具。据记载，在奴隶制期间，黑人女奴被称为"饲养者"，她们像今天的种马一样，与奴隶主所选择的男性奴隶交配，以至于能够每 12 个月生下 1 个孩子，这些孩子将变成奴隶主的财产；如果白人奴隶主不能找到一个他所期望的与"饲养者"交配的男性，这个奴隶主自己就与她交配。①　其次，黑人女奴的身体是奴隶主发泄欲望的场所，奴隶主在婚姻之内的性生活因为受到种族延续、道德等因素的制约，所以便在黑人女奴身上寻求性快感。再次，黑人女奴的身体还是奴隶主实现权力统治的场所，当女奴触犯了他们的尊严，他们可以随心所欲地处置女奴的身体。因此，无视甚至歧视美国黑人女性的肉体，对其进行肆意践踏和戕害，这是奴隶制和种族歧视之罪的最直接的外在表现。虽然奴隶制在美国已经消亡了 100 多年，但在当代美国黑人女作家看来，奴隶制下身体的伤痛作为集体记忆仍然影响着她们。

（1）被割断的舌头

就在阿历克斯·哈利发表长篇小说《根》的同一年（1976），早已开始探寻非洲之根的美国黑人女作家艾丽斯·沃克发表了继《格兰奇·科普兰的第三次生命》（*The Third Life of Grange Copeland*，1970）之后的第二部长篇小说《梅丽迪恩》（*Meridian*，1976）。该小说主要刻画了一个在 20 世纪 60 年代美国民权运动中逐渐成熟的美国黑人妇女梅丽迪恩的形象，该形象在民权运动中成长的困惑体现了作者从女权主义转向妇女主义的痛苦思索，尤其是对黑人（女性）解放的精神之源进行了反思。沃克在该小说中的"寄居树"（Sojourner）这一章中主要探讨了美国的种族歧视问题，她以魔幻现实主义的手法描写了黑人大学撒克逊学院（Saxon College）中寄居树（the great tree Sojourner）下的黑人女生的舞蹈与抬棺游行。黑人女生的狂欢舞蹈和抬棺游行伴随着一系列由寄居树串联起来的怪诞和恐怖场景，其中南方种植园女奴露薇妮（Louvinie）讲述了她的舌头被奴隶主齐根割下的故事。露薇妮是蓄奴时代撒克逊种植园里的一名女奴，具有细

---

①　Delores S. Williams, *Sisters in the Wilderness: The Challenge of Womanist God—Talk* (Maryknoll, New York: Orbis Books, 1993), p. 82.

高而强健的体魄，擅长讲故事，但由于自己讲述的恐怖故事吓死了撒克逊家的孩子而被主人将舌头齐根割下。后来，露薇妮便将自己的舌头埋在了她亲手栽种的木兰树下，这棵骨瘦如柴的木兰树由于获得她舌头的养分而生长得无比硕大。撒克逊种植园成为撒克逊学院以后，木兰树被保留下来，成为大学生们聚会的重要场所，艾丽斯·沃克在小说中将其命名为"寄居树"（Sojourner），意在暗示这棵树具有重要的象征意义。树名取自美国黑人女性社会活动家、废奴主义者索乔纳·特鲁斯（Sojourner Truth，1797—1883）的名字，树的栽种者露薇妮也对应索乔纳·特鲁斯，二者都具有高大强壮的身体外形，索乔纳·特鲁斯善于演讲，露薇妮善于讲故事，索乔纳·特鲁斯以激情四射的"我难道就不是女人吗"的演讲抗议白人对黑人女性的偏见，露薇妮以恐怖的故事吓死了白人主人的孩子。但是，强权的白人残忍地割下了美国黑人女性反抗的喉舌，强行压制了美国黑人女性的声音。露薇妮被割下的舌头既是美国白人强权者戕害美国黑人女性生理的象征，也是美国白人强权者压制美国黑人女性精神的象征。"寄居树"成为美国黑人女性血泪史的象征，也是美国奴隶制和种族歧视之罪的集中体现，撒克逊学院的黑人女大学生每年五月一日都要在这棵树下跳舞聚会，纪念她们在黑奴时代的苦难历史。

（2）背上的树

和其他美国黑人女作家相比，托妮·莫里森对美国黑人的历史和文化的熟悉有着得天独厚的条件。莫里森自 1964 年以来一直为兰登书屋（Random House）的编辑，作为编辑，在将黑人文学引入美国主流文学方面，莫里森起到了关键作用，莫里森编辑出版了美国黑人作家亨利·杜马斯（Henry Dumas）①、托妮·凯德·芭芭拉（Toni Cade Bambara）、安吉拉·戴维斯（Angela Davis）、盖尔·琼斯（Gayl Jones）等著名作家和诗人的著作。1974 年，莫里森承担了由米德尔顿·哈里森（Middleton Harris）搜集整理的《黑人之书》（the Black Book）的编辑工作，该书收集了美国黑人 300

① 亨利·杜马斯（Henry Dumas, 1934—1968），美国黑人作家、诗人，被托妮·莫里森称为"一个纯粹的天才"，经托妮·莫里森编辑，出版了诗集《演奏黑檀，演奏象牙》（Play Ebony, Play Ivory, 1974）、短篇小说集《骨头之柜》（Ark of Bones, 1974）。

年来争取平等的斗争史料。在编辑过程中，莫里森有机会以第一读者的身份看到了大量黑奴反抗奴隶制的报道。由此，深受震撼的莫里森开始转向美国黑人的历史，接连创作了3部作品，对美国黑人的历史进行了重新梳理。这3部作品《宠儿》（*Beloved*，1987）、《爵士乐》（*Jazz*，1992）、《天堂》（*Paradise*，1998）被学者称为"历史三部曲"，而作为"三部曲"之首的《宠儿》则是美国黑人女性的历史的隐喻，该作品以魔幻现实主义的手法描述了奴隶制戕害美国黑人女性身心的罪恶行径。

《宠儿》这部小说发生的时间是美国南北战争以后，即"南部重建时期"，这时奴隶制已经被废除。因此，小说采用回忆的方式重述了奴隶制时期美国黑人的悲惨遭遇。在保罗·D的回忆中，奴隶被杀害、被打残、被抓获、被烧死、被拘禁、被鞭打、被驱赶、被蹂躏、被奸污、被欺骗，都是司空见惯的事情，算不上什么新闻，而他本人也曾经被戴上马嚼子，并被"学校教师"卖掉，后因企图杀死新主人而成为死囚，与其他45名奴隶一起在采石场砸了86天石头，最终利用大雨的掩护成功逃脱，在逃亡途中历经艰辛和苦难。痛苦的过去不堪回首，保罗·D不愿意再回忆过去，将痛苦的记忆封存起来，永远不再打开：

> 过了好一段时间，他才把佐治亚州的阿尔弗雷德、西克索、"学校教师"、黑尔、他的哥哥们、塞丝、"先生"、铁嚼子的滋味、牛油的情景、胡桃的气味、笔记本的纸，一个一个地锁进他胸前的烟草罐里。等他来到一百二十四号的时候，这个世界上已没有任何东西能够撬开它了。①

与保罗·D的回忆相比，塞丝的回忆和遭遇更具有典型性和震撼力。塞丝尽管不愿记忆和不愿回忆，但痛苦的过去化作树的形象已经深深烙在她的后背上，根植在她的心中，隐隐作痛，挥之不去。在塞丝的记忆中，树的形象极为清晰，"对那些美妙的飒飒作响的树的记忆比对小伙子们的

---

① 托妮·莫里森：《宠儿》，潘岳、雷格译，南海出版公司2013年版，第132页。

记忆更清晰"，这是因为罪恶、死亡与树联系在一起。逃跑未遂的保罗·A被"学校教师"吊死在树林里，西克索被捆绑在树上活活杀死，塞丝在逃亡途中亲眼目睹了黑人小伙子们被吊死在世上最美丽的梧桐树上。塞丝在怀有身孕的情况下遭到了"学校教师"的两个侄子的强暴，用暴力吸取了塞丝用以哺育婴儿的乳汁。当塞丝将此事报告给病重的、但已无能为力的加纳太太后，"学校教师"为了报复和惩罚塞丝，就让其中一个侮辱过塞丝的侄子用刀划开了塞丝的后背，塞丝背上的伤口愈合后，就烙下了树形的疤痕。因此，塞丝后背上的"树"记载并见证了奴隶制的罪恶。

《宠儿》多次提到塞丝背上的"树"，分别从白人姑娘爱弥、婆婆贝比·萨克斯、黑人男性保罗·D的视角一再提及，而每一次产生震撼的不仅有当事人，而且还有读者。在逃亡途中，塞丝遇到了一个散发跛足的叫作爱弥的白人女仆，在爱弥的帮助下，塞丝渡过了生命的难关，还顺利生下了女儿丹弗。爱弥是第一个发现塞丝背上的伤疤并将其称为"树"的人。爱弥看到塞丝背上的伤疤，喊了声"耶稣"后，好半天都没吱声。怔怔地发呆了好久后，爱弥说："是棵树，露。一棵苦樱桃树。看哪，这是树干——通红通红的，朝外翻开，尽是汁儿。从这儿分枝。你有好多好多的树枝。好像还有树叶，还有这些，要不是花才怪呢。小小的樱桃花，真白。你背上有一整棵树。正开着花呢。我纳闷上帝是怎么想的。我也挨过鞭子，可从来没有过这种样子。"[1] 白人姑娘爱弥把塞丝背上的伤疤描述成一棵开着花的树，实际上并不是"美化伤疤"，更没有将塞丝身体上的痛苦变成美学意义上的审美对象[2]，而是表达了有良知的白人对无良知的白人的暴行的震惊、不解和对上帝何以允许此种暴行存在的质疑[3]，具有

---

① 托妮·莫里森：《宠儿》，潘岳、雷格译，南海出版公司2013年版，第92页。

② 王玉括在其著作《莫里森研究》中认为莫里森对塞丝的伤疤进行了"美化"，并质疑莫里森这种描写的意义："'树化'伤疤的美学冲动不得不令读者反思。随着塞丝身体上的痛苦变成美学意义上的审美对象之后，她痛苦的身体随着被读成令人愉悦的文本，我们不禁要问，莫里森是怎么想的。塞丝的后背是否真的能成为一种'自为'的美学目标，就像一幅可以激发别人记住自己故事的图画，而不是让人不带偏见地深思其后的叙述以及画布以外的内涵。"参见王玉括《莫里森研究》，人民出版社2005年版，第104页。

③ 张宏薇：《托妮·莫里森宗教思想研究》，博士学位论文，东北师范大学，2009年，未刊。

强烈的批判意义。

塞丝经过千难万险到达蓝石路 124 号房子时，双脚已经肿得难以辨认了，浑身污渍，但让婆婆贝比·萨克斯最震惊的不是这些，而是塞丝后背上的伤疤。它在床单上留下了血渍，鲜血还在不停地渗出来，渗透了盖在塞丝后背上的毯子，形成了玫瑰花的图案。贝比·萨克斯震惊地用手捂住嘴，虽然没有发出任何声音，但其张开的口型发出的声音一定是"哦，上帝"。贝比·萨克斯将所有的震惊化作行动，一声不吭地往塞丝布满伤疤与鲜血的后背上涂油。

但是，需要注意的是，第一次提及这"树"的却是看不见"树"的塞丝本人，由此可见，奴隶制对塞丝的伤害很深。当保罗·D 来到 124 号房子时，塞丝提到自己后背上有棵"树"。保罗·D 追问了"这棵树"：

> "你后背上的什么树？"
>
> "哦。"塞丝把一只碗放在茶几上，到下面抓面粉。
>
> "你后背上的什么树？有什么长在你的后背上吗？我没有看见什么长在你背上。"
>
> "还不是一样。"
>
> "谁告诉你的？"
>
> "那个白人姑娘。她就是这么说的。我从没见过，也永远不会见到了。可她说就是那个样子。一棵苦樱桃树。树干，树枝，还有树叶呢。小小的苦樱桃树叶。可那是十八年前的事了。我估计现在连樱桃都结下了。"①

樱桃树在俚语中指女性的处女膜，苦樱桃树（chokecherry tree）的拉丁语为"Prunus virginiana"，词根为"处女"（virgin）。② 苦樱桃树以果实苦涩而闻名。这棵"苦樱桃树"长在塞丝胸脯的后面——背上，这个位置

---

① 托妮·莫里森：《宠儿》，潘岳、雷格译，南海出版公司 2013 年版，第 18 页。

② Glenda B Weathers, Biblical Trees, Biblical Deliverance：Literary Landscapes of Zora Neale Hurston and Toni Morrison. In*African American Review*（Vol. 39, No. 1/2, 2005）.

独具意义。当保罗·D问及这棵"苦樱桃树"的来历时，塞丝简单地描述后便一直强调自己的乳汁被抢夺一事：

> "他们用皮鞭抽你了？"
>
> "还抢走了我的奶水。"
>
> "你怀着孩子他们还打你？"
>
> "还抢走了我的奶水！"

塞丝不顾保罗·D对被鞭打之事的追问，两次重复说"还抢走了我的奶水"，一次是用平淡的语气，一次是用愤慨的语气，塞丝的这一反映表明，一方面，"苦樱桃树"源自那次身体被掠夺；另一方面，身体被鞭打的伤害远远没有身体被掠夺的伤害大，尤其是母亲身份（以乳汁为代表）的被掠夺。身体被鞭打是对黑人生命的践踏，身体被掠夺（性和乳汁）则是对黑人女性尊严的践踏。因此，对于塞丝这样的广大黑奴而言，她们因为承受了生命和尊严同时被践踏的双重苦痛，其身上背负的"苦樱桃树"才会如此鲜活。

2. 性别主义对美国黑人女性身体戕害之罪

正如赫斯顿在《骡子与人》中记载的美国南方关于"为什么黑人姐妹工作最辛苦"的民间故事所揭示的，在种族主义和父权制的双重重扼下，"白人扔下担子叫黑人男人去挑，他挑了起来，因为不挑不行，可他挑不走，把担子交给了家里的女人"，由此"黑女人在世界上是头骡子"[①]。黑人男人不仅将白人交给自己的担子转交给女人，而且将自己在白人男人面前的屈辱转嫁给自己的女人，并且为了确立自己唯一的一点尊严和权威，更是变本加厉地欺压和控制自己的女人。

在当代美国黑人女作家笔下，无论是父亲、丈夫、恋人、兄弟、朋友，这些美国黑人男性很少善待自家的女人，他们要么抛弃了自己的女人

---

① 佐拉·尼尔·赫斯顿：《他们眼望上苍》，王家湘译，北京十月文艺出版社2000年版，第16页。

[如在托妮·莫里森的《秀拉》中，夏娃的丈夫抛弃了夏娃和几个孩子离家出走了，汉娜的丈夫也抛弃了汉娜和女儿秀拉，秀拉最倾心的男友阿杰克斯逃离了，在《所罗门之歌》中奶娃逃离了爱意浓厚的恋人哈格尔（Hagar），在艾丽斯·沃克的《格兰奇·科普兰的第三次生命》中，格兰奇面对家庭困境曾经抛弃妻子独自到北方寻求"新"生活……这些男性对女性都是始乱终弃]，要么是不关心自己的女人（如托妮·莫里森的《所罗门之歌》中的露丝的丈夫梅肯·戴德等），但最可怕的是他们以暴力对待与自己同种族的女性。而对于黑人女性而言，来自家庭和种族的性别暴力对她们的伤害绝不亚于种族迫害。

在如火如荼的女性主义运动中成长起来的当代美国黑人女作家，在创作中特别关注黑人男性对同族女性的暴力。

作为一名激进的黑人女性主义者，艾丽斯·沃克比其他黑人女作家更关注种族内部的性别主义问题。艾丽斯·沃克对美国黑人的家庭暴力有着切身的体会，她在自己的第一部小说《格兰奇·科普兰的第三次生命》（1970）的后记中写道："我现在的家庭中也存在着暴力，似乎我的父亲处于内在需要而试图控制我的母亲及孩子们。"① 从这第一部小说开始，到随后的成名作《紫色》，以及90年代的《拥有快乐的秘密》（1992）、《父亲的微笑之光》（1998），沃克一直在关注种族内部的性别暴力。

在沃克笔下，美国黑人女性从幼年起便受到家庭暴力的侵害，而施暴者则是她们具有绝对权威地位的父亲。在《格兰奇·科普兰的第三次生命》中，布朗菲尔德将自己的女儿露丝看作自己的私有财产，肆意侮辱打骂，当他从监狱里被释放出来（因杀害自己的妻子而被捕入狱）后，他密谋从父亲格兰奇手中夺取自己的女儿，但他的目的并非出于父爱，而是为了证明自己的所有权。在《父亲的微笑之光》中，当率性的大女儿麦格德琳娜与孟多部落男孩初尝禁果后，身为牧师的父亲罗宾逊便用皮带将女儿打得遍体鳞伤，但需要注意的是，"这一鞭打事件不是一次简单的体罚，

---

① Alice Walker. *The Third Life of Grange Copland* (New York: Pocket Books, 1988), p. 344.

更不像父亲为自己开脱时所说的'不打不成器'的无奈，而是在父爱的名义下行使的一种'绝对所有权'"①。该小说中，另一位女孩波琳的父亲同样把女儿看作自己的私有财产，将女儿的身体作为答谢故友的礼物。更让人震惊的是《紫色》中西丽亚的继父，他竟然违背人伦，惨无人道地奸污年幼的继女西丽亚，将其作为自己泄欲的工具。他不但无情地蹂躏西丽亚的身体，致使她后来失去了一个女人天生的权利——生育，而且还将他与西丽亚的孩子卖掉，让西丽亚遭受母子分离的折磨与苦痛。同时，他还盯上西丽亚的妹妹耐蒂，当他遭到西丽亚的阻碍时，他发觉西丽亚已经长大而无法控制了，便以赔上一头牛的代价将西丽亚送给一个有着 4 个孩子的鳏夫。

父亲将女儿看作自己的私有财产，任意处置她们的身体，这是绝对的父权制行为的体现。《圣经》中也记载了类似的父权制行为。《创世记》第 19 章第 8 节记载，罗得为了保护两个房客，竟然将自己还是处女的两个女儿交给所多玛人，任凭他们的心愿而行；《士师记》第 11 章第 29—40 节记载，以色列的首领耶弗他为了一个荒唐的许诺，便将自己的独生女杀戮并献祭。女性主义神学家对《圣经》中残害女性的恐怖行为进行了揭露和批判，同样，沃克等当代美国黑人女作家也通过自己的作品，再次揭示了父权制下黑人父亲的本质，批判了黑人男性残害黑人女性的罪恶行径。

成年之后的美国黑人女性仍然深受家庭暴力的侵害。她们成为丈夫的私有财产，身体也自然受制于丈夫的任意处置。在沃克的《格兰奇·科普兰的第三次生命》中，格兰奇曾经粗暴地对待妻子，致使妻子最终死去。格兰奇对待妻子的方式影响了儿子布朗菲尔德，长大后的布朗菲尔德不但任意鞭打自己的妻子，还最终取走了她的生命。在《紫色》中，西丽亚被继父当作牲口卖给艾伯特后，她的命运并没有得到改变。丈夫艾伯特最初看上的是耐蒂，经过一个春天、三个月的时间才勉强同意娶相貌丑陋的西丽亚为妻，主要原因是除了免费得到一头牛外，还可以得到另外一头更有

---

① 封金珂：《艾丽斯·沃克笔下的性别暴力》，《福建论坛》（社会科学教育版）2010 年第 6 期。

价值的"牛"——西丽亚,这头牛不但老实、可以干各种重活,还可以照顾自己的4个孩子,尤为重要的是可以毫无防备地满足自己的性要求而不用担心有生孩子的累赘。艾伯特无论是婚前还是婚后都没有正眼看过西丽亚,从未把她当作一个人、一个女人看待,他任意使唤她,践踏她的身体,凌辱她的尊严。结婚的当天,西丽亚便遭到了毒打,婚后挨打更是家常便饭,行动稍有怠慢便会挨皮鞭或拳脚。谈到打西丽亚的原因,艾伯特理直气壮地说:"因为她是我老婆。还有,她太倔了。"(第22页)艾伯特还教导自己的儿子:"老婆就像孩子。你得让她们知道谁厉害。狠狠地揍一顿是教训她的最好办法。"(第33页)在父亲的教导下,儿子哈珀以同样的方式对待自己的妻子索菲亚,稍有不顺,便对索菲亚大打出手。

艾丽斯·沃克清醒地认识到,美国黑人女性之所以普遍地遭受同种族男性的暴力,除了父权制思想在作祟以外,还有一个重要原因,就是种族主义。正像赫斯顿的《骡子与人》中记载的美国南方关于"为什么黑人姐妹工作最辛苦"的民间故事一样,艾丽斯·沃克从历史处境出发,揭示美国黑人男性实施家庭暴力的社会学原因。小说《格兰奇·科普兰的第三次生命》描述了种族主义与黑人家庭暴力之间的关系。小说通过儿子布朗菲尔德的视角,描写了格兰奇的分裂人格,小布朗菲尔德看到父亲格兰奇在家里耀武扬威,但是在白人面前变成了唯唯诺诺的"石头"或"机器"。对白人的恐惧与仇恨逐渐扭曲了格兰奇的人性,他用酒精麻醉自己,回到家中便拿妻儿出气。在贫困和暴力中长大的布朗菲尔德延续了父亲的命运,从6岁起便和父亲一起到棉田里从事繁重的劳动,承受白人地主的压榨。成年后的布朗菲尔德尽管也曾有过梦想,希望通过自己的双手养活妻儿,但是当他从白人地主那里租50英亩棉田进行辛苦劳作时,他发现自己欠白人主人的债却越来越多,他不停地从一个白人地主的土地上转到另一个白人的土地上找活干,但生活从未得到改善。残酷的现实最终击垮了布朗菲尔德,他重蹈父亲的道路,自暴自弃,成为家庭暴君。格兰奇父子是广大美国黑人男性的写照,通过格兰奇父子的悲剧,艾丽斯·沃克揭示了美国黑人男性在种族主义压迫下的自我迷失。在艾丽斯·沃克看来，种族主义是美国黑人社会罪恶的根源，但是在种族主义下自我的迷失同样是社会之罪，而美国黑人在种族主义下形成的性别主义同样是社会之罪，它对广大的美国黑人女性的伤害不亚于种族主义对她们的伤害，因为前者更直接、更普遍。

沃克借《紫色》中的索菲亚之口告诉我们，美国黑人女性一出生就遭受同种族甚至家庭中的男性的暴力："我这一辈子一直得跟别人打架。我得跟我爸爸打。我得跟我兄弟打。我得跟我堂兄弟、我的叔伯们打"（第37页），结婚后还得跟丈夫打。通过对性别暴力的描写，沃克试图表明，和种族主义一样，性别主义对美国黑人女性造成了极大伤害，而美国黑人女性真正合作的伙伴只有美国黑人女性自己。因此，她提出了"妇女主义"的实验方案，这一方案的核心思想是："欣赏和更喜欢女人的文化、女人的情感适应性（把眼泪看作笑声的自然平衡力）和女人的力量……为全体人民、男人和女人的复兴和圆满献身。"①

托妮·莫里森尽管致力于展现和弘扬美国黑人文化，但作为一个女性作家，她同样敏感地体会到了美国黑人女性遭受到的性别暴力。在莫里森笔下，黑人男性从不知如何对待黑人女性的身体，他们粗暴地、不知所措地处置他们所爱的女性的身体。《最蓝的眼睛》中的乔利看到自己11岁的女儿佩科拉在厨房里洗盘子，女儿瘦窄的脊背、弯曲的腰、裸露的小腿与脚趾、惊恐而又充满爱意的双眼，与此相映照的贫困、苦难、辛劳，这些使得作为这个家庭男主人的乔利对女儿先是嫌弃、内疚、怜悯，然后是爱怜，但他不知道怎样向女儿表达这一复杂情意，他首先想到的是"扭断她的脖子，但要轻轻的"（第104页），最终他用暴力（强暴）表达了自己对女儿的爱怜，从而给女儿造成了致命的伤害。《所罗门之歌》中，由于露丝具有浅肤色，以及露丝每次生产都由其作为医生的父亲接生，所以，丈夫梅肯·戴德认为露丝是肮脏的、不正经的，他怀疑露丝的身

---

① Alice Walker, *In Search of Our Mother's Gardens*: *Womanist Prose* (San Diego and New York: Harcourt Brace Jovanovich, 1983), p. Ⅵ.

体，抨击露丝的身体，把一切不正常都归咎于露丝的身体，他以拒绝接触露丝的身体来表达自己对露丝身体的嫌弃与处罚。而对于一个女人来说，身体的封锁和身体的蹂躏一样，是对女性生命的摧残。《天堂》中，女修道院里的每一个女人几乎都是在外界的各类暴力的驱赶下来到此地的：玛维斯认为自己的丈夫在唆使孩子折磨她，在自己的两个婴儿因自己的疏忽在汽车里窒息而死后，便偷开了丈夫的汽车来到修道院；格蕾丝在来到修道院之前曾经和男友亲历了因种族冲突而引发的暴力；5 岁时便被母亲抛弃的西尼卡从十几岁便成为男同学、男人骚扰的对象，而她的每一位男友都冥落她；帕拉丝的男友对她始乱终弃，并和她的母亲勾搭上。正如盖茨所言，《天堂》里的"每个女人的故事表明这些骄傲的、讲原则的、虔诚的男人既不能防止外面的世界来破坏他们的社区，也不能防止他们自己像令人恐惧害怕的种族主义者那样运用暴力"①。具有讽刺意义是，这些在外界各类暴力下伤痕累累的女人自认为来到了修道院，就到了"天堂"，从此可以远离侵害，但是，最终遭到了鲁比镇的 9 个黑人男人的袭击。面对远比她们多一倍的黑人男人，以及这些男人随身携带的用具——"绳索、一个掌心小十字架、手铐、梅斯催泪毒气和墨镜，当然还有干干净净、漂漂亮亮的枪支"，"引人注目的黑夏娃们没有得到玛丽的拯救"②，上帝站在了男人一边。

与艾丽斯·沃克一样，托妮·莫里森不单纯展现性别主义对女性身心的伤害，而是揭示性别主义产生的根本原因。《最蓝的眼睛》中的乔利对亲生女儿的强暴源自他扭曲的性格，而其扭曲性格的罪魁祸首则是种族主义。乔利的成长历程是黑人遭歧视、被侮辱的心酸历史。乔利出生后 4 天即被自己的亲生母亲抛弃，由姨妈吉米捡回家养大。姨妈去世后，14 岁的乔利历经坎坷找到自己的父亲，但父亲沉溺于赌博，懒得认他。童年时代的乔利从未感受过家庭的温暖，也未能有机会从自己的父母身上学到为人父母的责任。除了家庭温暖的缺乏以外，对乔利产生巨

---

① 转引自王守仁、吴新云《性别·种族·文化——托妮·莫里森的小说创作》，北京大学出版社 2004 年版，第 181 页。

② 托妮·莫里森：《天堂》，胡允桓译，上海译文出版社 2007 年版，第 1、17 页。

大伤害和深远影响的是种族歧视。乔利第一次享受爱情之果时遭到了白人的羞辱：当他和恋人在夜晚的郊外正体验着爱情与性的快乐时，两个狩猎的白人路过，他们要求乔利在手电筒的光照下继续"表演"，并对乔利品头论足、指手画脚。白人的羞辱不仅让乔利的第一次性行为失败了，而且给乔利造成了致命打击，使他因无法走出阴影而精神扭曲、精神分裂。和大多数美国黑人一样，乔利并不能有效消解外部世界——尤其是白人的羞辱，而是将自己遭受的羞辱转移给自己的女人，"他绷着脸，烦躁不安，把怨恨都洒向达琳。他一次也未想过要怨恨那两个猎人……此时此刻，他只仇恨造成此种状况的那个人，他的失败与阳痿的见证人，他无力保护的人"（第 97 页）。乔利将所有责任都推给他的女人，自己成为一个免除一切责任的"自由的人"，"自由地享受他能感受的一切——恐惧、悔恨、羞愧、爱恋、悲伤、怜悯。自由地表示爱恋，表示暴怒，自由地吹口哨，自由地哭泣"（第 102 页）。莫里森在叙述完乔利的这些过往以后，突然就转向了乔利对亲生女儿佩科拉的强暴场面的描写，这样的叙述策略削弱了乔利的罪恶，使读者在乔利究竟是受害者还是施害者的纠结中，无意识地滑向了对乔利的同情以及对乔利罪恶背后复杂因素的深思。

如果说《最蓝的眼睛》通过叙述乔利的童年，莫里森对美国黑人的性别主义进行了社会学批判，那么在《天堂》中，莫里森则从价值与信仰角度对美国黑人的性别主义进行了深入剖析。小说的开篇，是 9 个持枪的美国黑人男人对一座女修道院的袭击，这座女修道院实际上是伤痕累累的女人们在尘世间建立起来的一个避难所和天堂。第一句话"他们先朝那个白人姑娘开了枪"，奠定了小说的冲突性基调——种族、性别、暴力，表明了小说的基本主题是种族冲突与性别冲突。小说中的种族冲突体现在鲁比镇的建造上。鲁比镇的前身是位于俄克拉何马州的黑文镇（Haven），该镇是 1890 年由来自密西西比州和路易斯安那州的 158 个获得自由的黑人建造的，这些黑人由于肤色黝黑，遭受到白人和浅肤色黑人的双重拒绝，于是凭借信念和理想，最终在西部建立了属于自己的"山巅之城""心灵之城"。黑文（Haven）与"天堂"谐音，意为"安全之所""避难所""栖息之所"。但是这个与世隔绝的纯黑人乐园并没有给他们带来永久的安乐，1949年之后，镇上黑人与白人混居，黑文镇的第三代人为了扭转黑文镇的颓废，再次举镇迁移，建立了鲁比镇，并在镇中心筑起了"大炉灶"，企图重新建立黑人的"乐园"。但是鲁比镇不但没有成为黑人的"乐园"，而且充斥着他们自己制造的黑人种族主义。以摩根家族的第三代传人第肯和斯图亚特这对双胞胎为代表的老一代鲁比人故步自封、因循守旧，他们在反对种族主义的同时却在种族隔离中走向了新的种族主义。在鲁比镇，肤色最深的七大家族被称为"八层石头"，受到大家的尊崇。但是，保守的老一代鲁比人反对与白人通婚，歧视浅肤色。不仅如此，老一代人还是传统的父权主义者。已经结婚的第肯与修道院的女子康妮（康瑟雷塔）一见钟情，便瞒着妻儿与康妮偷情，但第肯不能接受康妮在性爱中的率真与热烈，当自己的嘴唇被激情中的康妮咬破并被吮吸流出的血液时，他勃然大怒，自此抛弃了康妮。与固执、专制、危机四伏的鲁比镇不同，17英里之外的修道院却包容、自由、开放，它接纳各种肤色的女性，小说第一句话"那个白人姑娘"实际上并没有明确的所指，而这则是莫里森故意为之，她说："我想让读者纳闷这些女孩子是什么种族，直到他们明白：她们的种族无关紧要。我想劝人们不要那样读小说。种族是你从一个人身份得到的最不可靠的信息，它是真实的信息，但它什么也没告诉你。"① 修道院超越了种族，成为女性的避难所，而且还帮助和接纳鲁比镇上的身心受伤害的黑人女性，如接待了未婚先孕而无处分娩的14岁女孩阿涅特，为病儿折磨得心力交瘁的斯维蒂，遭受黑人种族歧视的浅肤色女性比莉·狄利亚。但是，这个女性的"天堂"潜在地威胁着"新小镇之父们"建立的"天堂"，"她们海纳百川的气度投射着他们的偏狭闭塞，她们的独立自由挑战着他们的至高男权，她们混杂的肤色（其中有一个纯白人）威胁着他们依据'血缘法则'建立起的纯黑人乌托邦……因此，当鲁比镇潜在的危机一触即发时，这些女性成了解决危机的替罪羊——他们袭击了修

---

① 转移自王守仁、吴新云《性别·种族·文化——托妮·莫里森的小说创作》，北京大学出版社2004年版，第192页。

道院"①。可以说，"新小镇之父们"和修道院里的女性的冲突是性别冲突，更是不同价值和观念的冲突。

3. 身体的痛与爱

在西方哲学和意识形态中，身体因其冲动、欲望和疾病，一直就被看作是精神和灵魂的牢笼，需要依靠理性和意志来管理和驾驭。"身体"一词在古希腊语中有两个对应词，一个是"肉体"（σάρκα），一个是"尸体"（πτῶμα），人活着的时候，灵魂在"肉体"中，人拥有"肉体"；人死了，灵魂离开了"肉体"，人就只剩下"尸体"了，这种观念就是灵魂—肉体二元论。柏拉图将身体看作肉体，认为灵魂与肉体不可分离，因此，影响了灵魂脱离肉体积极向善，致使灵魂做向下运动。笛卡尔将身体抽象化，认为是"我思"的对立面。西方基督教神学家在二元论思维模式下，更是认为身体是欲念（邪恶）的发源地，由于这欲念的存在，人才离开伊甸园堕落到世间。因此，人要获得永恒的生命，必须摆脱肉体的束缚，在圣灵中重生，顺服于上帝的旨意。

父权制社会在身体与灵魂的二元对立思维模式中最终建立了男尊女卑的重要思想。中世纪基督教神父奥古斯丁是这一思想的始作俑者。学者刘文明在《上帝与女性——传统基督教文化视野中的西方女性》一书中，对奥古斯丁的基督教父权制思想进行了深刻剖析。根据刘文明的研究，奥古斯丁将《圣经》中上帝创造万物包括人类的创造过程称为"成灵"，这一过程是上帝按照自己的形象同时创造了男人和女人的胚芽的过程，也是上帝按照自己的形象创造了人的理性灵魂的过程，即"内在的人"的形成过程，体现了人与其创造者——上帝的关系。奥古斯丁将《圣经》中伊甸园神话中亚当和夏娃的创造过程称为"成形"，这一过程是上帝在已有胚芽的基础上按男先女后的顺序创造人的躯体的过程，即"外在的人"的形成过程，体现了男人与女人之间的相互关系。②"内在的人"与"外在的人"

---

① 李美芹：《〈天堂〉里的"战争"——对莫里森小说〈天堂〉两个书名的思考》，《外国文学研究》2009 年第 1 期。

② 转引自刘文明《上帝与女性——传统基督教文化视野中的西方女性》，武汉大学出版社 2003 年版，第 57、63 页。

的相结合，最终形成完整的人，这就是人的二元性。这样看来，女人夏娃在"成灵"阶段同样具有理性灵魂，是不是和男人一样体现上帝的形象呢？奥古斯丁的二元论思想显然不会让自己陷入悖论之中，他的高明之处在于提出了灵魂的二元论。他认为，按照上帝形象创造的理性灵魂，分为阳性成分和阴性成分。这两部分的作用和功能有所不同，阳性成分主要用于思考永恒真理，且与表现为男人的"外在的人"相关联；而阴性成分则主要致力于世俗事务，且与表现为女人的"内在的人"相关联，因为男人的躯体在肉体上代表着阳性成分，女人的躯体在肉体上代表着阴性成分。奥古斯丁的结论是：男人肉体上的优越使其与灵魂的阳性成分相一致，女人肉体上的卑微（受造于男人）则妨碍了她体现其灵魂中的阳性成分，因此，尽管男女有着相同的本性，同样具有与上帝形象相一致的理性灵魂，由于肉体上的卑微，她的肉体不能代表上帝的形象。[①] 对奥古斯丁关于人的二元性与灵魂二元性的论述，学者刘文明准确而简洁地梳理为以下脉络[②]：

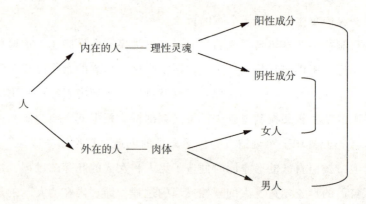

　　比较奥古斯丁，托马斯·阿奎那的男尊女卑思想有过之而无不及。同样地，托马斯·阿奎那也将自己的父权制神学建立在二元论的基础上。首先，他以男性作为标准，称女人是"发育不健全的人"或"生育时没有成功成为男人的人"，认为男人才是完善的人，是自然本性追求完美的结

---

　　① 转引自刘文明《上帝与女性——传统基督教文化视野中的西方女性》，武汉大学出版社2003年版，第64页。
　　② 同上书，第65页。

果，而女人则一来到世间便是"次等物"，是事物本性第二目的的结果，与自然本性相违背。其次，他认为，由于女人在肉体上卑微，而这种肉体的卑微又影响到理智方面，使得女人在理智上也不如男人。

奥古斯丁对女性屈从地位的神学论述，成为后来基督教社会中男尊女卑思想的理论基础，深深影响了西方父权制社会的巩固和发展。①

在政治生活领域，身体成为权力生产的对象。正如福柯在《规训与惩罚》中所揭示的，人的身体是权力的对象和目标，人的身体被看作一部机器，不仅出现在哲学和意识形态领域，还出现在技术或政治技术、政治领域，主要通过纪律、不同层级的监视、惩罚等手段对人的身体进行操纵、控制和规训，"其目标不是增加人体的技能，也不是强化对人体的征服，而是要建立一种关系，要通过这种机制本身来使人体在变得更有用时也变得更顺从，或者因更顺从而变得更有用"②，由此形成了"身体的政治技术学"（Political Technology of the Body）。

和文明社会上述两种对身体的规训不同，奴隶制主要建立在对人身的占有关系上，所以，奴隶主不需要苦心经营一套规训奴隶身体的形而上学和"政治技术学"，他采用粗暴的手段不加掩饰地操纵、控制、惩罚和规训奴隶的身体。沃克的《梅丽迪恩》中，因为女奴露薇妮讲述了恐怖的故事吓死了主人家的孩子，所以奴隶主割下了家奴露薇妮的舌头，他要通过惩罚露薇妮的身体来达到对露薇妮身体和精神的驯服。《紫色》中的白人为了抢夺西丽亚父亲的店铺，将西丽亚的父亲用私刑处死，并将其尸体烧焦，使其尸体残缺不全。莫里森的《宠儿》中的"学校教师"作为整座农场的主人，他将西克索捆绑到树上烧死，原因是西克索预谋逃跑；他将马嚼子塞在保罗·D的嘴里，原因是保罗·D不服气；他让自己的侄子用刀划开塞丝的后背，原因是塞丝告状。总之，"学校教师"和其他奴隶主们通过"奴隶的身体的政治技术学"建立自己的权威以及对奴隶的统治关系。在一个自称"文明"的社会，与隐秘的"身体的政治技术学"相比，

---

① 郭晓霞：《五四女作家和〈圣经〉》，中国社会科学出版社2013年版，第162页。

② 米歇尔·福柯：《规训与惩罚》，刘北成、杨远婴译，生活·读书·新知三联书店1999年版，第156页。

这种赤裸裸的"奴隶的身体的政治技术学"更为可耻与可恨。

同样，种族论者歧视或者蔑视其他种族的身体，最终建立了"种族的身体的政治技术学"。于是，黑皮肤被认为是肮脏的，卷曲的头发被认为是丑陋的。因此，在莫里森的《最蓝的眼睛》中，佩科拉在生理上虽然被自己的生父强奸了，实际上是被蔑视其身体的白人种族主义者践踏了，白人种族主义者蔑视黑人的身体，宣扬白人至上，由此导致佩科拉的父母以及佩科拉本人性格分裂，最终酿成了悲剧。

与美国黑人男性相比，美国黑人女性的遭遇更为悲惨。无论是被割断的舌头，还是被鞭打的后背，抑或被抢走的乳汁，被践踏的女孩的身体，美国黑人女性的身体被所谓的"文明人"——统治者惨无人道地掠夺、践踏，她们的身体被降到了世界的最低点。

正如莫里森《宠儿》中塞丝的婆婆贝比·萨克斯所言，奴隶生活"摧毁了她的双腿、后背、脑袋、眼睛、双手、肾脏、子宫和舌头"[1]，作为社会最底层的美国黑人女性，其身体便是最卑微的，她们的舌头被齐根割断（《梅丽迪恩》中的露薇妮），后背被鞭打、划开（《宠儿》中的塞丝），乳汁被抢走（《宠儿》中的塞丝），婴儿被贩卖（《宠儿》中贝比·萨克斯的孩子们）……她们的身体被鞭打更如家常便饭，沃克《紫色》中的索菲亚只因拒绝到白人市长太太——米莉小姐家做佣人，便被投放进监狱并遭到警察极其残忍的毒打。西丽亚曾记录了自己的见闻：

> 我看见索菲亚的时候，真不明白她怎么还活着。他们打破了她的脑袋，他们打断了她的肋骨。他们把她半个鼻子掀了。他们把她一只眼睛打瞎了。她从头到脚浑身浮肿。舌头有我胳膊那么粗，伸到牙齿外面，像是块橡皮。她不会说话了。她浑身青紫，像个茄子似的。（第80页）

美国黑人女性的身体之所以比同种族的男性更容易遭受其他种族的

---

[1]　托妮·莫里森：《宠儿》，潘岳、雷格译，南海出版公司2013年版，第101页。

侵害，一方面是因为在父权制思想下女性比男性更卑下，另一方面则是由于女性身上承着更多的权力话语，正如伊瓦—戴维斯在《性别和民族的理论》一文中所指出的，"'女性'这个性别符码承载的是新的民族自我的全部内涵，发挥抗衡殖民主义的民族主义意识形态的作用"①。所以，奴隶主和种族主义者便加强控制和征服黑人女性的身体，最终目的是通过控制和征服黑人女性的身体达到征服黑人女性的意识，最终实现对整个美国黑人种族的控制和规训，即"美国黑人妇女的身体的政治技术学"。

女性主义在运动的早期虽然提出了与男性同工同酬以及享有选举权的权利，还提出了流产与避孕的权利，但是女性主义者们并没有意识到女性的身体所承载的话语权力，没有认识到女性的身体和自我的认识还受传统思想的束缚。20世纪60年代以来，身体逐渐成为女性主义研究的核心问题，女性主义身体论者认为，身体的意义和价值不仅在于自在的身体本体，更重要的在于身体还是一个自为的主体，他们主张调动身体主体的能动性，而这种能动性的目的和意义就在于对权力的反抗、对话语建构的质疑，在这个反抗的能动过程中，身体获得了权力，获得了话语操控的能力，从而实现身体主义的意义和价值。②

美国黑人女性也逐渐认识到在美国父权制和独裁制下的"美国黑人妇女的身体的政治技术学"，她们一方面揭示了美国社会自奴隶制以来"美国黑人妇女的身体的政治技术学"的本质和形成过程，正如妇女主义神学家德洛丽丝"将黑人女性人性的贬值和她们身体受到的污损确认为美国父权制和独裁制的社会之罪"，认为"黑人女性身体受到的污损以及精神和自信受到的摧残形成了最严重的社会之罪"③，美国黑人女作家艾丽斯·

---

　　① 伊瓦—戴维斯：《性别和民族的理论》，转引自陈顺馨、戴锦华编《妇女、民族与女性主义》，中央编译出版社2004年版，第15页。

　　② 刘向丽：《女权主义者——由葛红兵〈身体政治〉说起》，http：//life. cersp. com/body/lists/200805/4329. html。

　　③ Delores S. Williams, A Womanist Perspective on Sin, in Emilie M. Townes Edited. *A Troubling in My Soul：Womanist Perspectives on Evil and Suffering* (Maryknoll, New York：Orbis Books, 1993), pp. 144, 145.

沃克、托妮·莫里森等通过形象的描绘揭示了在美国种族主义和父权制下的"美国黑人妇女的身体的政治技术学"。另一方面，和女性主义身体论者一样，美国黑人女性也充分利用身体的政治技术学，以此"身体"对抗彼"身体"，以"黑色"抗衡"白色"。

托妮·莫里森笔下的人物就很好地利用了身体的政治技术学来反抗奴隶主的规训。《宠儿》中塞丝的母亲本来是非洲人，在被掳前往美国的贩奴船上被监禁、强暴，塞丝的母亲为了反抗强暴她身体的人，只有利用自己唯一可以利用的身体，她将遭白人强暴后生下的孩子全部扔掉，只留下唯一的一个黑人的后代，并取了那个黑人的名字"塞丝"（Sethe），塞丝是其母亲唯一感情的结晶，是其唯一想要的孩子。塞丝这个名字本身的含义也说明了这一点。塞丝（Sethe）这个名字来自《圣经》，根据《创世记》第四章的记载，亚当、夏娃被逐出伊甸园后生下了该隐和亚伯两个儿子，而该隐因为嫉恨弟弟亚伯便把亚伯杀死了，该隐本人成为世上第一个杀人犯四处流浪，后来，亚当和夏娃便又生下了一个儿子，起名叫塞特（Seth），意思是"神另给我立了一个儿子代替亚伯，因为该隐杀了他"（《创世记》4：25）。塞丝（Sethe）这个名字来自塞特（Seth），意即其母亲在其他的孩子被扔掉之后神特别准许的。而塞丝的母亲遗弃孩子的行为，则是对违反她本人意愿强行进入她身体的行为的一种报复和惩罚，是对她身体之规训的反抗。同样，这部小说中另一个黑人女性艾拉（Ella）受过很多酷刑，曾经遭到一个白人强奸，后来生下了一个毛茸茸的东西，艾拉拒绝给这个婴儿喂奶，因为她认为这个婴儿的爸爸是"迄今最下贱的人"，这个婴儿出生5天后便死去了。对于美国黑人女性而言，遗弃白人的孩子是极为常见的，在她们看来，这是对强暴她们的白人的最好惩罚，也是她们唯一可以完成的。

如果说遗弃白人的孩子是出于对白人的恨，那么塞丝杀死自己最爱的女儿宠儿，则是出于对女儿的至爱以及对黑人女性身体的珍惜。塞丝杀女是《宠儿》这部小说中的核心事件，但也是最骇人听闻、对读者心理冲击最大的情节。这一事件来自莫里森在编辑《黑人之书》时接触到的有关黑奴反抗奴隶制的报道，其中一个叫作玛格丽特·加纳的女奴的遭遇引起了莫里森的特别关注。根据记载，玛格丽特带着自己的几个孩子从肯塔基州逃到俄亥俄州的辛辛那提后，奴隶主追捕到了她的住处。这时，玛格丽特看到他们一家自由的希望已经破灭，便抓起桌子上的一把斧子，一斧头砍断了小女儿的喉管，接着她想把其余的孩子全部杀死，然后自杀，但是玛格丽特被人们强行制止，她最终没能完成那绝望的行为。这件事情在当时轰动一时，废奴主义者竭力要以谋杀罪起诉玛格丽特，但是法庭最后以"偷窃财产"的罪名将玛格丽特押送回了奴隶主种植园。因为根据当时的法律，奴隶的一切都归奴隶主所有，即使是奴隶生下的孩子也不属于父母，而是奴隶主的财产。① 这个事件对莫里森震撼很大，成为《宠儿》这部小说的脚本。② 历经艰辛逃到辛辛那提后，塞丝仅仅度过了一轮月缺月圆——二十八天的非奴隶生活，4 个人——"学校教师"、一个侄子、一个猎奴者、一个警官追捕到了辛辛那提塞丝婆婆的家中，他们要把塞丝及其孩子们抓回去，这时，塞丝锯断了自己女儿的喉管。作为女奴的塞丝，她控制不了自己的身体，但可以控制自己身体中的身体，为了不让自己的女儿落入奴隶主之手，为了让女儿不重蹈自己的覆辙，为了女儿的自由，同时也为了抗拒奴隶主获得更多的财产（奴隶），塞丝亲手杀死了自己的女儿。因此，从这个意义而言，塞丝和众多美国黑人女性的"这种弃子行为就不仅仅是伦理行为，而是一种身体政治的举动"③。

塞丝的婆婆贝比·萨克斯生了 8 个孩子，这 8 个孩子却有 6 个不同的父亲，8 个孩子都做了奴隶，而且每一个都相继离开了她，4 个给逮走了，4 个被人追捕，据贝比自己估计，这 8 个孩子包括塞丝的丈夫黑尔在内，最后都离开了人世，"个个儿都在谁家闹鬼呢"。贝比·萨克斯的遭遇再一次见证了在奴隶制下美国黑人女性的身体之痛：

① 参见王守仁、吴新云《性别·种族·文化——托妮·莫里森的小说创作》，北京大学出版社 2004 年版，第 129 页。
② Danille Taylor-Guthrie, ed. *Conversations with Toni Morrison* (Jackson: University Press of Mississippi, 1994), p. 272.
③ 梅晓云：《构建黑人身体谱系图——论托妮·莫里森小说中黑人女性身体的困境》，硕士学位论文，西北大学，2010 年，第 10 页，未刊。

　　在贝比的一生里，还有塞丝自己的生活中，男男女女都像棋子一样任人摆布。所有贝比·萨克斯认识的人，更不用提爱过的了，只要没有跑掉或吊死，就得被租用，被出借，被购入，被送还，被储存，被抵押，被赢被偷被掠夺。所以贝比的八个孩子有六个父亲。她惊愕地发现人们并不因为棋子中包括她的孩子而停止下这盘棋，这便是她所说的生活的龌龊。黑尔是她能留得最久的。二十年。一辈子。毫无疑问，是给她的补偿，因为当她听说她的两个还都未换牙的女儿被卖掉、带走的时候，她连再见都没能说上一声。是补偿，因为她跟一个工头同居了四个月，作为交换，她能把第三个孩子，一个儿子，留在身边——谁想到来年春天他被拿走换了木材，而那个不守信用的家伙又弄大了她的肚子。那个孩子她不能爱，而其余的她根本不去爱。"上帝想带走谁就带走谁。"她说。而且他带走了一个一个又一个……①

正是承受和见证了美国黑人女性切肤的身体之痛，贝比·萨克斯才痛切地体会到身体存在的价值与意义，才会在获得自由之后在"林间空地"号召黑皮肤的男人和女人去热爱自己的身体：

　　在这个地方，是我们的肉体；哭泣、欢笑的肉体；在草地上赤脚跳舞的肉体。热爱它。强烈地热爱它。在那边，他们不爱你的肉体，他们蔑视它。他们不爱你的眼睛，他们会一下子把它们挖出来。他们也不爱你背上的皮肤，在那边他们会将它剥去。噢，我的子民，他们不爱你的双手。他们只将它们奴役、捆绑、砍断，让它们一无所获。爱你的手吧！热爱它们。举起它们，亲吻它们。用它们去抚摸别人，让它们相互拍打，让它们拍打你的脸，因为他们不爱你的脸。你得去爱它，你！不，他们也不爱你的嘴。那边，远在那边，他们看见它流血还要在伤口上再戳一刀。他们不关心你嘴里说出些什么。他们听不

---

① 托妮·莫里森：《宠儿》，潘岳、雷格译，南海出版公司2013年版，第27—28页。

见你嘴里尖叫的声音。他们会夺去你吃进嘴里滋养身体的东西而代之以渣滓。……我这里谈的是肉体。需要人爱的肉体。需要休息和跳舞的脚；需要支撑的后背；需要臂膊的肩膀，我说的是结实的臂膊……爱你的脖子吧……还有你所有的内脏……你得去爱它们。深色的、深色的肝——爱它，爱它，还有怦怦跳动的心……①

这是号召，也是布道，是对身体被规训的对抗，是身体反规训。可见，在莫里森笔下，美国黑人的历史就是黑人身体被规训与黑人利用自我的身体反规训的过程，正如学者唐红梅所言："在蓄奴制下，身体成为黑人反抗的工具，任何反抗都以黑人身体的摧残乃至毁灭而结束。那么，对于作家莫里森而言，通过语言再现黑人身体，则不仅是要揭示肉体的痛苦，以身体的具体形式再现黑人精神的痛苦；更重要的是，要重新铭刻黑人自我，重新书写黑人历史。"②

同样，在《秀拉》中，12 岁的秀拉和她的好友奈尔在放学回家的路上总是受到几个白人小孩的欺负，当她们再一次被 4 个白人男孩狞笑着堵住去路时，勇敢的秀拉拿出小刀，不是砍向 4 个白人男孩，而是弄残了自己的右手手指。羸弱的秀拉除了自己的身体，再也没有其他可以利用的资源了，她以自己的身体对抗白人男孩的欺压。

托妮·莫里森笔下的人物还利用身体的政治技术学反抗父权制的规训。在《秀拉》中，幼年的秀拉曾以自残手指反抗白人男孩的欺压，成年后的秀拉则以自己的身体表达对男权社会的抗争。回到梅德林以后，秀拉让自己的身体充分自由，她不穿内衣到教堂礼拜，尽量多地与男人睡觉，她用自己的身体去感受男人，也感受自我的力量。秀拉体会到"躺在一个人身子底下，处于一种就范的地位，体会着她自己的持久力和无限的能量，实在是天大的讽刺和凌辱"，于是，"当她停止同自己的身体合作并开始坚持自己在这一行为中的权利时，全身的一股股力量便在她体内

---

① 托妮·莫里森：《宠儿》，潘岳、雷格译，南海出版公司 2013 年版，第 102—103 页。
② 唐红梅：《种族、性别与身份认同——美国黑人女作家艾丽丝·沃克、托妮·莫里森小说创作研究》，民族出版社 2006 年版，第 189 页。

聚集起来"（第 145 页）。

　　秀拉对自我身体的利用深受祖母夏娃、母亲汉娜的影响。祖母夏娃在被丈夫遗弃后，迫于生计，她将自己的 3 个孩子托付给邻居，在 18 个月后拖着一条腿和 1 万美元的伤残抚恤金回到了家中，而失去的那条腿，显然和丈夫的遗弃有关。夏娃不能控制自己的丈夫，但是可以控制自己的双腿，她用自己的一条腿换来了 3 个孩子的生活。

　　汉娜的生活和身体都极其随意，她夏天光脚，冬天趿拉着一双男人的皮便鞋，她向男人充分展示自己的身体，"让男人们注意到她的臀部、她的瘦削的踝部、她那露水般润滑的皮肤和长得出奇的颈项，还有她那笑眯眯的眼睛"（第 165 页），她尽情地享受着自我的身体，有了一个又一个情人，而且他们大部分都是她朋友或邻居的丈夫。正是在祖母和母亲的影响下，秀拉利用自己的身体对抗社会，同时也在充分享受自己的身体，而一个女性对自我身体的享受则是对父权制社会对女性身体之蔑视的最彻底的反抗。

　　在《所罗门之歌》中，露丝因自己的浅肤色，身体一度被丈夫冷落，但是，露丝恰恰利用自己的身体再次向丈夫证明了自我价值，她在彼拉多的帮助下，给自己的丈夫下了春药，从而让自己再次怀孕，由此生下了儿子奶娃。身体再次成为美国黑人女性利用的政治技术学。

　　和莫里森一样，艾丽斯·沃克也主张通过身体的狂欢对抗种族政治和父权主义。在《梅丽迪恩》中，黑人女子学校的女学生们在象征着美国黑人女性血泪历史的"寄居树"下狂欢，人们携手跳舞，抬出尸体示威游行，她们把身上的首饰全部取下扔到地上，大声跺脚，吐出舌头。她们还在"寄居树"的树杈上做爱，梅丽迪恩就曾在"寄居树"中尝试着这么做。黑人女学生们的身体狂欢与"寄居树"下掩埋的黑人女奴的舌头形成对照，表现了身体规训与身体反规训的博弈。在《紫色》中，萨格本人就是一个充分展现自己身体的女性，她穿着时尚，四处游走卖唱，公然和有家室的男人艾伯特来往，她对自我的身体有完全的支配权。这个桀骜不驯的布鲁斯歌手还引导西丽亚认识自己的身体。正是在萨格的引导下，西丽亚第一次了解自己的身体，认识了自我，从此开始了新生。

总之,美国黑人女作家正是亲身体验到种种身体之痛,才认识到了黑人女性身体,成为各种权力竞技的场域。正如德勒兹所说:"身体和力是一体的,它不是力的表现形式、场所、媒介或战场,是力和力的冲突,是竞技的力的关系本身。"① 当代美国黑人女作家几乎都认为,不同权力都试图通过制度和话语对女性身体施加力量,因此,她们在自己的作品中揭示和批判了种族主义和性别主义对女性身体的角逐与争夺。在认清了身体和力的关系本质后,当代美国黑人女作家和后现代女性主义身体论者②一样,主张女性利用自己的身体展现女性的价值以及女性的主体性,从而达到对传统基督教社会身体观念的颠覆。

4. 对美国黑人女性人性的贬低

种族主义、父权制对美国黑人女性身体规训的目的显然是为了利用和操纵她们的身体,进而控制她们的精神,最终实现彻底的为我所有的企图。因而,身体规训是手段,精神规训才是目的。在种族主义、父权制下,美国黑人女性精神上受到的戕害来自两个方面:一个是身体疼痛本身带来的精神折磨,另一个是强权文化对美国黑人女性精神的摧残和对美国黑人女性人性的贬低,但更重要的是后者。

对于黑人女性主义者而言,美国黑人女性的人性主要指美国黑人女性的女性身份,而贬低黑人女性的女性身份就是贬低她们的人性。③ 这是因为,在种族主义思想下,美国黑人女性自古以来就被认为是第三性,是非女人。正是由于这一成见,美国黑人女性索乔纳·特鲁斯才会在 1850 年

---

① 转引自汪民安、陈永国《身体转向》,《外国文学》2004 年第 1 期。

② 后现代女性主义的两大派别即英美女性主义和法国女性主义都认识到身体所包含的性别含义,都不约而同地对身体进行了重新思考,法国女性主义者对身体的思考在抽象的哲学、语言学以及创作理论中扩展女性的空间,她们大多善于哲学反思,而英美女性主义者对身体的研究更紧密地贴近现实和创作实践,她们擅长通过形象化的方式考察女性的身体和女性的社会历史处境。关于英美女性主义身体论和法国女性主义身体论的异同,具体可参见杨梅《法国与美国的女性主义理论和身体》,硕士学位论文,陕西师范大学,2006 年,未刊。

③ Delores S. Williams, A Womanist Perspective on Sin, in Emilie M. Townes edited. *A Troubling in My Soul: Womanist Perspectives on Evil and Suffering* (Maryknoll, New York: Orbis Books, 1993), p. 145.

马萨诸塞州伍斯特召开的首届美国妇女权利大会上提出了"我难道就不是女人吗"的强烈抗议。

正如女性主义者所认为的，父权制社会存在着明显的"厌女"思想，同样，在一个以白人为主的父权制社会，则存在着明显的"厌恶黑人妇女"的思想，黑人女性是最低等的。如前所述，神学家德洛丽丝·威廉姆斯曾经指出，内战前女奴的形象被扩大、夸张、妖魔化，最终主要成为3种类型的女人：从女仆传统中出现了永久母亲的黑人女性形象，这个形象是宗教的，肥胖的，无性的，爱孩子超过爱自己的，自我牺牲的；从田间劳作的女奴传统中产生了"超女"形象，这个形象被认为具有比白人女性更强的体力和忍受痛苦的能力，因此，是超越于女性的；从性代理的传统中产生了荡妇、娼妓形象，这个形象是"散漫的、性欲过剩的、色情的、对男人尤其白人的性接近容易发生反应的"①。在奴隶制下形成的美国黑人女性的3种形象类型并没有随着奴隶制一起消失，也没有随着女性主义运动的蓬勃发展得到矫正，即使在当今美国白人的主流社会，美国黑人女性的人性仍然被贬低，她们是丑陋的，强壮的，性欲旺盛的，易于生产的，她们不是女人，是超人。

在妇女主义神学家看来，妖魔化或者贬低美国黑人女性的身份就是妖魔化或者贬低她们的人性，是犯了罪。因为上帝的形象体现在所有的人性中。反之，所有人的人性都体现了上帝的形象，美国黑人女性的人性也体现了上帝形象。美国黑人女作家也持相同的观点，并且加入了声讨这一罪恶的行列。

20世纪后半叶以来，黑人女性主义者开始声讨黑人女性的女性特质（womanhood）被妖魔化。女作家艾丽斯·沃克打响了讨伐之战的第一枪。她在《寻找我们母亲的花园：妇女主义者的散文》一书中指出，美国黑人女性在文学中被贴上各种标签："女保姆""女超人""下贱邪恶的妇女""饶舌的悍妇"，进而扭曲了美国黑人女性的性格。针对这些被妖魔化的刻

---

① Delores S. Williams, *Sisters in the Wilderness*: *The Challenge of Womanist God-Talk*, Maryknoll (New York: Orbis Books, 1993), p. 70.

板形象，艾丽斯·沃克号召美国黑人女性"要毫不畏惧地挺身而出"，对其进行彻底批判。[1] 紧接着，黑人女性主义学者芭芭拉·史密斯在黑人女性主义团体"康巴希河团体"成立宣言即《黑人女性主义宣言》一文中，义愤填膺地声讨美国黑人女性遭受了一系列连锁性（interlocking）压迫，并列举了几种常见的被妖魔化的美国黑人女性原型，如"保姆""女家长""妓女""悍妇"（sapphire）"女汉子"（bulldike）[2] 等。

随后，越来越多的黑人女性主义者加入到了清算美国黑人女性形象被妖魔化的运动中，并且对当代美国社会仍旧存在的歪曲、妖魔化美国黑人女性的现象进行了批判。如在 20 世纪 80 年代，女作家特鲁蒂亚·哈里斯（Trudier Harris）在其专著《从保姆到激进分子：美国黑人文学中的家庭生活》（From Mammie to Militants: Domestics in Black American Literature，1982）中再次对美国社会妖魔化美国黑人女性的现象进行了批判，并指出当时美国社会存在着 6 种被妖魔化的美国黑人妇女类型：除了传统的保姆和悍妇形象外，还有"阉割者或假女人""未婚妈妈""福利享受者""市中心消费者"这 4 种新时代形象[3]。著名的黑人女性主义学者帕特丽夏·柯林斯（Patricia Hill Collins）最为系统地清算了美国主流文学和文化对美国黑人女性形象的妖魔化，她在《保姆们、女家长们及其他支配性形象》一文中将主流文学建构的黑人女性形象归纳为 4 种类型：女保姆型、女家长型、福利母亲型、荡妇型，并运用解构主义理论将这些刻板形象称为"支配性形象"，同时深入分析了这些支配性形象是如何被主流社会建构的，以及这些支配性形象反过来又如何强化和合法化主流社会的意识形态压迫[4]。根据柯林斯的分析，文学文本、学校教育、媒体、广告、政府

---

① Alice Walker, *In Search of Our Mothers' Gardens: Womanist Prose* (San Diego: Harcourt Brace & Company, 1984), pp. 236 - 237.

② Barbara Smith, A Black Feminist Statement: The Combahee River Colletive, in Joy James and Tracey Denean Sharpley-Writing edited, *The Black Feminist Reader* (Malhen: Blackwell Publishers LtD, 2000), pp. 263 - 267.

③ 嵇敏：《美国黑人女权主义视域下的女性书写》，科学出版社 2011 年版，第 237 页。

④ Patricia Hill Collins, *Black Feminist Thought: Knowledge, Consciousness, and the Politics of Empowermen*, (London: Toutledge, 1991), pp. 67 - 90.

机构等都是传播美国黑人妇女支配性形象的场域，在这些场域中，美国黑人女性的支配性形象被重复、叠加，并且得到了主流意识形态的支持，最终被强化和合法化。

柯林斯的分析引起了广大黑人女性主义学者的认可，学者们一致认为，与父权制社会对白人女性的妖魔化不同，美国黑人女性被妖魔化的过程，是种族、性别、阶级、性的交叉或连锁性压迫过程，最终给美国黑人女性造成了极大伤害。当代美国黑人女作家在自己的作品中揭示了这一伤害，并由此批判了肇事者美国种族主义和性别主义的罪恶。

正如中国学者吴新云所言，在当今美国大众社会所定义的美国黑人女性的4种刻板形象中，忠实的保姆形象算是当代美国黑人女性的一个"正面"形象，但是这类形象强化了种族和阶级压迫①：一方面，美国黑人女性等同于保姆的观念，鼓励了白人雇主的种族优势和阶级优势；另一方面，美国黑人女性的保姆形象通过保姆工作给自己的孩子传达了等级关系和种族关系信息，进而影响了孩子对自我生活角色和社会身份的确认。莫里森在《最蓝的眼睛》中深刻地揭示了母亲扮演忠实的保姆角色对黑人孩子脆弱心灵的腐蚀与伤害。小女孩佩科拉的母亲波莉在一家富有的白人家当保姆，她任劳任怨，把主人家收拾得美丽、井然，而对自己的家、孩子和丈夫置之不顾；当女儿佩科拉不小心打翻了主人家的盘子，波莉根本不顾及盘子里的糖浆烫伤了佩科拉的腿，便对佩科拉进行辱骂和拳脚相加，转身却对被吓哭的主人家的小女孩百般安慰。母亲的这种行为让女儿佩科拉认为种族有优劣之分，阶级有高低之别，于是对自己的种族产生了厌恶的思想。显然，小女孩佩科拉对自我的鄙视不是天生的，是在成长过程中逐步形成的，是"对剥夺黑人孩子自尊的白人世界的一种后天习得的反应"②，而对于一个成长着的孩子而言，在这一后天习得的过程中，母亲

① 吴新云：《压抑的符码，权力的文本——美国黑人妇女刻板形象分析》，《妇女研究论丛》2009 年第 1 期。

② Eva Lennox Birch, *Black American Women's Writing: A Quilt of Many Colours* (London: Harvester Wheatsheaf, 1994), p. 155. 转引自吴新云《压抑的符码，权力的文本——美国黑人妇女刻板形象分析》，《妇女研究论丛》2009 年第 1 期。

起到了至关重要的作用。小女孩佩科拉为了博得他人尤其是母亲的喜爱，终日沉浸在对蓝色眼睛的渴望和幻觉中。通过描写佩科拉的悲剧，莫里森对波莉强化忠实的黑人保姆形象进行了批判，进而指出忠实的黑人保姆形象对儿童的伤害。

和黑人女保姆形象一样，其他类型的支配性形象对黑人女性心理造成了巨大影响。女性主义者认为，荡妇形象是父权社会厌女思想的体现，包含着性别主义的压迫。而对于美国黑人女性而言，荡妇形象则蕴含了种族主义和性别主义的双重压迫。艾丽斯·沃克指出，色情文学、电影文学中白人女性被"物化"，而黑人女性是被动物化。① 显然，黑人荡妇形象贬低了黑人女性的人格，无视黑人女性的性权利，对黑人女性的人格塑造和自我权利诉求带来了负面影响。20 世纪 80 年代出现的"福利母亲"主要是对贫困的黑人母亲的贬低，"福利母亲"慵懒、贪婪、自私、不道德，"福利母亲"后来被升级为"福利女王"，"福利女王"不仅具有"福利母亲"的特征，还作威作福。因此，"福利女王"比"福利母亲"具有更多的贬抑韵味。"福利女王"形象给美国黑人女性带来了负面影响，它消除了美国黑人女性积极奋斗的意志，为美国黑人女性所受的种族、性别、阶级交叉压迫提供了来自意识形态方面的辩护，将懒惰、自私归于美国黑人女性的本质，认为是造成她们贫苦和低下的主要原因。20 世纪 90 年代出现的城市"未成年妈妈"是特定年龄段的黑人女性群体，是"荡妇"形象的未成年时期。"未成年妈妈"的形象被赋予"随意""放荡""不负责任"等属性，并具有年轻化特点，因此，这一形象类型将黑人女性的负面形象本质化、普遍化，影响了美国黑人女性的心理成长和行为发展。莫里森在小说《天堂》中写道，14 岁女孩阿涅特未婚先孕，但是鲁比镇上的老一代人不认为是成年人 K.D 对未成年阿涅特的诱骗，而是认为阿涅特本身放荡，她裸露在牛仔裤腰上面的肚脐眼，特别显眼的乳房不但扰乱了为此事展开会议研讨的鲁比镇男人们，而且是阿涅特未婚先孕的直接原

---

① 转引自吴新云《压抑的符码，权力的文本——美国黑人妇女刻板形象分析》，《妇女研究论丛》2009 年第 1 期。

因。最后，这个未婚先孕的女孩被鲁比镇排斥，无处分娩。在格洛里亚·内勒的《贝雷的咖啡馆》中，恪守犹太宗教习俗的女孩马利亚姆在实施了女性割礼后仍然未婚先孕，长老不听马利亚姆的辩解和马利亚姆母亲的乞求，依然使马利亚姆受刑。备受折磨的马利亚姆尽管逃出了父权制的村庄，但最终还是在产下婴儿后跳水自尽。由此可见，父权制思想对女性的戕害之深。

二　人性之罪——自我身份迷失

美国黑人神学家詹姆斯·孔在《黑人解放神学》一书中指出，白人性（即白人的价值观）是世界上人类痛苦的根源，"罪代表了与人类所应该成为的状态相疏离的状态……对于黑人而言，这意味着想要成为白人的欲望……对于黑人而言，罪是身份的缺失""罪是认可白人种族主义"①。和詹姆斯·孔的罪观相似，当代美国黑人女作家也认为，美国黑人的人性是不完全的，存在着罪，其人性之罪主要是自我身份的迷失。但是，与男性作家和神学家不同的是，当代美国黑人女作家普遍认为，个体的罪即人性之罪不仅指黑人身份的迷失，还指黑人女性身份的迷失。

1. 黑人身份的迷失

"身份认同"（identity）是当代西方文化研究中的一个重要概念。该词的英文 identity 最初源自拉丁语 idem，由词根 id-（意为"它""那一个"）和后缀 em 组成，作为代词，本是标注用词，表示文章先前引用过的作者或文本，即"同前所引"。该标注用词后来发展成为一个新的拉丁词即 identitas，字面意思为"同一性"。当该词进入英语时成为 identity，主要表示"整一性""个别性""独立存在"或"一种确定的特性组合"②。鉴于这个概念的内涵所指，部分中国学者译为"认同"，如王宁就在《文学研究中的文化身份问题》一文中提出，"文化身份（cultural

---

① James H. Cone, *A Black Theology of Liberation* (Philadelphia: Lippincott, 1970, 2d ed; Maryknoll, NY: Orbis, 1986), pp. 108 - 109.

② 钱超英：《身份概念与身份意识》，《深圳大学学报》2000 年第 2 期。

identity）又可译作文化认同"①。但有学者认为，"认同"更倾向于人们对外在事物表示认可赞同，无法表达英文 identity 表示一个人或一事物区别于他人他事的内在属性即"个性""己性""特性""身份"等，因此主张将 identity 译作 iden"个性"。② 笔者认为，这两种译法分别指向了该词的两重内涵，后者强调"本身、本体、个性"，表达的是对"我是谁"的认知，后者强调"相同性、一致性"，表达的是对与自己相同或相一致的事物的认知。笔者采用通常的译法，即"身份认同"。

　　根据西方的文化理论，身份认同包括个体认同、集体认同、自我认同、社会认同 4 种类型。而不论哪一种认同，都是"差异时"的产物，因为当自我与自我之外的人或事物出现了"差异"时，自我才开始追问"我是谁""我从哪里来""我要到哪里去"。这种面对他人尤其是异己的他人，个体或群体对自我的确认就是"身份认同"。因此，当两种不同的文化相遇时，"身份认同"就开始了，而"身份认同"需要在两种文化中进行"舍"与"取"。故此，"身份认同"是一个痛苦抉择的过程，伴随着焦虑与希冀、痛苦与欣悦并存的主体体验，中国学者陶家俊将这一状态称为"混合身份认同"（hybrid identity）。③ 而由于美国黑人一直面临着"双重意识"（double consciousness）问题的困扰，因此他们在身份认同的过程中比其他种族的人们具有更多的焦虑与困惑。

　　"双重意识"高度概括了美国黑人在自我探寻与身份建构过程中的紧张、矛盾、自我分离的心理状态。该词首先由杜波伊斯于 1897 年在《黑人的奋斗》一文中提出，后来在其著作《黑人的灵魂》（1903）一书中得到进一步阐释：

　　　　在埃及人和印度人、希腊人和罗马人，条顿人和蒙古人之后，黑人有点像是第七个儿子，他在这个美洲世界上，生来就带着一幅帐幕，并且天赋着一种透视的能力——这个世界不让他具有真正的自我

① 王宁：《文学研究中的文化身份问题》，《外国文学》1999 年第 4 期。
② 河清：《文化个性与文化认同》，《读书》1999 年第 9 期。
③ 陶家俊：《身份认同导论》，《外国文学》1999 年第 2 期。

意识，只让他通过另一个世界的启示来认识自己。这给人一种非常奇特的感觉，这种双重意识，这种永远通过别人的眼睛来看自己，用另一个始终带着鄙薄和怜悯的感情观望着的世界尺度来衡量自己的思想，是非常奇特的。它使一个人老喊道自己的存在是双重的——是一个美国人，又是一个黑人；两个灵魂，两种思想，两种彼此不能调和的斗争；两种并存于一个黑人身躯内的敌对意识，这个身躯只是靠了它的百折不挠的毅力，才没有分裂。①

杜波伊斯的"双重意识"这一概念得到了美国黑人的共鸣，同时也成为美国黑人作家在探寻身份认同过程中难以逾越的鸿沟，而且随着时间的推移，这种"双重意识"不但不会消亡，而且还会越来越鲜明。

作为与美国历史相伴而生的群体，美国黑人在"双重意识"的困扰下也曾试图彻底融入美国白人社会。男性作家赖特就曾在其作品《听着，白人》中直言，自己"和西方人并肩、说着他的语言，分享他的文化，参与西方社会所做的努力。我对那个白人说：'我是西方人，和你一样属于西方，也许比你还更要西方一些'"②。但是，由于美国主流社会根深蒂固的种族主义观念，融入的过程尤为困难。进入 20 世纪 50 年代以后，在黑人民权运动的浪潮下，绝大多数美国黑人作家尤其是托妮·莫里森、艾丽斯·沃克、玛雅·安吉洛等当代美国黑人女作家以弘扬黑人文化精神、强调种族自豪感、宣扬民族凝聚力为主要任务。20 世纪 80 年代以后，随着全球化与多元化文化的发展，美国黑人作家对身份认同的思考不再局限于黑人种族，而是将美国黑人与美国联系起来、与整个美国的发展乃至整个人类的发展联系起来，越来越多的黑人作家、学者表达了自己既是美国人也是黑人、是非洲裔的美国人的思想。但综观 20 世纪 50 年代以来的美国黑人女作家的作品及其体现的身份认同，我们可以发现，无论是强调"黑人性"还是强调"独特的美国黑人性"，首要的问题是不能失去黑人种族

---

① 威·艾·柏·杜波伊斯：《黑人的灵魂》，维群译，人民文学出版社 1959 年版，第3—4 页。

② 转引自王家湘《20 世纪美国黑人小说史》，译林出版社 1999 年版，第 134 页。

的特性，失去了黑人种族之根，自我便不完整了，从而导致"文化撕裂"
或"文化精神分裂"。① 从基督教神学角度看，自我不完整即是罪，同样，
对于以追求自我完整、神人合一状态为终极目的的当代美国黑人女作家而
言，自我不完整必定是罪。因此，造成自我不完整的原因——黑人身份的
迷失也是罪，是美国黑人个体的罪。

　　托妮·莫里森的《最蓝的眼睛》深刻地揭示了美国黑人在面对白人
强势文化进行身份认同时迷失自我身份的悲剧。小说开篇用 3 种不同的
语体重复了相同的内容：绿白相间的房子，父亲、母亲、男孩、女孩、
小猫、小狗幸福地生活着，还有朋友来访。这是一幅白人中产阶级的生
活图景，小说每一章都以这幅图景开始，给读者也给作品中的人物带来
了强烈的视觉冲突和感情震撼。而与这一幅图景形成对照的是小女孩佩
科拉的生活。小女孩佩科拉的母亲不喜欢她，父亲也很少关心她，一家
人从来没有像图画中的家庭那样待在一起，老师、同学也都鄙视她。年
幼的佩科拉揽镜自照，认为她之所以不被喜欢，是因为她没有教科
书、儿童玩具、宣传画、电视电影等所描绘的白色的皮肤和蓝色的眼
睛，因此，在白人强势文化面前，佩科拉幼小的心灵最终被白人强势
文化"强暴"，她开始渴望白皮肤、蓝眼睛，并盼望自我黑色肉体的
消失：

　　　　"上帝啊，"她喃喃地对着手心说，"让我消失吧！"她紧闭双眼。
　　身体的某些部位消失了。有时慢，有时快，此刻速度又慢了。手指一
　　个接一个地不见了。然后是她的前臂，一直到胳膊肘。轮到脚了。
　　对，就这样。双腿一下子就冷了。大腿以上是最困难的了。她必须静
　　止不动。她的肚子怎么也消失不了。可是终于也消失了。然后是前
　　胸、脖子。脸也很难。几乎都变没了。只剩下紧闭的双眼。怎么也变
　　不走。

----

　　① 所谓"文化精神分裂"，即"一个具有特定文化个性的国家，忽然有一天对自己的文化
感到不满和自卑，开始崇尚另一种文化，并竭力抛弃自己的文化，向另一种文化转变"。参见河
清《文化个性与文化认同》，《读书》1999 年第 9 期。

　　　　她再怎么使劲也无法将眼睛变没了。那还有什么意义。眼睛就是
一切。一切尽收眼底……（第28页）

　　还是一个孩子的佩科拉正处在人格形成和身份认同的关键时期，但结
果她迷失了自己作为黑人的本性，成为一个不完整的人，一个"文化精神
分裂者"，所以，佩科拉的结局不是疯狂也必然死去。如果说一个黑人孩
子面对扑天而来的白人强势文化，在人格形成和身份认同的过程中极易迷
失黑人的身份，这是可以原谅的，是值得同情的，那么莫里森恰恰通过一
个孩子的悲剧说明了美国黑人在其身份认同过程中迷失自我身份的普遍
性。因为，尽管佩科拉的自我鄙视是"对剥夺黑人孩子的自尊的白人世界
的一种后天习得的反应"，但这种后天习得的反应一旦成长，将影响这个
人的一生，进而影响这个社群、族群。作为"文化精神分裂者"的佩科拉
如果没有死亡，她必然会成为她现在的母亲，她的孩子将是又一个佩科
拉。从这个意义而言，对于生活在白人强势文化下的美国黑人而言，黑人
身份的迷失是一种难以避免的原罪。

　　事实上，小说《最蓝的眼睛》中的成年人除了3个特立独行的妓女以
外，几乎都是"文化精神分裂者"。自幼被父母抛弃的乔利同样在未成年
时期遭遇了白人的羞辱。即便如此，他没有丝毫反抗地接受了白人的价值
观，就连上帝也被他认为是白人，是"一个和善的白人老头，长长的白
发，飘逸的胡须。当有人死去时，上帝的蓝眼睛会变得很忧伤。但当有人
作恶时则会变得严厉"（第86页）。对白人上帝、白人价值观的认同和顺
从让乔利迷失了自我，也毁灭了自我。

　　佩科拉的母亲波莉的童年相对而言还算得上幸福，但她同样在白人强
势文化面前不但迷失了自我，而且将白人种族主义内化，唯白人文化马首
是瞻。如前所论，波莉接受了西方白人的神学观念和思想，相信好与坏不
同，正义与非正义不同，信仰者与非信仰者不同，它们之间泾渭分明。这
一伦理观念根植在她的信仰中，她相信自己是一个正直的基督徒，而把乔
利当作罪孽与失败的典范（第81页）。她全心全意地照料白人主人家的女
儿，而厌弃自己的女儿；她向往和享受白人主人家的美丽、井然、清净的

生活，而任凭自己的家像库房。可以说，她的"文化精神分裂"不自觉地将佩科拉导向白人文化一方，她的"文化精神分裂"是导致佩科拉"文化精神分裂"的重要因素。

小说中浅皮肤的女性杰萝丹也是一个迷失黑人特性的白人文化崇拜者、内化者形象，是被"漂白"的美国黑人女性。她从小接受了白人教育，恪守"勤俭、耐心、有道德、有礼貌"的训诫，生活整洁，举止优雅。为了显示自己的与众不同，她从不和黑人来往，也不让儿子和黑孩子玩。当看到前来找儿子玩耍的佩科拉时，杰萝丹由衷地感到厌恶：

> 她这一辈子见的都是这类女孩儿……她们的头发从不梳理整齐，裙子总是破破烂烂，带泥的鞋子总是不系鞋带。她们总是用不可理解的目光瞧着她，既不眨眼，也不害臊。在她们的眼睛里可以看到世界末日，世界起源，以及末日与起源之间的荒芜。（第86页）

正如学者王守仁、吴新云所论述的，佩科拉象征着杰萝丹不愿正视、不愿回首的历史，代表着她所认定的肮脏、愚昧和索求①，因此，杰萝丹毫不留情地将佩科拉赶出了家门，从而也彻底抛弃了自己的过去，抛弃了黑人性，同时也成为一个无根的浮萍，一个"文化精神分裂者"：她不许儿子哭闹，也不和儿子调笑逗乐、亲吻溺爱，她关爱整洁的猫甚于关爱自己的儿子；她甚至不愿意和丈夫做爱，认为做爱是极其龌龊和肮脏的事情，而她在对整洁的猫的抚爱中获得了肉体上的快感。杰萝丹的"文化精神分裂"最终导致儿子变态的人格，他仇恨自己的母亲，并把对母亲的仇恨转嫁到母亲的猫身上，并从小猫的痛苦中获得快乐。

同样，《秀拉》中的海伦娜·赖特也在黑人身份和西方传统神学观念

---

①　王守仁、吴新云：《性别·种族·文化——托妮·莫里森的小说创作》，北京大学出版社2004年版，第32页。

的对峙下迷失了自我。奈尔的母亲海伦娜·赖特从小在基督教教义的教导下、"在色彩缤纷的圣母马利亚的哀伤的目光下长大",成为一个"令人确信她的权威的正统性的人物",她加入了最保守的教会,定时向祭坛奉献应时花卉,反对不按时礼拜,总之,从思想到言行举止,海伦娜无不表现出一个所谓的"正派和圣洁之人"的特征。《所罗门之歌》中的奶娃的父亲梅肯·戴德同样也是一个背弃自我、迷失黑人文化身份的美国黑人形象。他像白人一样压榨自己的黑人同胞,唯利是图,其价值观已经被彻底"漂白"。《柏油孩子》中的女主人公吉丁和其婶婶昂达英都属于被"漂白"的黑人女性。昂达英崇尚主人的白人文化,对本民族的贫苦人存有偏见,她曾自诩说:"我熟悉我的厨房,甚于熟悉我的脸。"① 这句话说明她全心全意服务于白人主人而较少关注自己的种族文化特征。她把侄女吉丁托付给白人瓦莱里安抚养,向其灌输白人的价值观。在此影响下,吉丁心安理得地接受了白人文化,成为由白人文化制造的"柏油娃",同时也是追逐"柏油娃"的兔子,但由于她"不能抓住任何一样东西"②,其悲剧性的结局便是必然的。小说结尾,吉丁独自去巴黎,表明她舍弃了"古老财产",疏离了她的社团和她的历史,脱离了她过去的有意义的纽带,因此,"她将飞向一个空洞的未来"③。

与托尼·莫里森一样,玛雅·安吉洛的诗歌的主题之一也是弘扬美国黑人的种族意识,探寻民族之根。在《黑人家庭宣言》中,安吉洛表达了种族传承对美国黑人生存的意义:"因为我们已经忘却了我们的祖先/我们的孩子失去了对我们的尊敬。/因为我们迷失了我们祖先开辟的路/跪在危险的荆棘中,/我们的孩子找不到他们的路。"④

同样,艾丽斯·沃克也认为,只有清楚地认识到我从哪里来,才能确

---

① 托妮·莫里森:《柏油孩子》,胡允桓译,南海出版社 2005 年版,第 40 页。

② Danille Taylor-Guthrie, ed. *Conversations with Toni Morrison* (Jackson: University Press of Mississippi, 1994), p. 102.

③ Susan Corey Everson, Toni Morrison's *Tar Baby*: A Resource for Feminist Theology, in *Journal of Feminist Studies in Religion* (Vol. 5, No. 2, 1989).

④ 转引自钟丹《自我身份认同的追寻——论〈我知道笼中鸟为什么歌唱〉》,《长春理工大学学报》(社会科学版) 2013 年第 10 期。

保要往何处去。她说:

> 承认我们的祖先意味着我们清楚我们不是自己创造了自己;我们
> 清楚这条线一路往回延伸,可能一直追寻到上帝,或是上帝们。我们
> 记住他们,因为忘记是一件很容易的事情;我们清楚我们不是最早受
> 苦、反抗、战斗、爱和死亡的人们。尽管有痛苦、忧伤,我们拥有生
> 活的崇高方式一直是我们曾经经历的尺度。①

由于身份认同本身具有动态的、主观的和建构的特性,它"随着不同的历史、文化、政治和经济的诉求,处于一种变更、移位、同化和运动的建构状态中"②,而且"身份认同……是一种建构,一个永远未完成的过程——总是在建构中。……像所有重要的实践一样,身份认同是'运动的''延异的'"③,因此,托妮·莫里森等当代美国黑人女作家对黑人身份的认识和思考也在发生变化。在早期的两部小说《最蓝的眼睛》《秀拉》中,托妮·莫里森将黑人性看作黑人身份的重要组成部分,对遗弃这一特性的行为和观念予以大力批判。而在之后的《柏油孩子》《天堂》《爱》中,托妮·莫里森对黑人性进行了新的思考。

在《柏油孩子》中,托妮·莫里森对抛弃黑人性的吉丁进行了批判,但是借吉丁之口也对以森(Son)为代表的黑人进行了反思。森是黑人的传统文化的维护者,但同时也是一个故步自封的族裔中心主义者。森皮肤黝黑,体格健壮,崇尚自然,热爱黑人社区,但同时也存在许多缺陷。他敌视工业文明,认为工业社会只教会人们一种课程:"如何制造废物,如何制造机器以生产更多的废物,如何制造废物产品,如何谈论废物,如何研究废物,如何设计废物,如何治疗因废物而生病的人,以便他们更能忍

---

① 转引自钟丹《自我身份认同的追寻——论〈我知道笼中鸟为何歌唱〉》,《长春理工大学学报》(社会科学版)2013 年第 10 期。

② 计红芳:《香港南来作家的身份建构》,中国社会科学出版社 2007 年版,第 19 页。

③ 斯图亚特·霍尔、保罗·杜盖依:《文化身份问题研究》,庞璃译,河南大学出版社 2010 年版,第 3 页。

受，如何动员废物，使废物合法化，如何轻蔑那种住帐篷、在远离吃饭的野地里拉屎的文化。"① 他排斥白人，认为白人和黑人不可能友好相处，不愿意借鉴白人社会的任何经验，当吉丁劝他上学去谋取一个法律学位时，他却嗤之以鼻。而森所固守和向往的黑人社区是他的家乡小镇埃罗（Eloe）。村庄的名字来自上帝（God）的希伯来名字埃洛希姆（Elo-him）②，森的父亲则被称为"老人"（Old Man）。这个小镇与世隔绝，连汽车也没有，小镇奉行父权家长制，女性被当作财产。埃罗代表了森的思想世界。在孤岛上，森曾试图将这个地方植入吉丁的梦想中。但是，这个被森奉为天堂的地方在吉丁看来则是腐朽和落后的："埃罗比先前更腐朽，更烦人了。一处烧光的地方，那里没有生命。或许有过过去，但绝没有将来，而说到底，了无情趣。"尽管吉丁的观点因其黑人身份的迷失有失偏颇，但也不无道理。在森看来，作为一个黑人女性，吉丁的危险存在于被白人文化所指派的行为中和陷入白人文化的奴役中。当然，他的担心具有一定合理性。但是，当他计划去营救她脱离这一危险时，他能够想到的唯一可以接受的选择是：完全断绝与白人文化的关系和拥抱妻子与母亲的传统身份。事实上，森的这一要求不仅吉丁做不到，而且在多元化的现代美国，几乎没有哪个黑人女性可以完全做到。在小说结尾，森也意识到他所固守的黑人性的复杂性，而且认识到他对黑人文化存有过多的想象成分，于是决定去寻找吉丁。开放性的小说结尾表明，黑人性和黑人身份绝不是固守传统而不变通，否则将是僵化的、狭隘的、难以长久的。

《天堂》便讲述了因固守传统而导致的悲剧。在《天堂》中，为了表达对黑人身份、黑人性的深入思考，莫里森虚构了一个孤立的、与世隔绝的黑人小镇鲁比镇，这个小镇是由一群备受种族歧视的黑人历经几代人的心血建立起来的一个具有纯黑人血统的小镇，小镇的建造者自认为这是他们独立自主、繁荣自由的乐园，但实际上这是一个充满黑人种族主义和父权制思想的社会，他们以肤色深浅决定人们的地位，统治小镇的是肤色最

---

① 托妮·莫里森：《柏油孩子》，胡允桓译，南海出版社 2005 年版，第 177 页。
② 关于埃罗这个名字的讨论，参见 Philip M. Royster, The Wuest for Wholeness in Toni Morri-son's *Tar Baby*, in *Black American Literature Forun* 20, No. 1 - 2 (Spring-Summer, 1986), p. 72.

深的"八层石头",肤色浅的人受到排斥和敌视。不仅如此,小镇里的老一辈人无法接受新时代的变化,尤其不能接受离镇子仅有17英里之遥的女修道院中的女性们开放包容的思想和大胆率真的行为。在小说中,9个黑人男人手持枪械在凌晨5点袭击了住在女修道院里的几个无辜女子,这一血腥的杀戮是黑人性走向恶的体现,是黑人性极端发展的结果。借这发生在"天堂"里的"战争",莫里森试图表明,固守僵化的黑人性如果不求变通,必将导致黑人种族主义或族裔中心主义,走向另一种恶,因此,固守僵化的黑人性也是美国黑人面临的一种罪。

由于美国黑人长期遭受奴役以及种族歧视的迫害,在文学中出现的遭受苦难的美国黑人总是受到读者的同情,大多数美国黑人作家也致力于表现在种族主义下美国黑人的悲惨遭遇,而很少深入思考和反映美国黑人的人性。托妮·莫里森超越前辈和同时代作家之处,在于能够对美国黑人的人性进行深刻反思。《最蓝的眼睛》中的乔利一改《汤姆叔叔的小屋》中所描述的软弱、善良的黑人大叔形象,莫里森在这部小说中描述了美国黑人复杂的人性,描述了因其黑人性的迷失而导致的人性的邪恶。

在《爱》中,莫里森对黑人性、对人性进行了进一步的深入探讨。莫里森一改传统黑人文学合理解释黑人历史的做法,直指种族内部。小说通过对克里斯蒂早年投身黑人政治运动的描写,重新认识了20世纪50—60年代被美国黑人引以为豪的黑人民权运动。克里斯蒂参加运动并不是主动的,而是盲目的,同时还是被民权运动加以利用的,她在运动中承担被指定的角色,充当运动的工具,按照要求为运动牺牲了个人的利益,她多次流产,甚至到了习以为常的地步。通过克里斯蒂的经历,莫里森揭示了黑人民权运动中的一些弊端,这些弊端是以往人们避而不谈的问题,而恰恰是这些避而不谈的弊端体现了黑人历史、黑人性的复杂性,进而警示大家不要盲目崇拜。同时,莫里森还揭示出美国黑人作为人,具有人所具有的一切人性,包括恶,甚至比一般人更恶。与《宠儿》等其他作品表现蓄奴制、种族主义对美国黑人的戕害不同,在《爱》中,让众多女性为之追逐的"大人物"即柯西,在他人看来是个成功人士,但事实上他是一个充满邪恶欲望的人，他在 52 岁时迎娶了 11 岁的小女孩希德。柯西的财产也沾满了罪恶，那是柯西和父亲通过抓捕逃亡的黑人而得到的。而柯西的儿媳梅、孙女克里斯蒂、小妻子希德等之所以聚集在柯西的周围，均是出于对柯西财产的意欲。通过这些情节，莫里森揭示了美国黑人自身存在的非理性欲望即原罪，揭示了美国黑人人性的罪恶。

通过分析，我们可以看到，莫里森极力弘扬美国黑人的黑人性，将美国黑人黑人性的迷失看作是美国黑人的人性之罪，同时也认为，固守黑人性而不辨黑人性中的丑陋和邪恶，不求变通，同样会导致邪恶，同样是罪，况且，作为人类的一员，美国黑人的人性中本身就具有原罪——非理性欲望。

一向以捍卫黑人文化身份为己任的艾丽斯·沃克，同样将黑人身份的迷失看作美国黑人的人性之罪，她对"妇女主义"概念的定义表达了她对黑人文化传统的认可，但和托妮·莫里森等作家一样，艾丽斯·沃克并没有固守黑人文化传统本身。在短篇小说《外婆的日用家当》中，大女儿迪伊代表着对美国黑人文化的非洲性一面的理解，这类观点主张黑人分治、回归非洲文化。母亲和小女儿麦姬代表着对美国黑人文化的美国性一面的理解，这类观点认为，美国黑人首先是美国人，非洲只是美国黑人生物学意义上的根，美国黑人文化是非洲文化与美国白人文化的混合体。鉴于这两种理解，大女儿迪伊与母亲和小女儿麦姬展开了争斗，在小说中，她们的争斗体现为对百纳被的争夺，而在美国黑人文化中，百纳被象征着美国黑人的文化之根，因为这两床旧被子是外婆用一针一线用祖祖辈辈传下来的旧衣服的布片拼凑而成的，代表着美国黑人在美国生活的点点滴滴。争夺的结果以母亲和小女儿麦姬的胜利告终。这一结果体现了作家艾丽斯·沃克对黑人身份认同的独特理解。

2. 黑人女性身份的迷失

所谓"女性身份"即作为女性的特质（womanhood），是女性的性别身份。在西方二元思维模式下，男人和女人的区别仅仅是生理上的差异，而且还具有截然不同的性别属性：

二元对立思维中的男女性别属性表

男人	女人
理性的	感性的
灵魂的	身体的
精神的	物质的
超越的	内在的
优势的	劣势的
公共领域的	私人领域的
秩序的	无序的
抽象的	具体的
自主的	服从的
文化的	自然的
主动的	被动的
勇敢的	胆怯的
坚强的	脆弱的
非性的	性的
……	

　　西方男尊女卑的父权制思想正是建立在上述二元对立思维对男女性别属性的认定上。西方女性主义运动自产生之日起，其主要的任务就是批判和解构性别本质论和父权制二元对立思维结构。西方女性主义的先驱玛丽·沃斯通克拉夫特早在 19 世纪就在其女性主义的开山之作《为女权辩护》一书中质疑对男性与女性在智力、知识以及道德水平方面进行伪划分的不合理做法，认为女性之所以陷入软弱和不幸的境地，原因之一是错误的教育体系，因而她提倡培养女性的理性精神。[①] 20 世纪以来，西方女性主义者从不同角度批判二元对立思维模式下的男女性别属性，影响最大的当推法国女性主义学者波伏娃，她在《第二性》中从哲学、社会学层面揭示了二元对立的性别属性，并提出了著名的"女人不是生成的，而是形成的"名言。为了获得女性的彻底解放，在很长一段时间内，西方的女性主

---

　　① 陈李萍：《从同一到差异——女性身份认同理论话语的三重嬗变》，《妇女研究论丛》2012 年第 6 期。

义学者大都倡导女性抛弃父权制二元对立思维强加给女性的性别属性，主张抛弃家庭，走向社会，进入曾经被男性统治的领域。更有激进的女性主义者认为，母性和家庭是实现女性解放的一个严重障碍，是把女性局限在传统的女性性别属性内的陷阱。

但是，西方女性主义者所批判的性别本质论和父权制二元对立思维结构对于美国黑人女性而言是不适用的，因为美国的种族主义将美国黑人女性的女性身份或者女性的性别属性给扭曲了，黑人女性被男性化，她们和男人一样从事体力劳动，她们被剥夺了做母亲的权利、做妻子的权利，家庭反而成为她们的一个梦想。因此，与美国中产阶级的白人女性不同，"从历史上说，黑人妇女把家庭中的工作看作是一种充满仁爱的工作，这种工作承认了她们作为女性、作为人类所表现出的关爱，这正是白人至上的思想所声称的黑人没有能力表达的东西"①。因此，美国黑人女性以获得作为女性的性别权利为奋斗的目标。从宗教神学角度分析，美国黑人女性被男性化，这是美国的社会之罪，而对于美国黑人女性而言，面对美国黑人女性被妖魔化、面对白人强势文化，黑人女性身份的迷失则是个体的罪。当代美国黑人女作家通过自己的作品表达了妇女主义的性别观念和妇女主义神学的罪观。

和后现代女性主义者强调女性经验一样，当代美国黑人女作家也强调黑人女性的经验，谴责对黑人女性经验的忽视现象，表达了美国黑人女性在黑人妇女经验迷失后的悲剧。

托妮·莫里森《最蓝的眼睛》中的波莉迷失的不仅是黑人身份，还有黑人妇女身份：作为母亲，她不但不关心女儿佩科拉，甚至厌恶、鄙视女儿，她不愿意像传统的黑人母亲那样照顾自己的家庭，反而置家庭于不顾，因此，她失去了母亲身份；作为妻子，她不和乔利交流，对乔利冷漠，因此，她失去了妻子身份；由于迷失了黑人妇女身份，波莉成为性别身份分裂者。该小说中与波莉相似的另一个人物是浅皮肤的女性杰萝丹，

---

① 贝尔·胡克斯：《女权主义理论：从边缘到中心》，晓征、平林译，江苏人民出版社2001年版，第153页。

她从不对自己的儿子言笑，对儿子的关心不如对一只小猫，因此，她迷失了母亲身份。《爵士乐》中的维奥莱特婚姻与生活上的悲剧源于她对黑人女性身份的舍弃。身为黑人女性，维奥莱特从小梦想嫁给一个长着金发的混血儿，后来她将现实中的丈夫当作梦想中的幻影，因此，她迷失了黑人妇女身份。

　　《柏油孩子》中的吉丁是一个崇尚白人文化的女性，但同时也是一个追求自我的黑人女性。她接受了良好的教育，并凭借自己的努力在大都市获得了事业的成功，还追求灵肉合一的爱情，但是在追求女性价值的同时迷失了自己作为黑人妇女的身份。她不但舍弃了森所代表的黑人文化传统，而且还抛弃了婶母昂达英所代表的黑人妇女传统。临走之前，吉丁的婶母语重心长地告诉吉丁要好好地学着做女儿、做女人：

　　　　一个女孩家先要当女儿。她懂得这个道理。要是她从来没学会怎么当女人，也就永远学不会怎么当女儿。我指的是真正的女人：一个对孩子好的女人；对男人好的女人——而且要好到尊重别的女人。
　　　　……
　　　　我只是说女儿该是什么样子。女儿是关心生她养她的女人，是要照顾那些照顾过她的女人。不，我不想要你成为你说的赡养人。我不用赡养，西德尼也不用。我想从你那儿得到的就是我对你所指望的。我不想要你为了我的缘故而照顾我。我只想要你为了你的缘故来照顾我。①

　　尽管昂达英的女性观具有传统和保守的特点，但这种观点即使在后现代女性主义者看来也不无道理，也不能全盘否定。但是，面对抚养自己长大的婶母的教导和要求，吉丁断然拒绝，表示绝不愿做昂达英所说的那种女人。她毅然决然地打点行装，去了巴黎。托妮·莫里森没有写吉丁到了巴黎以后的生活会是怎样，只写到她在前往巴黎的飞机上。但这个结尾暗

_____

① 托妮·莫里森：《柏油孩子》，胡允桓译，南海出版社2005年版，第246页。

含她前途未卜。在飞机上，吉丁的脑海中出现了蚁后的意象，这个意象代表了女性的传统价值——生产、猎食、吃喝、战斗、埋葬。但是，脑海中出现了蚁后的意象并不能说明吉丁要回归传统女性价值，她不但没有认可传统女性价值，而且也对自己的未来充满了担心。她认为陷入家庭的蚁后没有梦想，失去了自我主体意识，但她同时感觉到，离开了森和昂达英，就"再也没有肩膀和无垠的胸膛""再没有安全的梦境"，因此，她感觉自己"就地腾空而起，悬浮着，敞开着，信任，恐惧，决心，脆弱"①。吉丁的困惑其实也是当代美国黑人女性在追求女性主体意识过程中普遍产生的困惑。莫里森借此表明，美国黑人女性追求女性主体意识，必须确立自己的美国黑人妇女身份，否则，一切都将如水中浮萍、空中楼阁。

面对黑人妇女身份的迷失，艾丽斯·沃克明确地指出，要"负责任"，要"爱女人""欣赏和更喜欢女人的文化、女人的情感适应性（把眼泪看作笑声的自然平衡力）和女人的力量"②。艾丽斯·沃克和其他当代美国黑人女作家一起，探寻当代美国黑人女性的完满人性——肉体、精神、性、文化遗产的相结合。

三　无罪的黑女人莉莉丝

我们已知，父权制社会中的基督教神父认为女人是罪的源头，这种思想已经被女性主义神学家、作家和学者进行了猛烈和彻底的反击，当代美国黑人女作家也加入了祛除夏娃身上的魔咒的行列。面对美国主流社会对美国黑人女性人性的贬低和妖魔化现象，当代美国黑人女作家和女性主义学者首要的任务是去妖魔化，改写和修正美国黑人女性的形象类型，同时建构当代美国黑人女性的新形象——黑莉莉丝。

1. 对传统黑人女性形象的改写与修正

正如女性主义文学批评家所指出的，男性作家笔下的女性形象大致分为"天使"和"妖女"（或妓女）两种形象类型：以父权制社会对女性的

---

① 托妮·莫里森：《柏油孩子》，胡允桓译，南海出版社 2005 年版，第 255—256 页。

② Alice Walker, *In Search of Our Mother's Gardens*: *Womanist Prose* (San Diego and New York: Harcourt Brace Jovanovich, 1983), p. Ⅵ.

要求为标准，与父权制社会赋予的女性标准相符合的为"天使"或"淑女"，反之，则是"妖女"或"妓女"。但显然，根据女性主义的观点，无论哪一种形象，都是男性作家或者父权社会对女性的虚假想象，都是不真实的，都被极端化或妖魔化。"天使"是在父权制话语下的男性理想中的女性，"妖女"或"妓女"则是那些违背父权制价值标准的女性，反映了男性对女性主体性的恐惧与厌恶。鉴于这种现象，当代女性主义者认为，当代女作家当务之急是从女性视角出发，修正文学创作中的女性形象。如前所述，在种族主义、父权主义、等级制 3 种压迫下，美国黑人女性形象比白人女性形象遭受更大的扭曲，因此，当代美国黑人女作家修正黑人女性形象的任务也更为迫切。托妮·莫里森、格洛里亚·内勒等当代美国黑人女作家在自己的文学作品中改写与修正了传统黑人女性形象，甚至颠覆了父权制基督教社会中的女性形象。

在以往的文学传统中，黑人女性大都是忠实的保姆形象，她们勤劳善良，对主人极为忠诚，但是，当代美国黑人女作家在自己的文学作品中颠覆了这一文学传统形象。在莫里森的小说《柏油孩子》中，黑人妇女昂达英是白人主人瓦利连家的女仆，尽管她对厨娘的工作兢兢业业，但是这个黑人老保姆不卑不亢，当受到主人的伤害后，她揭竿而起，大胆反抗，揭发女主人玛格丽特虐待亲生儿子，并对玛格丽特大打出手，用手背扇了玛格丽特耳光。昂达英并不认为作为瓦利连家的女仆、厨娘、保姆，自己就低人一等，她从不鄙视自己的种族和工作，反而认为"应该得到更多的尊重"①。

如果说在传统文学中，黑人女性作为忠实的保姆只是对黑人女性家庭主妇形象的刻板化，那么妓女形象则是对黑人女性的性与道德等方面最极端的扭曲。和传统的黑人妓女形象不同，当代美国黑人女作家重新塑造了黑人妓女形象。

莫里森在《最蓝的眼睛》中，塑造了 3 个妓女形象，但这 3 个妓女不同于历代小说中的妓女形象。她们不同于因命运捉弄而堕落的年轻女孩，也不同于懒散无能、以卖淫为生的妓女，她们宽容、忠诚、富于同情心，

---

① 托妮·莫里森：《柏油孩子》，胡允桓译，南海出版社 2005 年版，第 180 页。

她们收取男人的钱财只是为了把男人从不幸与枯燥的生活中解脱出来，但她们又都鄙视男人，无论黑人、白人、波多黎人、墨西哥人、犹太人、波兰人，所有种族的男人都要置身于她们蔑视的目光中，但她们又从欺骗男人中得到快乐。她们还鄙视那些表面忠诚但背地里偷情淫荡的女人。她们对无知的年轻人既不保护也不引诱，她们以本我状态存在。莫里森在小说中这样评价这 3 个妓女："她们不是穿着妓女外衣的年轻女郎，也不是悔恨失去贞洁的卖淫女人，她们是表里一致的妓女，既不年轻也无贞洁可言。"（第 37 页）这样的三个妓女对佩科拉非常友善，是小说中唯一不嫌弃佩科拉的 3 个人。她们的形象不仅颠覆了在美国主流文学和文化中处于被支配性地位的美国黑人女性形象类型之一——妓女或荡妇形象，而且颠覆了在父权制文学中的妇女形象类型之一——妓女或荡妇形象。

与《最蓝的眼睛》中的 3 个妓女形象相似，格洛里亚·内勒笔下的妓女同样属于有着鲜明自我意识的、有良知的妓女。在小说《贝雷的咖啡馆》中，内勒描写了 6 个黑人女性，但她们无一例外都不具备父权制社会所界定的"纯正妇女意识"①，而是世俗所界定的"淫妇"或"妓女"：夏娃是旅馆的主人，这个旅馆被称为"妓院"，所以夏娃被认为是鸨母，其他 5 个女性居住在夏娃的旅馆里，被认为是夏娃旅馆中的妓女，她们也无一例外都是所谓的"坏女人"，莎蒂（Sadie）是地道的廉价妓女，马利亚姆（Mariam）施行了割礼仍然未婚先孕，桃子/玛丽（Peaches/Mary）是精神分裂、从不悔改的妓女，以斯帖（Esther）是性工具，杰西·贝尔（Jesse Bell）是个瘾君子。但是，在内勒笔下，这 6 个女性都不是传统意义上的妓女，她们每一个人都通过自己的故事重新定义了"妓女"这个概念，而且还颠覆了在《圣经》中被父权社会支配的女性形象。

《贝雷的咖啡馆》主要通过咖啡馆老板的视角讲述了 1948 年夏至

---

①　所谓"纯正妇女意识"是指一种出现在 19 世纪美国的妇女意识，为当时的妇女杂志、宗教文艺、礼品刊物所广泛宣传和倡导。包括 4 个部分，即虔诚（piety）、纯洁（purity）、服从（submissiveness）和爱家（domesticity）。虔诚应是妇女最重要的品格，是她生命的源头。纯洁的形象、服从父权的领导和爱护家庭是虔诚品格的外在表现。参见林美玫《妇女与差传：十九世纪美国圣公会女传教士在华差传研究》，台北里仁书局 2005 年版，第 26 页。

1949 年夏发生在贝雷的咖啡馆以及邻里之间的故事。小说在结构上采用布鲁斯音乐的结构形式，由"大师，请您……"（Maestro, if you please…）、"即席伴奏"（The Vamp）、"第三节脚本"（The Jam）、"收尾"（The Wrap）4 部分组成。第一部分"大师，请您……"交代了咖啡馆的由来和现任咖啡馆的老板的经历。第二部分"即席伴奏"是小说叙述者抖的一个小包袱，主要介绍了两个常来光顾咖啡馆的客人——一个是愤世嫉俗的修女卡丽（Carrie）和一个是小个子的男人休格·曼（Sugar Man），二人都在工作日来咖啡馆，前者胃口极好，后者爱吃剁碎的食物，二者对一些问题的看法总是不一致。正如这一部分的标题所言，这两个人仅是次要人物，而且表现的都是表象，叙述者声称："一切真正值得细听的事情潜藏在……表面之下。"① 这句话表明读者应该深层解读接下来的故事。标题"即席伴奏"（The Vamp）作为音乐术语，指的是歌手正式演唱之前的伴奏或伴唱；作为俚语，则指的是娼妓。这一双关语和叙述者的提示表明了小说的主旨——重新认识被传统社会定义为"娼妓"的女子。

　　小说第三部分"第三节脚本"是小说的主体，主要讲述了 6 个女性的故事。

　　第一节"情绪：靛蓝色"讲述了第一个出场的女性莎蒂的故事。莎蒂与《圣经》中的女性撒拉相对应，莎蒂（Sadie）的名字来自《圣经》中的女性撒拉（Sarah）。撒拉是犹太人的族长亚伯拉罕的妻子，她美丽、高贵、顺服，根据《圣经·创世记》第 11 章第 10—21 节的记载，亚伯拉罕和妻子撒拉逃荒到埃及时，埃及法老看上了美丽的撒拉，但是亚伯拉罕担心自己因美丽的妻子撒拉而遭受埃及人的杀身之祸，便对外谎称撒拉是自己的妹妹。面对丈夫的自保行为，撒拉没有任何反抗和怨言，而是默默地顺从丈夫被埃及法老带走。《圣经》中没有记载被丈夫出卖、被埃及法老带走后的撒拉是如何想的，她是为了自保才沉默呢？还是在一个父权制社会里根本就没有想过反抗呢？但无论如何，《圣经》中的撒拉顺服了丈夫。和撒拉相似，莎蒂对自己的身体最初也没有支配权。莎蒂的母亲是个妓

---

① Gloria Naylor, *Bailey's Cafe* (Orland: Vintage Contemporaries, 1992), p. 35.

女，在堕胎未果的情况下生下了莎蒂，幼年的莎蒂在母亲的鞭打下长大，她认为自己之所以被鞭打，是因为自己不够乖巧，为了赢得母爱，她努力表现出乖巧。尽管她和撒拉一样的顺服，但是在 13 岁时还是被逼卖身。但莎蒂和撒拉不一样，莎蒂自始至终有自己的梦想。幼年的莎蒂处处小心，梦想着自己的勤奋和努力能换来母爱，在母亲去世后，仍然梦想有个家。在嫁给比自己年长 30 岁的酒鬼丹尼尔（Danier）后，莎蒂将家收拾得一尘不染，还在院子里种满了红色的天竺葵。丈夫去世后，为了保住唯一的安身之所，莎蒂一天身兼数职，拼命挣钱，但最终还是没有挣够丈夫前妻之女索要的钱财数目——200 美元。无家可归的莎蒂只有靠酒精麻醉自己，梦想成了醉后的幻觉，但在莎蒂看来，唯有喝酒才能保持住这醉后的幻觉——梦中的家。她重操旧业也只是了为了买酒，而且每次只向嫖客要 25 美分，从不要多余的钱。但做了职业妓女的莎蒂仍然自尊、自立，从不接受救济，她拒绝了卖冰人琼斯（Jones）的帮助和求婚。她一生纯真、本色，一直有着“一双四岁孩子的眼睛，梦想着能够活下去”①。内勒笔下的莎蒂成为一个有梦想的主体，尽管她为实现梦想而采取的手段值得商榷，但是相对在《圣经》中作为客体存在的沉默者撒拉和世俗中堕落、邋遢、自私的妓女，莎蒂的形象具有一定的颠覆意义。

　　第二节“夏娃的歌”讲述了附近旅馆的老板娘夏娃的故事。内勒笔下的夏娃对应《圣经》中的夏娃。二者不仅具有相同的名字，而且具有相似的经历。内勒笔下的夏娃是一个弃儿，由派勒特镇（Pilottown）的牧师收养，夏娃将养父称为“神父”（Godfather）。和《圣经》中的夏娃天生具有欲望（在蛇的诱惑下首先吃了智慧树上的果子）一样，内勒笔下的夏娃也从小具有身体愉悦的渴望，她经常强迫一个叫作比利（Billy）的男孩玩一种游戏——夏娃躺在草丛中尽量将身体接触土地，然后男孩用力踩踏土地。有一次，夏娃赤身裸体躺在地上做游戏，被“神父”发现了，之后，夏娃便被“神父”逐出家门。内勒笔下的夏娃甚至比《圣经》中的夏娃更淫荡，她被认为是旅馆中的众妓女之首，是鸨母。但与《圣经》

---

① Gloria Naylor, *Bailey's Cafe* (Orland: Vintage Contemporaries, 1992), p. 70.

中的夏娃不同，内勒笔下的夏娃"不仅独立，而且能够为他人疗伤并帮助姐妹们找回自我价值"①。夏娃被"神父"逐出"伊甸园"后，经过辛苦跋涉和艰苦努力，来到这个城市建造了一座属于自己的旅馆。她接纳了那些无家可归、伤痕累累的女性，像母亲一样照顾她们，如为马利亚姆接生，帮助杰西·贝尔戒毒等。内勒笔下的夏娃既颠覆了《圣经》中的夏娃形象，也颠覆了传统鸨母的自私、冷酷、刻薄的特征。

在第三节"甜蜜的以斯帖"中，以斯帖（Esther）的故事颠覆了《圣经》中的民族女英雄以斯帖的形象。在《圣经·以斯帖记》中，以斯帖是一个拯救犹太人的民族英雄。公元前5世纪时期，波斯国王亚哈随鲁在酒酣之余命令王后瓦实提盛装到酒筵上让众大臣瞻仰美貌，结果瓦实提却拒绝他的命令，亚哈随鲁国王一怒之下将瓦实提废除，之后选立犹太女子以斯帖为新王后。以斯帖父母早亡，从小由堂哥末底改抚养成人，并遵照末底改的要求隐瞒了自己的犹太人身份。后来，末底改由于怠慢了宰相哈曼，哈曼便密谋在普珥节这天诛杀犹太人。在末底改的请求下，以斯帖便盛装冒着生命的危险拜见亚哈随鲁国王，利用自己的智慧揭穿了哈曼的阴谋，拯救了犹太人。以斯帖因其自我牺牲精神而受到犹太人的爱戴。但是，正如女性主义学者们认为的，在《圣经》叙事中，"以斯帖的行动不是出于独立自主的主观性或对其民族自发的关心，而是出于对堂哥的顺服，甚至是畏惧"②，而且，以斯帖和《圣经》中的许多女英雄一样，在履行了父权制强加给她的功能后便消隐（invisibility）了③，因为《以斯帖记》的结尾将以斯帖的功劳归于堂哥末底改，从此，"犹大人末底改作亚哈随鲁王的宰相，在犹大人中为大，得他众兄弟的喜悦，为本族的人求好处，向他们说和平的话"（《以斯帖记》10：3）。从性别政治的角度看，以斯帖的身体在有限的主动性下成为以末底改为代表的犹太民族和国家利用的工具，因此，在父权制叙事下的爱

① 林文静：《马利亚/夏娃：故事的重写——格洛里亚·内勒小说〈贝利小餐馆〉的女性主义解读》，《北京第二外国语学院学报》2010年第10期。
② Alice Bach, *Woman in the Hebrew Bible：A Reader* (New York：Routledge, 1999), p. 80.
③ 消隐是女性主义神学和解放神学共用的术语，指《圣经》中的妇女的形象、声音、地位及其重要性在父权制文化中被消解或被边缘化的事实。

国女英雄以斯帖实际上是国家和民族的妓女。

内勒从女性主义视角重写了《圣经》中以斯帖的故事。在《贝雷的咖啡馆》中，从小失去父母的以斯帖由哥哥抚养长大，12 岁时由哥哥做主嫁给了一个富有的农场主，该农场主有着 400 英亩地和 7 个劳工，以斯帖的哥哥就是这 7 个劳工中的 1 个。同样，以斯帖在出嫁前，被哥哥一再告知要做丈夫让她做的任何事情。以斯帖虽然成了农场的女主人，但实际上是丈夫的性工具。每当以斯帖想表达自己的恐惧时，身边就会想起哥哥的叮嘱："以斯帖，我们不要说这个。"① 为了报答哥哥的养育之恩，以斯帖默默忍受了 12 年，哥哥的生活也因以斯帖的捐躯和忍受而富足、和平。但是，如果以斯帖的故事至此而止，那么内勒就落入了父权主义叙事的窠臼。显然，这不是内勒的目的。内勒先给自己笔下的人物设定一个传统的语境，在此基础上进行新的诠释和演绎。因此，内勒笔下的以斯帖的超越之处在于，以斯帖最终认识到了"恨"，而"恨"这一感情是主体意识苏醒的体现，在"恨"这一主体意识下，以斯帖最终逃出了农场，结束了为家捐躯的"妓女"生活。在夏娃的旅馆里，她开始按照自己的意愿支配自己的身体。

第四节 "玛丽（镜头 1）"中的桃子/玛丽（Peaches/Mary）对应《圣经》中抹大拉的马利亚（Mary Magdalene）。② 在西方基督教文化语境中，抹大拉的玛丽最初是一个妓女，后来弃恶从良。在《圣经》共记载有 6—7 个名字叫玛丽的女人，除圣母马利亚（《路加福音》1：5—55）、约翰马可（曾经跟随彼得或保罗的一位信徒）的母亲（《使徒行传》12：12）以及根本未说明身份的马利亚（《罗马书》16：6），其他叫作马利亚的女性的身份都难以确认，说法不一。③《圣经》中多次提到抹大拉的马利亚④，但描述

① Gloria Naylor, *Bailey's Cafe* (Orland: Vintage Contemporaries, 1992), p. 95.

② Virginia C. Fowler, *Gloria Naylor: In Search of Sanctuary* (New York: Twayne Publishers, 1996), p. 130.

③ 杨慧林：《"大众阅读"的诠释学结果——以抹大拉的马利亚为例》，《圣经文学研究》第一辑，人民文学出版社 2007 年版，第 321 页。

④《马太福音》27：56；27：61；28：1；《马可福音》15：40；15：47；16：1；16：9；《路加福音》8：2；24：10；《约翰福音》19：25；20：1；20：18；这些经卷分别提到了抹大拉的马利亚。

的都是她见证耶稣被钉十字架和复活的事情，并没有提及她的妓女身份。《路加福音》7：36—50 记载说，在加利利有一个有罪的女人用自己忏悔的眼泪为耶稣膏抹，但并没有说明这个女人的罪是什么罪，只是随后在第8 章第 2 节提到耶稣从抹大拉的马利亚身上驱走了 7 个鬼。根据《圣经》中的经文互文的特点，基督教教父将《路加福音》7：36—50 中"有罪的妇女"与被赶走 7 个鬼的抹大拉的马利亚合二为一，并根据女人的罪与性相关的传统思想，将罪孽深重的抹大拉的马利亚看作一个妓女，这样，抹大拉的马利亚成为一个忏悔的妓女形象。由于抹大拉的马利亚同时具有忏悔的妓女和耶稣复活的第一个见证者的双重身份。因此，抹大拉的马利亚与夏娃、圣母马利亚成为西方世界对女性认知的重要基础。抹大拉的马利亚兼具妓女与圣女两种品质，这一形象反映出女性在父权制社会中产生了分裂的身份和品格。

内勒笔下的桃子/玛丽便是一个在父权制思想压制下最终精神分裂的女性。和身份模糊的抹大拉的马利亚一样，桃子/玛丽没有确切的名字，她的父亲叫她桃子，而另一个崇拜她的瘸腿男人叫她玛丽。不确定的名字表明这个女性身份的不确定性，两个男人对她的命名表明她的身份由男人确定，她的价值也有男人确定：父亲将美貌的女儿叫作桃子，因为她是"丰满的和甜蜜的""黄色的和甜蜜的"①，这表明父亲只看到了女儿的外表，而忽略了女儿的内在价值；瘸腿男人随意地称她为玛丽，将其神圣化，说明这个男人在抹杀她的主体性。因此，"从对桃子/玛丽的命名可见，她一开始就没有自己的身份，而被当成客体物化、神化了。"②尽管她学习成绩优异，工作出色，但是她周围的各色男人看不到这些内在价值，他们以她的外表定义她，玩赏她。后来，父亲送给了她一个礼物——镜子，而镜子作为女性的常用物品实际上是父权制社会强加给女性的"女性气质"的象征。桃子/玛丽在镜子面前看到的只是自己美丽的外表，却无法看到自己的本质，但潜意识中她又要做父亲所谓的宝贝。于是，在父

---

① Gloria Naylor, *Bailey's Cafe* (Orland：Vintage Contemporaries, 1992), p. 102.

② 林文静：《马利亚/夏娃：故事的重写——格罗丽亚·内勒小说〈贝利小餐馆〉的女性主义解读》，《北京第二外国语学院学报》2010 年第 10 期。

权制的权力话语下，桃子/玛丽精神分裂了。她认为自己是纯洁的好女孩，而镜子里美丽的"她"（桃子的影像）则是一个可耻的妓女："她在我房间做什么？她是一个妓女，而我是爸爸的宝贝。"① 自此以后，桃子/玛丽就分裂成妓女桃子和贞女玛丽两个人格。但无论是妓女桃子还是贞女玛丽，都是父权社会对女性的扭曲和想象，是虚假的。内勒借精神分裂的桃子/玛丽严厉谴责了父权制权力话语对女性的戕害，并且颠覆性地指出了女性超越父权制权力话语的路径。在这部小说中，桃子/玛丽在本我的内在驱动下，最终自我毁容，以逃脱外表的羁绊，这一行为是对父权制权力话语的反抗。后来，在夏娃的帮助下，桃子/玛丽逐步认识到了自己的内在价值，找回了完整的自我。

第五节 "杰西·贝尔（Jesse Bell）"中的杰西·贝尔对应《圣经》中的耶洗别（Jezebel）。《圣经·列王纪上》第16—21章、《圣经·列王纪下》第9章都记载了以色列国王亚哈的王后耶洗别的故事。耶洗别本是迦南人的城邦国西顿国王的女儿，与以色列人信仰耶和华不同，她信奉巴力神。耶洗别成为以色列王后以后，强迫丈夫亚哈（Ahab）和以色列人背叛自己的信仰去信奉她所信奉的巴力神，还将敢于直言的先知以利亚驱逐。耶洗别最为令人发指的事情，是她为了帮助丈夫夺取一个叫作拿伯的普通农户的葡萄园而亲自将其杀害。由于耶洗别的邪恶与歹毒，先知以利亚（Elijah）预言她将被狗吃掉。亚哈倒台后，新的以色列国王耶户前往捉拿耶洗别，耶洗别得知这一消息后便擦粉梳头，准备色诱耶户，但色诱未成，被耶户从窗户扔了下去，其尸体被狗吃得只剩下头骨和脚。在西方基督教文化传统中，耶洗别成为淫荡、邪恶的女人的代名词。

内勒重写了《圣经》中耶洗别的故事。和其他的女性人物一样，为了让笔下的人物具有与《圣经》中的相对应人物的背景，内勒让杰西·贝尔具有耶洗别相似的身份和遭遇。内勒改变了耶洗别的公主身份，让杰西·贝尔具有工人阶级的出身，保持了耶洗别的异教信仰特征，使杰西·贝尔与其中产阶级出身的丈夫具有不同的生活习俗和信仰，而且杰西·贝尔的

---

① Gloria Naylor, *Bailey's Cafe* (Orland: Vintage Contemporaries, 1992), p. 104.

丈夫属于金姓家族（King family），"金"（King）对应亚哈的国王身份。内勒还设置了一个与先知以利亚相对应的人物——丈夫的叔叔以利（Eli）。内勒将自己的人物在身份上和《圣经》一一对应，但使其具有与《圣经》中的对应人物截然不同的性格品质。杰西·贝尔的丈夫并不是一个残暴的男人，而是金家唯一接受并深爱着杰西·贝尔的人；叔叔以利虽然具有先知以利亚的名字并坚决反对杰西·贝尔，但不是先知以利亚，而且他还背叛了自己的信仰——黑人身份。正如杰西·贝尔所言："他们（白人 White folks）是以利叔叔的神。"以利将白人和白人文化奉为圭臬，是一个"真正的白人"①。以利不但是一个白人种族主义的黑人内化者，同时还是一个具有等级观念和父权思想的家长。因此，他瞧不起工人阶级出身的杰西·贝尔，将她看作奴隶，称她做的菜是"奴隶的食物"。以利还利用一切手段离间杰西·贝尔与丈夫和儿子的关系，不让杰西·贝尔管教自己的儿子，而让杰西·贝尔的儿子接受白人教育。与耶洗别不同，杰西·贝尔最初本是一个敢作敢为、富有活力的贫家女孩，但最终成为父权制、等级制以及黑人内化的白人种族主义的牺牲品。在以利的侮辱、蔑视与策划下，杰西·贝尔无法与丈夫、儿子交心，她最终在酒精、毒品和同性恋的刺激中寻找慰藉。内勒笔下的杰西·贝尔不是千夫所指的淫荡邪恶之女，而是值得同情的被侮辱、被损害的误入歧途的问题妇女，通过这一形象，内勒将耶洗别的形象往上追溯了一层，让这些被父权制社会指认为淫荡、邪恶的妇女发出了声音，揭示了父权制、等级制和种族主义对女性的戕害。

　　第六节"玛丽（镜头2）"中的马利亚姆（Mariam）对应《圣经》中的圣母马利亚。在《圣经》中，圣母马利亚是一个圣处女，受圣灵感孕而生下耶稣，因此，在传统基督教教义中，圣母马利亚是上帝和耶稣之间的中介，具有神圣的品质，她谦卑、顺服、具有自我牺牲精神。《贝雷的咖啡馆》中的马利亚姆没有被任何男人碰过却怀有身孕，也应属圣灵感孕，但《贝雷的咖啡馆》中的马利亚姆彻底颠覆了《圣经》中的圣母形象。马利亚姆的族人是恪守宗教习俗的犹太人，他们认为，生下女婴的产妇是

---

① Gloria Naylor, *Bailey's Cafe*（Orland：Vintage Contemporaries，1992），p.125.

不洁净的，必须独处净身；已婚女人也是不洁净的，因此不能靠近神像；女孩只有实施了割礼才是贞洁的。按照族人的习俗，他们对马利亚姆实施了"女性割礼"。所谓女性割礼，即将女性的生殖器官用刺槐刺穿，用线缝合起来，然后插入一个小细管进行排尿，目的是防止女性性交，确保女性的贞洁。① 但是具有讽刺意义的是，被实施女性割礼的马利亚姆在不久后怀孕了。当族长审判马利亚姆孩子的父亲是谁时，马利亚姆却一再说"没有男人碰过我"②。《圣经》中受圣灵感孕生下耶稣的马利亚被当作圣母崇拜，而没有被男人碰过就怀孕的马利亚姆被当作荡妇被审判、被驱逐，通过马利亚姆的形象，内勒揭示了父权制社会的虚伪以及对妇女态度上的悖论。

通过重新改写父权制叙事下的圣经女性，内勒从美国黑人女性视角重新阐释了被传统社会定义为"娼妓"的女子。

2. 当代美国黑人妇女新形象——黑莉莉丝

针对美国传统社会强加给美国黑人女性的"孩子气""女孩气""轻佻"等刻板烙印，艾丽斯·沃克首先从理论上进行颠覆。她将妇女主义者描述成"负责任""严肃"，并根据舞蹈、音乐、月亮、精神、爱情、圆、斗争、传说等定义美国黑人女性的爱，进而确认了美国黑人女性用以表达她们人性的文化因素。同时，艾丽斯·沃克还在自己的作品中塑造了当代美国黑人女性的新形象。

在《紫色》中，耐蒂是一个漂亮、有文化、有见识的黑人女性，敢于与命运抗争。她在姐姐出嫁后逃出继父的魔爪，但不幸又进入新的虎穴，面对姐夫的骚扰，她毅然反抗以至于被姐夫赶出家门。她隐姓埋名，到非洲传教，并将自己在非洲的见闻和感受写信告诉姐姐西丽亚，鼓励西丽亚学习文化，认识自我。实际上，早在西丽亚和艾伯特结婚不久，耐蒂就告诉西丽亚！"你得斗争。你得斗争。"（第 17 页）可以说，耐蒂是西丽亚的精神依靠和灵魂导师。索菲亚是小说中最具有反抗精神

---

① Gloria Naylor, *Bailey's Cafe* (Orland: Vintage Contemporaries, 1992), pp. 151–152.

② Ibid., p. 134.

的黑人女性。正像她自己所说的，索菲亚一出生就在和别人打架，她从小和自己的兄弟、父亲抗争，结婚后还和自己的丈夫抗争，后来和歧视自己的白人打，尽管她总是被打得头破血流，但从没有放弃过抗争。她自己不但和压迫她的一些势力斗争，还鼓动西丽亚"应该把某某先生的脑袋打开花""然后再想天堂的事情"（第 39 页）。索菲亚建议西丽亚加入到清算父权制神学的工作之中。如前所述，正是索菲亚的抗争行为，为西丽亚提供了另外一种生活的可能，唤醒了西丽亚对忽视了很久的世界的感知力，使她感受到自己的软弱，使她认识到必须依靠自己才能拯救自己。

　　小说中最具有叛逆精神是萨格，这是一个魔鬼一样的女性，是黑"莉莉丝"。她随心所欲，为所欲为，本来有自己的家庭，却公然做一个有妇之夫的情人。她衣着时髦，在乡间巡回演出布鲁斯，言行粗鲁、放荡。最初，西丽亚也认为她很坏，"她只是病了。病得比我见过的都要厉害。她比我妈妈临死时病得还厉害。但她比我妈妈邪恶"（第 43 页）。但就是这个像恶魔一样的女性，开始真心关心起西丽亚，让西丽亚感受了从未感受过的温暖，而且萨格通过引导西丽亚认识自己的身体，帮助她找回失落的自我。萨格还帮助西丽亚找到了被艾伯特藏匿多年的耐蒂的来信，告诉西丽亚和男人斗争。正是在萨格的启发和引导下，西丽亚终于打破多年的沉默，打破自己编织的藩篱，重新思考生活，重新做人。与艾丽斯·沃克几乎同时，玛雅·安吉洛、托妮·莫里森、格洛里亚·内勒等一大批当代美国黑人女作家表现了新时代语境下的美国黑人女性新形象。

　　玛雅·安吉洛的自传体小说《我知道笼中鸟为何歌唱》（*I Know Why the Caged Bird Sings*，1969）描写了一个不甘于被命运打败、顽强奋斗的南方黑人女孩形象。正如《圣经》中的莉莉丝对亚当和上帝权威的反抗，小说中女主人公的反抗和叛逆首先体现在对白人主人命名的反抗上。命名体现了权力，在蓄奴制度时代，黑奴没有名字，由白人奴隶主命名。安吉洛描写了白人主人对奴仆的命名。10 岁时，小说中的女孩到一个白人女人家做奴仆，女主人嫌她的名字玛格丽特太长，擅自将她的名字改为玛丽，但与一般奴仆不同的是，当女主人喊她的新名字时，她怒目而视，并故意打碎了女主人心爱的盘子以示警告。安吉洛认为，自我命名是黑人女性主体意识的体现，是极为重要的：

> 我认识的每一个人都对"不以本名相称"的做法怀有极端的恐惧，对黑人想叫什么就叫什么，会被简单地理解为侮辱，这是因为几个世纪以来他们一直被叫作黑鬼、黑家伙、脏鬼、黑鸟、乌鸦、擦鞋的、鬼怪。①

托妮·莫里森也刻画了一系列大胆、叛逆、追求自我的美国黑人女性形象。《秀拉》中的外祖母夏娃、母亲汉娜、女儿秀拉都具有莉莉丝般的叛逆精神。祖母夏娃在被丈夫遗弃后，为了养活几个孩子，毅然将孩子托付给邻居后离家挣钱，用一条腿换来了3个孩子的生活，并在木匠路上盖了一座大房子，收养了3个弃儿，并按照自己的意愿为3个小孩起了相同的名字。这表明夏娃的权利不仅仅局限在命名自我、追求自我的范围。汉娜也是一个放荡不羁、不拘一格的女性。她有很多情人，尽情地享受性的愉悦。秀拉充分继承了外祖母和母亲的叛逆精神，大胆追求自我。再次回到梅德林镇后，秀拉无视道德和习俗，尽量多地和男人睡觉，连自己闺蜜的丈夫也不放过。对于梅德林人而言，秀拉一度如同人人避之唯恐不及的莉莉丝。与这3个女性相似，《天堂》中女修道院中的女人们《爱》中的克里斯蒂等也都属于追求女性主体意识的莉莉丝式女性。格洛里亚·内勒在《布鲁斯特的女人们》《妈妈·戴》《贝雷的咖啡馆》等作品中同样也塑造了一系列具有主体意识的现代黑人女性形象。

总体而言，当代美国黑人女作家从自我经验出发，描写了一系列追求女性主体意识的当代美国黑人女性形象，颠覆了传统文学中美国黑人呆板的文学形象，建构了当代美国黑人女性的价值观。

---

① 玛雅·安吉洛：《我知道笼中鸟为什么歌唱》，杨玉功、陈延军译，十月文艺出版社2000年版，第112页。

第五章

当代美国黑人女作家的救赎观

《创世记》中所描写的伊甸园虽然因人类始祖对上帝的背叛而永远失去了，或者说它根本就不存在，而是人类自我安慰的一个梦想，但是，它作为一种象征，早已成为人们心中的明灯，指引着人们无限地接近它。加拿大学者诺思洛普·弗莱对人类所具有的伊甸园情结的论述，具有广泛意义。他指出，从公元早期的几个世纪至少到18世纪之末为止，西方人广泛认为宇宙分为4个层面，用图表示为①：

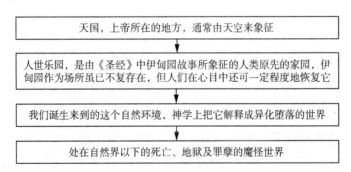

弗莱认为，人类既然诞生在第三层面即物质世界，他们一生下来便

---

① 图表来自诺思洛普·弗莱《神力的语言——"〈圣经〉与文学"研究续编》，吴持哲译，社会科学文献出版社2004年版，第187页。

会受到一种道德辩证法的支配，奋发向上，尽可能地回到自己原先的家园。① 在美国黑人那里，"天堂"常指"家"，"家"则指遥远的非洲，"地狱"则指美国南方种植园和加勒比地区，"进入天堂"意味着返回到社团、亲密和完整的状态。但问题是，人类怎样才能从苦难重重的自然世界达到彼岸的天堂呢？依靠自己还是移开自我之外的他人力量？这是一个关于救赎论的问题。当代美国黑人女作家通过文学作品艺术地表达了她们的救赎观念。

第一节　救赎观

在基督教教义中，救赎论与神义论、罪论紧密相连，它们一起构成了基督教教义的主干，也是基督教特有的观念。罪是否定性因素，正是因为人人都有罪，才需要赎罪，而只有赎了罪才有被拯救的希望，才能与上帝重归于好，才能得到永世的快乐。从神学角度看，救赎体现了上帝的公义，从世俗角度上看，救赎体现了人类对完满人性的渴求，是人类对无限、至高、至善予以追求的体现。

一　基督教的救赎论

基督教的救赎论分为两个部分，首先是通过付出代价而赎罪，即赎罪论；其次是上帝的恩典与拯救，即救赎论。赎罪论由来已久，《圣经·旧约》中有很多记载，犹太人每年在逾越节时献上没有瑕疵的羔羊做赎罪祭，他们认为以羔羊为代价就能得到上帝的宽恕，罪就能得到赦免。《新约》中，人类用以赎罪所付出的代价是耶稣。《新约》中的使徒保罗将耶稣比作犹太人在每年逾越节上都会献祭的羔羊，并解释了耶稣的死如何赎了世人的罪：耶稣的传道生涯是与各种罪恶权势斗争的过程，他虽然死了，但最终复活了，他的复活表明他最终战胜了罪恶，由于他是上帝的道

---

① 诺思洛普·弗莱：《神力的语言——"〈圣经〉与文学"研究续编》，吴持哲译，社会科学文献出版社 2004 年版，第 187 页。

成肉身，本身是无罪的，因此，耶稣一人的死就为世人赎了罪。在保罗神学的基础上，大贵格利对赎罪的论述成为"古代拉丁神父论赎罪的大成"，他的主要思想为：

> 人在罪恶与死亡的辖制下，自甘堕落，唯有代替的牺牲才能除掉这样的罪。但是到哪里去找这祭牲呢？牛羊是派不上用场的，那就只有人才行，可是找不到没有罪的人啊，因此神的儿子道成了肉身，取了人性，但却没有人的罪。那无罪者为我们成为祭牲，由于他的人性才能视为牺牲者，并借着他的义才能够使我们得洁净。他为我们偿付了不是他所应当得的死债，所以我们应当受的死不至于伤害我们。①

这种思想成为教父时代赎罪论的主要代表，但是在后来人们进一步提出了一些质疑，如上帝为什么不用他无所不能的大能力，就像创造天地万物时那样容易的力量来拯救人呢？既然上帝是慈悲的，他为什么不直接赦免人的罪呢？于是，赎罪论又与神义论问题联系在一起。以托马斯·阿奎那为代表的中世纪经院哲学家、神学家绕开神义论的难题提出，"世人的救赎并非绝对必须，因为神可以让人类在他们的罪中灭亡"，而且上帝"不要求任何适当的补偿也能救赎人类"，但是上帝一定要他的儿子道成肉身来作为补偿，则是因为人类犯了罪，其创造者本身"是受害的一方"，他甘愿自我牺牲，以"保全他的慈爱与公义，同时确保二者得到最大的彰显"②。可见，中世纪经院哲学家、神学家将赎罪看作上帝自己的意旨，与人类的活动无关。

宗教改革时期，基督教神学家通过对罪的重新界定来论述赎罪的必要性，如神学家安瑟论认为，罪在根本上是侵犯了上帝的荣耀，违反了上帝的律法，因此，基督的赎罪乃是一种刑罚性的赎罪。这样一来，赎罪就从

---

① 伯克富：《基督教教义史》，赵中辉译，宗教文化出版社 2005 年版，第 146 页。
② 同上书，第 154 页。

私人权利的范畴中，被提到公共的律法范围内。

总之，经过历代基督教神父的论述，基督教形成了比较系统的赎罪论，即亚当、夏娃违反了上帝的律法，受到魔鬼的辖制堕落并犯了罪，上帝为了赎回人类，彰显他的仁慈与公义，派来了他的独生子耶稣代替人类被钉十字架，耶稣一人承担了世人的罪恶。换句话说，赎罪论的核心就是人若犯了罪，要通过刑罚、付出代价才能赎去所犯的罪。

拯救与赎罪相伴，并且拯救论体现了上帝的仁爱，拯救是上帝对人类的恩典。为了得到上帝的爱和恩典，基督徒一方面要借着信仰得到上帝的认可，另一方面要不断地忏悔自己的罪孽、不断地完善自己的品德感染上帝，进而得到上帝的拯救。

在基督教神学家看来，悔改和对上帝的信心是得到上帝拯救的前提条件。所谓"悔改"，在《圣经》中主要指"内在的行动"，是为罪所产生的忧伤痛恨之心，后来罗马教会将"悔改"的观念变为外在的形式，即"忏悔礼"。在基督教神学汇总，所谓"信心"，有两层含义：一是指对上帝真实的接受、相信，二是指对上帝救恩的相信；基督教由此形成了"因信称义"说。

就人类是否都能得救即得救的范围而言，自古以来，基督教形成 3 种主要观点：第一种是普救论，此论认为基督是为全人类而死（因神爱世人），所以最终全人类必然在今生或来世得到上帝的拯救，持这种观点的主要是普世神学（ecumenical theology）。① 第二种是信而得救论，此说认为耶稣基督是为全人类而死，但因大部分人对神缺少信心，因此只有少数对神有信心的人才能得救，持这种观点的主要是亚美纽斯主义（Arminianism）。② 第三种是拣选论，此论认为，耶稣基督只为那些蒙神预先拣选的人而死，故只有他们才会得救，因此，此说亦被称为"有限救赎论"（Limited Atonement）或"特别救赎论"（Particular Redemption），持这种

---

① 基督教系统神学的一个分支学科，专门研究基督教不同教派之间的合一和统一的努力及与之相关的神学问题，主要目标是寻求基督教各个宗派之间的共性。

② 主要以 16 世纪荷兰神学家亚米纽斯（Jacobus Arminius）的神学思想为中心。

观点的主要是加尔文神学。① 但是，无论哪一种拯救论，都不是人类主动完成的，是上帝的怜悯和恩典，因此是被动的。

总之，在传统的基督教神学中，救赎和创世一样，是上帝最伟大的工程，它体现了上帝的公义。

二 美国黑人的救赎论

对于长期处在种族歧视、贫穷与苦难中的美国黑人来主说，他们比任何民族的人、处在任何状态下的人都更需要救赎。长期以来，美国黑人形成了自己独特的救赎论。他们将自己的苦难看作"救赎性受难"，上帝让美国黑人承受种种苦难，是为了考验他们，上帝必将像拯救犹太人脱离埃及人的奴役一样，必将拯救他们。

随着美国黑人处境的变化，他们对受难和救赎的认识也在不断发展变化。20 世纪中期，黑人神学家本杰明·梅斯（Benjamin Mays）在其著作《黑人的上帝——以黑人文学中呈现的上帝为例》（*The Negro's God：As Reflected in His Literature*，1969）中概括了美国黑人救赎观的变化历程，他指出，美国黑人的救赎观经历了 3 个阶段的发展过程：第一个阶段是 1760 年至 1860 年，此时，美国黑人主要将上帝的工作看作"解放"，将黑人追求自由的斗争看作以色列人脱离埃及人奴役的斗争，上帝对美国黑人的福音是解放他们；第二个阶段是 1865 年至 1914 年，此时美国奴隶制被废除，但是，如同脱离埃及人奴役后的以色列人仍然四处漂泊一样，被解放的黑人仍然受到的种族的歧视，因此，此时的美国黑人看不到拯救的希望，美国黑人不再将上帝看作是自由和正义的来源。第三个阶段是 1914

---

① 主要指以 16 世纪荷兰神学家加尔文（John Calvin）开创的改革宗教派的神学思想。其思想主要体现为 5 项要点：第一，"全然败坏"——因为亚当堕落的缘故，全人类都有罪；人本身没有能力自救。第二，"无条件的挑选"——因为人人都已经有罪，他没有能力主动回应神，因此，神从亘古就已经拣选了一些人得救；拣选和预定都是无条件的，这不是基于人的回应。第三，"无限的赎罪"——因为神决定了某些人得救（这是神无条件拣选的结果），他就决定基督需要为被拣选的人受死；所有蒙拣选及基督为他而死的人，将要得救。第四，"不能抗拒的恩典"——那些蒙拣选及基督为他而死的人，神会透过不能抗拒的恩典，引他归向自己；当神呼召，人就做出回应。第五，"圣徒蒙保守"——神所拣选及透过圣灵引领归向他的人，都会持守信仰；没有一个被神拣选的人会失落，他们都是永远稳妥的。

年以后至本杰明发表论著的 20 世纪 60 年代，美国黑人认为，上帝要对尘世的受难进行补偿，受难的黑人一定会过上好的生活。本杰明的划分和概括虽然不一定准确，但是从某种角度反映出美国黑人对救赎的认识是与自身处境紧密联系在一起的，是发展变化的。

20 世纪 60 年代以来，随着黑人解放神学和妇女主义神学的兴起，美国黑人重新认识了基督教的救赎论。我们知道，黑人解放神学和妇女主义神学都否定了基督教的原罪论，既然美国黑人不承认原罪，他们就无须赎罪，因此，黑人解放神学和妇女主义神学都否定了赎罪论。但为了建立一种积极的神学对比评，以及鉴于美国黑人一直处在苦难中，他们首先对美国黑人的受难进行了神学批评。其中，最具有代表性的神学家是安东尼·平。平指出，"受难是错误的，而且它完全是人类不良行为的结果。受难是邪恶的，而且必须结束；接触它和忍受它不会带来任何好处。……受难没有救赎的品质"，"胜利不是因为受难或通过受难而赢得的，是因为不顾及受难才赢得的"。① 在否定了美国黑人对受难的消极思想以后，黑人解放神学和妇女主义神学绕过赎罪论，直接讨论拯救论。

黑人解放神学从社会学出发，提出了"解放的拯救论"，将耶稣看作"一个政治的弥赛亚或解放者，同时也是精神的治愈者"②，耶稣被钉十字架，这表明上帝与受压迫者的身份出现，并与受压迫者团结在一起，因此，美国黑人团结一致就是与上帝团结一致，就能够获得解放，解放就是得拯救：

> 黑人神学家必须拒绝任何窒息黑人做自我主张的权利的想法，我们不要把上帝看作是（代表）所有人的上帝。上帝是与受迫害者认同的上帝，他们受苦的经验就成了上帝本身的经验。若非如此，上帝就是同情种族歧视……所谓上帝是"黑皮肤"，指的是上帝把被压制的景况，

---

① 安东尼·平：《上帝，为什么？黑人·苦难·恶》，周辉译，（香港）道风书社 2005 年版，第 157—158 页。

② James H. Evans, Jr., *We Have Been Believers: An African-American Systematic Theology* (Minneapolis: Fortress, 1992), p. 97.

当作是自己被压制。这就是《圣经》的启示，上帝把受欺压的以色列民当作自己的选民，上帝也借着耶稣基督成为一个被欺压者。人类应当认识，在我们的屈辱和受苦中，上帝拯救的心就显明出来了……解放得自由并不是一个事后回顾的想法，而是上帝一向活动的中心。①

以威廉姆斯为代表的妇女主义神学家从性别出发，提出了"旷野救赎论"和"存活救赎论"。和黑人解放神学家一样，威廉姆斯也批判了基督教的赎罪论，她认为赎罪就是对长期处在受压迫状态的认可，使暴力神圣化。② 在批判了基督教的赎罪论之后，威廉姆斯提出了她的救赎论。她注意到《创世记》中亚伯拉罕的奴婢夏甲被主人赶出家门后在旷野受难，同时，《新约》中也记载了耶稣在旷野中受到魔鬼的引诱，通过比较这两件事，并结合美国黑人女性的经历，威廉姆斯认为，"耶稣被钉十字架的行为并不是征服了罪，而耶稣在旷野中抵抗魔鬼的引诱的行为才是征服了罪——引诱之罪"，因此，"复活的耶稣为美国黑人妇女提供了一种在苦难中生存下来的范例"③，即"旷野救赎论"。美国黑人女性常常以《圣经》中的夏甲自喻，奴婢夏甲被主人亚伯拉罕逐出家门后，和她的儿子以实玛利在旷野中相互帮助，寻求存活的资源，由此威廉姆斯认为，对于旷野中的夏甲和以实玛利而言，生存，而非解放，才是上帝对被压迫者的承诺，从而提出了"存活救赎论"。

总之，无论是黑人解放神学提出的通过团结获得解放的"解放救赎论"，还是妇女主义神学的"旷野救赎论"或"存活救赎论"，它们都强调救赎的力量不是来自上帝，更多的是来自个人的努力和社团的团结。这是美国黑人在长期的被压迫的生活中形成的独特的救赎观，同样，美国黑人女作家也具有这样的救赎观。如前所述，由于当代美国黑人女作家否定

---

① 参见哼小调的哈比人的博客《美国黑人解放神学与其他》，http://blog.sina.com.cn/s/blog_ 4a9c4a4f0100bovw.html。

② Delores S. Williams, *Sisters in the Wilderness: The Challenge of Womanist God-Talk* (Maryknoll, New York: Orbis Books, 1993), pp. 162 – 164.

③ Ibid., pp. 166, 198.

了上帝的大爱与正义，否定了美国黑人女性的悲惨遭遇是"犯"了"原罪"的结果，因此，她们自然不认可传统基督教的救赎论。但是，由于美国黑人女性在成长过程中会出现黑人身份迷失和黑人妇女身份迷失这样的美国黑人性之罪，因此，美国黑人女性的成长和救赎成为她们关注的焦点，她们对美国黑人女的性救赎之路的探讨形成了她们的救赎观。

第二节　当代美国黑人女作家的救赎观

在当代美国黑人作家笔下，美国黑人女性的救赎之路经历了不同的过程，进过艰难探索，终于形成了属于美国黑人女性自己的拯救道路，大致有以下 3 条进路：

一　自我拯救

与基督教被动的救赎观不同，当代美国黑人女作家一直以来都主张她们的拯救绝不会来自上帝，也绝不会由他人施舍，而是由自己主动获取。只有自己主动争取，才能获得拯救。

她们对自我拯救道路的确认是在消极等待导致了失败的经验基础上进行的。她们也曾一度虔诚地祈祷上帝的恩惠，但是对苦难沉默的上帝从来都没有眷顾过她们。在艾丽斯·沃克的《紫色》中，西丽亚也曾寄希望于上帝的拯救，她虔诚地向上帝祈祷，不停地给上帝写信，但是她持续不断地给上帝写了 55 封信，上帝仍然没有拯救她。在托妮·莫里森的《最蓝的眼睛》中，12 岁的佩科拉每晚都向上帝祷告，盼望上帝能够眷顾她，给她一双最蓝的眼睛，但上帝自始至终都没有来拯救她。这些失败的经验告诉美国黑人女性，必须通过自己亲自去寻找，水才能出现，希望才能有，拯救才能实现。

美国黑人女性常以《圣经》中的夏甲进行自我指称。正因为夏甲的埃及种族身份，她受到异族男人亚伯拉罕和异族女人撒拉的迫害和流放，但对于美国黑人女性而言，夏甲的意义在于她在被驱逐的苦难旷野中听到了上帝的声音：

　　当黑人妇女基督徒及其家庭陷入严重的社会和经济困境时，她们相信上帝会帮助她们从没有路的地方找到出路。当夏甲和以实玛利被赶出亚伯拉罕的家，没有食物和水，在荒野上漂泊的时候，上帝也正是这样做的。上帝开启了夏甲的眼睛，她看见了以前从未见过的水泉。在贫穷的美国黑人妇女之生存斗争的语境里，这又可以表述成上帝给夏甲（也可读作美国黑人妇女）提供了在她以前什么也看不见的地方看见生存资源的新视野。①

　　但是，上帝开启了夏甲的眼睛，并不意味着拯救了夏甲。上帝只是让夏甲存活下来，并不是要解放她。妇女主义神学家的认识代表了大多数美国黑人女性的观点："夏甲的故事中的解放不是上帝给的，它是在人类的主动中找到资源。"②

　　艾丽斯·沃克《紫色》中的西丽亚在对上帝的拯救无望后，开始了自我拯救。她与索菲亚、萨格一起缝被子，这表明西丽亚主动融入生活中，与姐妹们建立了女性情谊，同时对平等的婚姻生活、社会生活充满了期待。小说中典型体现西丽亚完成自我救赎的情节是她离开家庭到孟菲斯建立自己的"大众裤子非有限公司"。在这里，"裤子"具有特殊的象征意义，"裤子"本是男人的衣物，是男性的象征，女人穿上了本来属于男人的裤子，这一情节显然有着消解两性界限的寓意，象征着男女平等。同时，西丽亚通过建立自己的公司，获得了经济独立，成为一个不受父权制规范约束的独立自主的女性。因此，西丽亚最终"在自我独立的活动与提升的能力中造就了一个全新的自我"③。

　　除了艾丽斯·沃克外，在当代美国黑人女作家中，探索黑人女性的自

---

①　Delores Williams, *Sisters in the Wilderness：The Challenge of Womanist God-Talk*（Maryknoll, N. Y. : Orbis Books, 1993），p. 198, 该部分的翻译参见安东尼·平《上帝，为甚么？——黑人·苦难·恶》，周辉译，（香港）道风书社 2005 年版，第 160 页。

②　Delores Williams, *Sisters in the Wilderness：The Challenge of Womanist God-Talk*（Maryknoll, N. Y. : Orbis Books, 1993），p. 5.

③　龚云霞：《"骡子"的救赎之舟——试析〈紫色〉中美国黑人妇女的自我解放》，《华南理工大学学报》（社会科学版）2008 年第 2 期。

我救赎最多的当属托妮·莫里森。在莫里森的所有小说中，对黑人女性自我救赎之路表现最集中最明显的当属《秀拉》和《宠儿》。

在《秀拉》中，秀拉及其母亲汉娜、祖母夏娃3代女性都是自我救赎的典范。祖母夏娃被好色、酗酒的丈夫殴打、虐待，最终还被抛弃。但被抛弃的夏娃并没有被打垮，没有一蹶不振。从此，"女人不可以完全依靠男人"就成了她的座右铭，她开始走上独立生活的道路。她把孩子托付给邻居，独自去外地为一家人讨生活，几个月后，她带着一笔钱回到了底层社区，却失去了一条腿，但从此几个孩子有了生存的依靠——房子、面包。虽然大家对夏娃失去的一条腿和拥有的钱财有很多猜测与疑问，但是夏娃凭借自己的努力与付出改变了自身的命运，把自己从苦难中解救出来，实现了自我救赎。夏娃在自己的房子里不但将自己的孩子养大成人，而且还收养了3个无家可归的孩子，并按照自己的意愿给这3个小孩起名字，她依靠自己生活，她像上帝一样创造了她所生活的世界，创造了她的孩子，并给予他们生活的乐园，给他们命名。母亲汉娜同样按照自己的生活随心所欲，虽然也被丈夫抛弃了，但汉娜并没有被打倒，她不依靠他人，不期待救世主，而是依照自己的意愿生活。

在祖母、母亲的影响下，秀拉将自己看作上帝，认为一切都要靠自己。秀拉从小就意识到，在她所生活的社会里，只有自己才能拯救自己。从外祖母和母亲的婚姻中，秀拉看到了黑人男人的软弱与不可靠，黑人女人必须依靠自己。12岁时，当秀拉和好朋友奈尔在放学路上受到白人男孩的欺负时，秀拉果断地拿起水果刀自残手指以警示对方。童年的这些经历告诉秀拉，她的上帝就是她自己。正像基督经历了40天的旷野流浪并经受魔鬼的各种引诱一样，成年以后的秀拉离开家乡，独自一人到外面的世界去闯荡，也努力追求爱情。但是，她发现她的恋人们并不能理解她，每当她向男性表达自己的思想时，他们总是充耳不闻，他们并不能给她任何情感上的慰藉和生活上的帮助。通过自己亲身经验，秀拉再一次认识到"世上没有你可指望的人"①，只有依靠自己。秀拉经过一段时间的漂泊再

---

① 托妮·莫里森：《最蓝的眼睛·秀拉》，胡允桓译，南海出版社2005年版，第219页。

次回到了她成长的社区，她的祖母希望她能像社区里的其他女人一样结婚生子，但这不是秀拉想要的生活，她不愿意接受被安排的生活，她做出了反抗。秀拉说："我不想造就什么人，我只想造就我自己。"（第199页）正如秀拉在临死前对自己说的，和美国任何一个有色女性相比，"她们是像树桩一样等死，而我，我像红杉树那样等死。我敢说我确实在这个世界上生活过"（第236页），秀拉是一个敢于与传统做斗争的女性，她想要突破传统思维的束缚，她不想做一个依附于男人的女人，不愿意接受命运的安排，她一生都在努力改变自己的命运，都在追寻自我救赎，直至付出生命。但是，正如秀拉有时候也曾意识到"有时候连自己也靠不住"（第219页），以自己为上帝的秀拉并没有拯救自己，她离开了人世。但秀拉的勇气和信念鼓舞着她的同胞。很多年后，秀拉的好友奈尔终于认识到秀拉的意义，找到了少女时代失去的自我意识。奈尔在秀拉的墓前倾诉自己对秀拉的思念，痛哭自己多年来的失落。奈尔的醒悟预示着在社区中将有越来越多的黑人女性像秀拉、奈尔一样踏上寻求自我的征途。

除了《秀拉》，托尼·莫里森的另一部作品《宠儿》对女性的自我救赎表现得也是比较明显的。

在《宠儿》中，塞丝无意间听到"学校老师"与学生讨论自己身上的动物属性，发现自己被当作动物看待，从那时起她的自我意识就开始觉醒，意识到只有自己才能救赎自我。她开始走向了一条艰辛的却是自我救赎的道路。她先把孩子偷偷送出庄园，以使孩子摆脱无止境的奴隶生活。她自己在出逃时还怀有身孕，在林间产下一名女婴，忍受着分娩后的痛苦和脚部的疼痛，她依旧勇敢向前，最终依靠顽强的毅力逃到辛辛那提。可是在刚度过了28天自由、自主的生活，奴隶主"学校老师"带人追来，刚刚尝过自由生活的塞丝绝不愿孩子被带去继续做奴隶，长大后像她一样忍受"学校老师"灭绝人性的虐待凌辱，并且她认为能够让孩子免受奴役的地方就是天堂，于是她亲手割断了一岁多的大女儿的喉咙。塞丝不愿意接受做奴隶的命运，也不想让孩子沦为奴隶。她想摆脱做奴隶的命运，想要拯救自我，拯救孩子。塞丝用坚定的意志以及不懈的行动，宁愿自毁身体来维护尊严。但是，塞丝付出的代价是极其沉重的，从此她心里笼罩着浓郁的罪感意识，这种罪感意识深深影响了她的生活，最终，塞丝在亲人、社区群众的帮助下，走出了这一阴影，最终实现了自我救赎。

因此，可以看到，《宠儿》与《秀拉》这两部小说都集中体现了女性的自我救赎，但是两者又有区别。一是《秀拉》主要是探索黑人女性在性别上的自我救赎。秀拉认为男性无法满足自己的心理需求，不愿意被男人控制，接受结婚生子的命运安排。她接二连三地换男人，随意与他们同床，却不结婚，与传统的道德思想做斗争。而《宠儿》是探索黑人女性在种族歧视和性别歧视的双重压迫下的救赎之路。塞丝想要摆脱奴隶的命运，但并不把希望全部寄托在丈夫黑尔身上，而是凭借自身的行动把孩子送出去，再自己逃出去。事实也证明了塞丝的选择是正确的。塞丝用自身的行动使自己和孩子摆脱了做奴隶的命运，从苦难中解放出来，并试图拯救自我。二是《宠儿》中塞丝的自我救赎可以说是对《秀拉》中秀拉的自我救赎精神的发展。秀拉的自救精神无疑给忍让顺从、忍辱负重的美国黑人打了一针强心剂，但是秀拉的悲剧表明秀拉以个人的力量终究敌不过保守落后的黑人社区，同时也说明秀拉脱离了社区，而没有社区的支持，自我的拯救道路必然是走不远的。而塞丝的救赎恰恰是体现了他人的力量和社区的力量。由此，我们可知，当代美国黑人女作家主张内外结合的拯救方式，即自我与社区甚至社区以外的一切积极力量相结合。

但是，对于美国黑人女性来说，来自他人的力量真的能救赎她们？社区中哪些人可以帮助她们、拯救她们？黑人男人可靠吗？正如女性主义神学家所质疑的，一个男性的基督能够拯救女性吗？① 和保守的女性主义神

---

① 萝特在《性别主义与言说上帝》一书中提出：一个男性的救赎者是否能拯救妇女？但对于萝特而言，答案显然是肯定的。她说："从神学意义来说，我们可以说耶稣的男性位格没有什么意义。"因为在她看来，耶稣超越男性身份宣告消除等级制度，"并在自己人格里寻求一种服侍和相互的新人性"。See Rosemary Radford Ruether, *Sexism and God-Talk*: *Toward a Feminist Theology* (Boston: Beacon, 1983), pp. 116 – 138. 中文译著参见萝特《性别主义与言说上帝》，杨克勤、梁淑贞译，（香港）汉语基督教文化研究所有限公司 2004 年版，第 132—153 页。

学家犹豫不决甚至肯定的回答不同，美国黑人女作家大都认为，在生活中经常缺席的黑人男性难以拯救苦难中的黑人女性，除了自我救赎以外，美国黑人女性更多地还要依靠黑人女性自己，即母爱的力量和姐妹情谊。

二　母爱救赎

对于女性主义者而言，母亲是一个具有悖论性的形象，母爱也是一把双刃剑。一方面，母亲具有创造、生育、抚养、慈爱等品质和特点；另一方面，母亲由于具有女性的性别身份，这就使得母亲身上所承载的文化功能极其复杂。在传统社会里，身为女人的母亲，因其独特的养育身份逃避了父权制社会对女性的谴责，反而成为父权制社会崇拜的对象。基督教文化中的圣母马利亚折射了西方文化对母亲的崇拜意识，是对西方社会中的圣母形象的集中体现。显而易见，基督教对圣母马利亚的崇拜是对地球母亲和生育女神崇拜的延续。但是在基督教文化中，作为耶稣母亲的马利亚，和耶稣一样经历了由普通凡人到神化圣人的过程。在 4 部福音书中，耶稣的母亲马利亚并没有因为生了神子而自己成圣，她不但出身贫寒——出生并生活在巴勒斯坦加利利山南坡的小镇拿撒勒，而且还表现的似乎有点无知，如对上帝的使命——未婚生子耶稣一点也不理解，对自己儿子耶稣的很多行为也不能理解①，所以"在福音书中，耶稣的母亲马利亚完全是一个世俗母亲的形象"②。

随着耶稣被神化，耶稣之母马利亚的地位也受到早期教父们的注意。然而女人夏娃在早期教父看来简直就是一个十恶不赦的罪人，是她背叛上帝而导致人类陷入苦难，女人也因此受到诅咒。而如何看待具有女人之身的耶稣之母马利亚？面对马利亚兼具母亲身份与女性身份这一事实，早期教父们首先以二元对立思维模式将夏娃和马利亚作为相互对立的双方，痛

---

①　如《约翰福音》第 2 章 1—14 节记载，耶稣和母亲同去参加一个婚宴，席间，酒用完了，马利亚就对耶稣说："他们没有酒了。"这时她却遭到耶稣的呵斥，并称马利亚为"妇人"："妇人，我与你有什么相干？我的时候还没有到。"

②　刘文明：《上帝与女性——传统基督教文化视野中的西方女性》，武汉大学出版社 2003 年版，第 183 页。

斥夏娃的堕落，讴歌马利亚的纯洁。教父们认为，马利亚由于其贞洁的生活和对上帝的顺服，以及她怀圣灵生耶稣这一上帝赋予她的使命，已使她免除了夏娃给人类带来的罪孽，而成了人类救赎的起点，因此，她是堕落了的人类与上帝之间相互联系的桥梁。①

　　马利亚形象在基督教教义中逐渐受到重视。431 年的以弗所宗教会议确立马利亚为"圣母"（Mary Mother of God，Theotokos，God-bearer）。而关于马利亚的"永恒童贞女"概念，则是在 649 年举行的拉特兰会议上由马丁一世主教提出，他认为马利亚在耶稣出生前和出生后都是完美的，具有永恒处女身份。这样，教皇、红衣主教、牧师、神学家以及所有惧怕女性性能力和情感能力的人，堂而皇之地"切除"了马利亚身上的卵巢。马利亚逐渐成为所有女性的最高典范，成为超越于所有女性之上的圣母，成为所有男性和女性歌颂、崇拜的对象。马利亚身上综合了基督教给女性定义的所有品质：自我牺牲性的爱、性贞洁、谦卑、富有感情，所以，"马利亚体现了男性所定义的无限的女性气质、无性别的女人身份的荣耀"②。

　　围绕着圣母马利亚，学者们产生了两种截然不同的态度，一种认为马利亚是史前女神崇拜的残余，可以用来恢复和发扬女性崇拜的传统，如玛丽·达利认为"伟大的女神"已扮作马利亚，目的是把人类从奴役状态中拯救出来。③ 戴维斯（Elizabeth Gould Davis）也在《第一性》中把马利亚看作"女性准则，复活的古代女神"④。另一种观点却认为，"马利亚学说不能成为妇女解放的象征，即使它保留有女性主义的意义，而这个女性主义是对大男子统治下的辅助补充"⑤，有学者还将马利亚看作一个废物，

① 刘文明：《上帝与女性——传统基督教文化视野中的西方女性》，武汉大学出版社 2003 年版，第 184 页。

② Barbara Hill Rigney, *Lilith's Daughters: Women and Religion in Contemporary Fiction* (Madison, Wisconsin: The University of Wisconsin Press, 1982), p. 36.

③ Mary Daly, *Beyond God the Father: toward of a Philosophy of Women's Liberation* (Boston: Beacon Press, 1973), p. 96.

④ 转引自 Barbara Hill Rigney, *Lilith's Daughters: Women and Religion in Contemporary Fiction* (Madison, Wisconsin: The University of Wisconsin, 1982), p. 48。

⑤ 这是萝特的观点，转引自 Barbara Hill Rigney, *Lilith's Daughters: Women and Religion in Contemporary Fiction* (Madison, Wisconsin: The University of Wisconsin, 1982), p. 48。

认为"她的神话所描写的现实是超现实,她所确信的道义符码已经被抽空"①。这两种观点对马利亚要么顶礼膜拜,要么彻底抛弃。

与此不同,当代美国黑人女作家却从自身处境出发,首先审视和批判了母亲身上的糟粕,如托妮·莫里森在《最蓝的眼睛》中对小女孩佩科拉的母亲波莉进行了批判,波莉背弃种族文化、歧视自己的孩子、崇尚白人文化,她既遗弃了黑人身份,也遗弃了黑人女性身份,更迷失了母亲身份,这样一个"文化精神分裂者"不但没有保护女儿,而且酿成了女儿的悲剧。但是,这类母亲属于遗失了母亲身份的女性,算不上是称职的母亲,也就谈不上母爱。这样的母亲不是当代美国黑人女作家描写的主题,当代美国黑人女作家描写了一系列具有大母爱精神的母亲形象,高度赞扬她们身上的大母爱精神,并将这种大母爱精神看作黑人得以延续、发展、拯救的重要力量。

如前所述,托妮·莫里森在《宠儿》中展现了一种极端的,但也是大无畏的母爱。在塞丝看来,将女儿杀死是对女儿的保护和救赎,这是在特定时代、特定情境下的唯一选择。同样,这种极端的母亲救赎在莫里森的多部小说中出现。发表于2008年的小说《恩惠》因为延续了《宠儿》的反对蓄奴制的主题,因此被认为是《宠儿》姊妹篇,这部小说却将故事背景设在17世纪80年代美国贩奴运动刚刚开始之际,比《宠儿》的故事背景还要早200年,因此被称为《宠儿》的前奏。实际上,《恩惠》这部小说不但继续并深化了《宠儿》中的反奴役的主题,而且同样探讨了一种极端的母爱。和《宠儿》中塞丝杀女以保护女儿不再成为奴隶的行为一样,《恩惠》这部小说再现了类似的情节。小说中,最悲情的场面是一个黑人母亲跪在地上,乞求买者带走自己的女儿。这个女儿叫作弗洛伦斯,当年被母亲卖掉时只有8岁,但对这一幕记忆深刻,由此对母亲产生了深深的不解和怨恨,以至于连做梦都不愿意梦到母亲,她说:"比起悯哈妹和她的小男孩站在近旁,这算是一个不错的梦了。在那些梦里,她总是想要告

---

① 这是学者沃娜(Marina Warner)的观点。转引自 Barbara Hill Rigney, *Lilith's Daughters*: *Women and Religion in Contemporary Fiction* (Madison, Wisconsin: The University of Wisconsin, 1982), p. 48。

诉我些什么。她拉长眼睛，使劲动着嘴，而我把目光从她身上移开。接着，我便沉沉地睡去了。"① 小说结尾，弗洛伦斯的母亲终于有机会开口了，她讲出了自己卖女儿的深层缘由和根本动机。在她看来，把女儿卖给雅各布，绝不是抛弃女儿，而是出于对女儿的爱和保护，因为她知道，"在这地方做女人，就是做一个永远长不上的裸口伤疤。即使结了疤，底下也永远生着脓"（第 180 页），她自己就是一个活生生的例子，她多次被买卖，被强行配对，为主人生育，根本不知道孩子的父亲是谁，她说："我不知道谁是你的爸爸。四下太黑，我看不清他们任何人。他们夜里来的，把我们三个，包括贝丝，带到了一个晾烟棚里。一个个黑影坐在桶上，然后站起来。他们说他们被要求强行进入我们。完全没有保护。"（第 180 页）她已经看到，已经逐渐长大的女儿在这里危险重重，她很清楚，"谁也不想要你的弟弟。我知道他们俩的口味。乳房提供的欢愉胜过其他更简单的东西"，而"你的乳房长得太快，已经被那块遮着你小女孩胸脯的布弄得不适。他们看到了，我看到他们看到了"（第 179 页）。作为一个母亲，她在连自己都保护不了的情况下只有尽可能、尽快地帮助女儿脱离这个魔窟，当她看到"那个高个子男人把你看成一个人的孩子，而不是八枚西班牙硬币"时，她觉得让这个人带走女儿是一个千载难逢的好机会，她一定要为女儿抓住，她"在他面前跪下"（第 184 页），并祈祷奇迹发生，当女儿被答应带走时，她突然感觉"这不是奇迹。不是上帝赐予的奇迹。这是一份恩惠"（第 184 页）。尤为重要的是，她是一个很有远见的母亲，她让女儿学习认字，希望"如果我们能以某种方式学习点儿字，有一天你可以走出一条你自己的道路"，因为她也按照神父的教导"叫我全新热爱上帝和耶稣基督；叫我为救赎祈祷"，但是她最终认识到，"接受支配他人的权利是一件难事；强行夺取支配他人的权利是一件错事；把自我的支配权交给他人是一件邪恶的事"（第 184 页），只有自己才能救赎自己，这就是她一直坚持要说的话，是一个黑人母亲对女儿的爱。

---

① 托妮·莫里森：《恩惠》，胡允桓译，南海出版社 2013 年版，第 113 页。以下引文均出自该书，不再一一标注，只在行文中标明页码。"悯哈妹"为葡萄牙语，意为"妈妈"。

艾丽斯·沃克在强烈的民族主义精神之下寻找母亲的花园，充分肯定黑人母亲的价值。她在《寻找我们母亲的花园：女性主义者的散文》中这样描述她的母亲：

　　她有一大堆孩子……她为我们缝制我们所穿的所有衣服，……她缝制我们要用的所有毛巾和床单。整个夏天都在腌制蔬菜和水果，整个冬天都在为我们缝制足够盖的被子……她没有一刻能坐下来不受干扰地想想自己的事情，她无时无刻不处在工作或她那众多的孩子要这要那的吵闹声中。①

沃克充分肯定了母亲的传统价值，并看到，母亲只有在她的花园里劳作着才是最美丽和最幸福的，母亲的花园蔓延了 3 个村庄，引来大批慕名者前来观看，花园里色彩斑斓的太阳花、牵牛花、玫瑰花、菊花……成为女性永远的隐喻。②

在托妮·莫里森的小说《最蓝的眼睛》《宠儿》《所罗门之歌》《秀拉》等中，父亲形象基本是缺席的，即使在场，也不是真正的主角，母亲在家庭和社会中起着重要作用，尤其祖母们具有更为重要的地位和意义。无论是《宠儿》中的老祖母还是《所罗门之歌》中没有肚脐眼的彼拉多，无不像先知一样领导着、指引着母亲、女儿以及其他黑人女性和黑人男性。《宠儿》中的祖母贝比·萨克斯是一个慈爱、善良、大能的母亲，她不但呵护家人，而且保护着社区里的其他黑人。她站在林间空地上的石头上面向所有苦难的黑人演说，以自己独有的、一生的经验讲述对生活的看法，鼓励黑人奋斗下去并热爱自己的皮肤、自己的身体，她要男人们跳动起来，要女人们痛快地哭泣。这里的祖母像圣母马利亚，更像女神，她以自己的生命和灵魂庇护着黑人女性和

　　① Alice Walker, In Search of Our Mothers' Gardens, in Alice Walker, *In Search of Our Mothers' Gardens: Womanist Prose* (San Diego, New York, London: Harcourt Brace Jovanovich, 1983), p. 238.

　　② Alice Walker, In Search of Our Mothers' Gardens, in Alice Walker, *In Search of Our Mothers' Gardens: Womanist Prose* (San Diego, New York, London: Harcourt Brace Jovanovich, 1983), pp. 231 – 243.

黑人男性，用自己大无畏的母爱拯救在苦难中迷失的黑人儿女们。

格洛里亚·内勒的《妈妈·戴》中的 105 岁老祖母索菲亚（Sapphira）不仅是黑人社区的创造者，而且还是黑人社区里的精神领袖。她具有超自然的能力，"能够在电闪雷鸣之间行走而不受任何伤害，能够用手掌心托起一道道闪电，能够让月亮对自己俯首称臣，能够治愈每一个创伤"①。身为奴隶的索菲亚在 1823 年杀死了威洛·斯普林斯（Willow Springs）镇上的统治者同时也是自己的丈夫——白人奴隶主巴斯康姆·韦德，从而解放了威洛·斯普林斯镇上的所有奴隶。之后，为了自由，索菲亚飞回了非洲。威洛·斯普林斯镇上的黑人们为了纪念这位伟大的祖先、解放者和拯救者，在每年的 12 月 22 日晚上都要"秉烛游行"，男女老少手持蜡烛、沿着大路行走，用光线引导索菲亚回家，嘴里呼喊着"伟大的母亲，跟着光线，跟着光线"②。索菲亚的女儿米兰达是威洛·斯普林斯镇的守护者，她继承了母亲的超自然能力，能够听得懂花草树木的语言，会炼制草药，她用自己丰富的草药知识治愈威洛·斯普林斯镇中的人们的身体和心灵上的创伤。

当代美国黑人女作家描写大母亲形象的目的是建构女神崇拜的谱系。她们试图探讨"祖母—母亲—女儿"一脉相承的谱系关系。托妮·莫里森的《秀拉》展现了夏娃、汉娜、秀拉祖孙三代的追求，《宠儿》讲述了贝比·萨克斯、塞丝、丹弗祖孙三代的故事；格洛里亚·内勒的《妈妈·戴》描写了曾外祖母索菲亚、外祖母米兰达、外孙女可蔻三代女性的生活；艾丽斯·沃克的《外婆的日用家当》描写了母亲与两个女儿之间的日常生活场景。

在莫里森笔下，倒是女儿们最初比较无知、懦弱或者放任自流、不理解母亲、祖母，后来逐渐认识并认同母亲、祖母。所以，莫里森小说的基本情节可以被概括为女儿由不理解到理解到认同母亲、祖母的过程，这个过程是确认以"祖母—母亲—女儿"为核心的女性家族谱系的过程，也是确立女神传统、建构女神信仰的过程。

---

① Gloria Naylor, *Mama Day*（Vintage Contemporaries, 1993），p. 3.
② Ibid. , p. 11.

三　姐妹情谊

姐妹情谊作为女性主义理论和批评的重要组成部分，实际上是在 20 世纪 60 年代以后女性主义运动面临各种困境和压力之时提出的，其诱因是女性之间的四分五裂。而女性之间的四分五裂甚至钩心斗角，正是父权制社会长期以来强制性打造的结果，因此，姐妹情谊在父权制社会中是历史性空缺。由男性所书写的历史（history-his story）记录和赞誉的是男性之间的深厚情谊，与之相对应，为了反照出男性的宽阔襟怀和非凡气量，女性在男性历史上则被书写为互相嫉妒和排斥的分裂群体①，女性之间不可能建立稳定深厚的情谊。女性主义学者指出了男性话语权力抹杀、压抑、弯曲女性情谊的本质："男性批评家们把女性之间的关系看作是邪恶和不自然的，他们同意兰色姆的恐惧，即女人的团结威胁着男性统治和男性特征。"②

女性身份上的位移状态从某种程度上也阻碍着女性情谊的建立和稳固。"位移"在后殖民理论中多被用于"描述由于殖民占领而引起的移动和与此活动相关的经历。位移现象指由殖民地入侵而引发的以奴隶或关押的形式从一个国家到另一个国家的流放，是从自己熟悉的地方迁移到陌生的地方的活动，可能是主动的，也可能是被迫的"③。从广泛意义而言，"出嫁"也是从一地到另一地的迁移，而"出嫁"这一事实的存在，使女性在身份上一直处于位移状态。出嫁前，由于时刻被告知或暗示要离开，女性在自我身份认同上不可避免地笼罩着动荡、易变、不稳定等特征，出嫁后，由于进入一个毫无根基的环境，女性作为夫家的后来者、外来客，

---

① 宋晓萍：《女性情谊：空缺或叙事抑制》，《文学评论》1996 年第 3 期。这一观点来自弗吉尼亚·伍尔芙的"镜子"理论："几千年来妇女都好像被用做镜子的，有那种不可思议的、奇妙的力量能把男人的影子反照成原来的两倍大。"参见弗吉尼亚·伍尔芙《一间自己的屋子》，王还译，上海人民出版社 2008 年版，第 48 页。

② 乔纳森·卡勒：《作为妇女的阅读》，张京媛主编：《当代女性主义文学批评》，北京大学出版社 1992 年版，第 55 页。

③ Ashcroft B edited, *Key Concept in Postcolonial Studies*（London：Routledge，1998），p. 73. 转引自李青霜《"位移"：解读艾丽斯·沃克作品的后殖民视角》，《江苏科技大学学报》（社会科学版）2008 年第 1 期。

仍然处于游离状态，而她原来的生活环境——父家也因她的离去而疏远了她。就这样，女性成为男性所界定、所构筑以及所主宰的空间中的一个永远的宾客，在身份上成为来自第三空间（Third Space）的、既不是这个也不是另一个的"杂交者"（hibridity）。① 女性身份上的位移状态也是希尔曼所谓的"客人"状态："客人在这个群体里的地位从根本上来说是决定于这样一个事实，即他不是从一开始就属于这个群体，他给这个群体引进某种品质，而这种品质不是发自这个群体的自身……"② 学者宋晓萍将其称为"错位"：

> 女性在家庭中又不在家庭中（娘家：将离开者；夫家：后来者）；在现时又不在现时（婚前：不定；婚后：丧失）；平等又不平等（官方话语：儿子女儿一样都是革命的继承人；家庭话语：男孩生来脸朝内，女孩生来脸朝外）。于是，女性常常意味着：分裂、短暂、迁移、多变、游离、不连续、后来、错位……不定等等；与男性所指示的连续、稳定、持久相比，显然后者更有可能建立起同性间的情谊。③

但是，事物的发展总是具有两面性。第三空间消除了所谓"本真性""本质性"这些意义的权威性，开启了创造、生成新意义的可能性。因此，从另一角度来看，女性身份上的位移状态以及自我主体在空间和时间上的

---

① "第三空间"（Thrid Space）是美国学者爱德华·W. 索亚（Edward W. Soja）提出并运用的一个重要的跨学科批评概念。首先，作为公认为地理学的一种变革性方法，"第三空间"激励人们以不同的方式来思考空间意义。其次，作为一种后现代文化政治的理论与实践，"第三空间"体现了后殖民主义对文化帝国意识形态的抵抗，女性主义对父权中心主义传统的颠覆。最后，作为一种哲学思考向度，"第三空间"代表着当代思想对传统空间观念及其蕴含的思想方式的质疑。如果将"第一空间"称为"真实的地方"，"第二空间"称为"想象的地方"，那么，"第三空间"就是在真实和想象之外，又融构了真实和想象的"差异空间"，一种"第三化"以及"他者化"的空间。可参见汪民安主编《文化研究关键词》，江苏人民出版社2007年版，第47页。"杂交者"（hibridity）又译作"混杂性"，此概念首先由霍米·巴巴运用在后殖民主义理论中，指由殖民行为所带来的两种文化接触地带产生的跨文化形式。在后殖民话语中，混杂现象既不完全属于殖民者一方，也不完全属于被殖民者一方，而是两种文化身份之间的一个"他者"。

② 伊丽莎白·J. 克罗尔：《排斥在天堂之外的性别与瞬间》，李小江等主编：《性别与中国》，生活·读书·新知三联书店1994年版，第254页。

③ 宋晓萍：《女性情谊：空缺或叙事抑制》，《文学评论》1996年第3期。

分离游弋（甚至包括女性独有的孕育经历，这种一体之内产生另一体的过程也是主体分裂），这种相似的经验恰恰促使女性尤其美国黑人女性走在一起互诉衷肠，互相关爱，乃至建立深厚的姐妹情谊。实际上，正如黑人女性主义批评家芭芭拉·史密斯指出的："仅仅为了生存就要求黑人妇女紧紧团结在一起。"① 姐妹情谊成为美国黑人女性疗治伤口的愈合剂，是她们生存的基石，也是她们寻求解放的重要途径。

当代美国黑人女作家中，托妮·莫里森、艾丽斯·沃克、格洛里亚·内勒较多地描述并肯定了姐妹情谊对美国黑人女性的完整人性的建构具有重要作用。

托妮·莫里森在《最蓝的眼睛》《秀拉》《爵士乐》《宠儿》《天堂》《爱》与《恩惠》等多部作品中都展现了姐妹情谊在女性救赎中的重要性。其中《秀拉》是托妮·莫里森探讨姐妹情谊较深入的一部作品。根据批评家泰勒（Taylor）的观点，发表于1973年的《秀拉》应该是美国黑人文学中最早一部以姐妹情谊为焦点的作品。② 秀拉和奈尔从儿时就建立了姐妹情谊。她们从小一起玩耍，一起上学，一起犯错误，有着一样的秘密，她们是形影不离的好朋友。12岁时，奈尔在放学路上总是受到白人男孩的骚扰，一天，秀拉出面以自残手指的"英勇"行为恫吓了白人男孩，帮助了奈尔。成年后，她们性格迥异，分别选择了不同的生活道路，尽管如此，这些并没有影响二人的友谊，哪怕秀拉在后来夺走了奈尔的丈夫，她们也永远是在一起的朋友。奈尔也曾有过自我救赎的意识，奈尔曾说："我就是我。我不是他们的女儿。我不是奈尔。我就是我。我。"③ 只可惜奈尔没有像秀拉一样冲破传统的束缚，一直走下去。但是，在秀拉的精神的鼓舞下，奈尔重新发现了自我，走向了新的道路。正如莫里森指出的："奈尔直到多年以后才真正认识自己，而那指示了开始。"④ 奈尔将沿

　　①　张京媛：《当代女性主义文学批评》，北京大学出版社1992年版。

　　②　Danille Taylor-Guthrie, ed. *Conversations with Toni Morrison* （Jackson：University Press of Mississippi，1994）.

　　③　托妮·莫里森：《最蓝的眼睛·秀拉》，胡允桓译，南海出版社2005年版，第155页。

　　④　Danille Taylor-Guthrie, ed. *Conversations with Toni Morrison* （Jackson：University Press of Mississippi，1994），p. 14.

着秀拉所指示的道路奋斗下去。和秀拉的自我救赎不同，奈尔的成长和救赎更多地来自秀拉的影响。

《爵士乐》探讨了姐妹情谊在黑人女性伤痛的弥合中具有重要的作用。黑人妇女维奥莱特是从南方种植园到北方寻求新生活的北漂者，由于早年在南方种植园遭受的非人压迫和母亲的自杀，维奥莱特人格分裂，患上了失语症，接着丈夫出轨并在无果的情况下杀死了情人多卡丝。童年的经历和丈夫的背叛使维奥莱特丧失理智地持刀大闹多卡丝的葬礼，并以自己混乱的私生活报复她的丈夫。这种自我毁灭式的行为不但没有让维奥莱特得到解脱，反而使她深陷痛苦和悔恨中。为了进一步了解多卡丝和丈夫出轨的原因，解除自己的痛苦和悔恨，维奥莱特决定去探访多卡丝的姨妈兼养母爱丽丝。爱丽丝同样有着被丈夫背叛的不幸经历，心灵上的创伤至今仍未抚平，相似的遭遇使得爱丽丝最终原谅了维奥莱特大闹葬礼的行为，两人互诉衷肠、相互慰藉，她们在交谈中彼此大笑，共同获得了救赎和新生。正如爱丽丝帮助维奥莱特缝合好了衣袖上的裂缝，真诚的姐妹情谊也让维奥莱特的精神上的裂缝愈合了，同时也让压抑自闭的爱丽丝真切感受到"春天来到了大都会"①。

和托妮·莫里森一样，艾丽斯·沃克也探讨了姐妹情谊在黑人女性疗伤、救赎和新生中的意义。在《紫色》中的西丽亚的成长过程中，西丽亚曾寄希望于上帝的拯救，她虔诚地向上帝祈祷，不停地给上帝写信，但是她持续不断地给上帝写了 55 封信，上帝仍然没有拯救她。这时，姐妹情谊拯救了她，尤其她与萨格建立的姐妹情谊最为重要。事实上，萨格是西丽亚的救世主，她将西丽亚从陈旧的思想中解放出来，引导她认识了自我，帮助她建立了女性主体意识。萨格和西丽亚本是情敌，但是建立了深厚的姐妹情谊。居无定所、放浪形骸的布鲁斯歌手萨格生病了，西丽亚便捐弃前嫌无微不至地照顾她。为了感谢西丽亚对自己的照顾，萨格亲自为她创作了以她的名字命名的布鲁斯歌曲——《西丽亚小姐之歌》，让西丽亚第一次认识到自己的价值。萨格引导西丽亚认识她的身体，唤醒了她沉

---

① 托妮·莫里森：《爵士乐》，潘岳、雷格译，南海出版社 2006 年版，第 120 页。

睡的女性意识，使她找到了迷失已久的黑人女性身份，从而成长为一个真正的女人，一个完整的人。萨格保护西丽亚免受艾伯特的毒打，鼓励她进行反抗，激励她用自己的所长和创造性开创属于自己的事业。西丽亚从一个思想麻木、黑人女性意识模糊、逆来顺受的传统美国黑人女性成长为一个有思想、有感情、有见识、有人格、有女性主体意识、精神完整的独立女性，绝大部分得益于姐妹情谊。萨格和西丽亚在同受男权社会迫害的基础上，建立了深厚的姐妹情谊，并有同性爱恋之嫌。

由于萨格和西丽亚模糊的姐妹情谊，艾丽斯·沃克也多被诟病。除了小说中的描写外，事实上"妇女主义"一词的提出也与沃克对同性恋女性的宽容甚至是认可有关。"妇女主义"一词最初是沃克在 1981 年撰文讨论黑人"同性恋妇女"时提出来的，她认为无论在什么情况下，用"Lesbians"（同性恋女性）来指称黑人女性都不合适或听起来不舒服。她认为："那些热爱女性（不管性爱与否）的黑人妇女，只把自己想象成'完整'女性——既爱别的女性也爱自己的父亲、兄弟、儿子等男性的妇女。"所以更妥帖的词应是"妇女主义者（womanist）"而不是"女同性恋者（lesbians）"。沃克认为，"妇女主义者"一词包括的意义要比黑人女性"优先选择同性、优先选择与同性同居"更广、更丰富。"妇女主义者"一词"首先必须肯定的是与整个黑人社区，与整个世界的联系而不是分离"[①]。在 1983 年结集出版的散文集《寻找我们母亲的花园：妇女主义者的散文》的序言中，沃克对"妇女主义"进行了更为完善的界定，其中"妇女主义"的第二层含义指"那些带有性欲和（或）不带有性欲地爱其他女人的女人"[②]。沃克本人曾在一篇名为"权力的恩赐"的文章中再一次补充了"妇女主义"的内涵，她说：

> 我能想象那些黑人妇女，她们带有性欲或不带性欲地爱其他女人，而几乎不能想象古希腊妇女的同性恋行为；但是，与古希腊妇女

---

① 转引自水彩琴《妇女主义理论概述》，《甘肃行政学院学报》2004 年第 4 期。

② Alice Walker, *In Search of Our Mother's Gardens*：*Womanist Prose*（San Diego and New York：Harcourt Brace Jovanovich, 1983）, p. Ⅵ.

不同的是，一个妇女主义者是一个完整的或周而复始的女人，她们全
然地或神圣地爱其他妇女，还爱所有处在黑人或其他人的文化中的妇
女……对于她们的父亲、兄弟、儿子而言，他们无论如何都不会感觉
她们像男人。①

　　沃克将同性恋纳入"妇女主义"的范畴之中，是出于人道主义的同情
与关怀，但绝没有将女性同性恋等同于妇女主义，也没有将同性之爱作为
最高的爱的体现，更没有宣扬以之取代异性爱。② 如果说 1982 年的《紫
色》中的女性同性之爱的主题还属暗流的话，1989 年《紫色》的续篇
《我知交的神殿》（*The Temple of My Familiar*，1989）则把《紫色》中的西
丽亚和萨格非常明朗地定格在这种关系中。2000 年发表的短篇小说集
《伤心前行》（*The Way Forward Is With Broken Heart*，2000）也屡屡涉及此
类题材。生活中，沃克本人也毫不讳言自己在两度异性恋关系破裂之后产
生了同性恋倾向。③ 但是，沃克绝不是为写同性恋而写同性恋，她对同性
和同性之爱的关注显然有着另外的深意。在沃克笔下，同性恋是唤醒女性
身体和心灵的情感交流方式，本身体现了对主流社会尤其是对父权制的反
抗与否定，它既不是手段，也不是目的，而是通向自我与建立姐妹情谊的
有效仪式。如《紫色》中的西丽亚一再受到来自异性的压迫（被继父强
奸、被某某先生虐待），只有同性的萨格真正将她作为一个人、一个女人
看待，在萨格的激励、鼓舞下，西丽亚苏醒的不仅是肉体，还有女性身份
和自我意识。所以，沃克所谓的"同性之爱"并不是传统意义上的肉体的
吸引，而是一种更高层次的、开创性的友谊，她能够使黑人女性在男性统

---

　　① Alice Walker, Gifts of Power: The Writings of Rebecca Jackson, in Alice Walker, *In Search of Our Mothers' Gardens: Womanist Prose* (San Diego and New York: Harcourt Brace Jovanovich, 1983), p. 81.
　　② 中国女作家陈染在《超性别意识与我的创作》一文中声称："人类有权利按自身的心理倾向和构造来选自己的爱情。这才是真正的人道主义！这才是真的符合人性的东西：异性爱霸权地位终将崩溃，从废墟上将升起超性别意识。"参见陈染《超性别意识与我的创作》，《钟山》1994 年第 6 期。这一主张显然失之偏颇。
　　③ 凌建娥：《爱与拯救：艾丽斯·沃克妇女主义的灵魂》，载《湖南科技大学学报》（社会科学版）2005 年第 1 期。

治的父权社会中建立亲密的姐妹情谊，共同摆脱男性施加在她们身体与精神上的虐待，实现女性真正的自主、平等与独立①，从而达到人性的完满。

沃克强调的是女性同性之爱中的姐妹情谊在女性生活和生命的重要意义。《紫色》中西丽亚和萨格的关系就很好地体现了这一思想。妇女主义圣经批评家德洛丽丝·威廉姆斯（Delores Williams）认为，西丽亚和萨格的关系表现了"一个强有力的黑人妇女在另一个受压迫的黑人妇女生活中起着催化剂的作用"②，姐妹情谊不仅促使受压迫妇女认识自我并产生新的生活勇气，而且促使受压迫者在精神信仰领域重新思考宗教形象及其在妇女生活中的位置。在萨格的鼓舞下，西丽亚重新审视她一生坚守的某些宗教价值，主要集中在上帝、男人、教会等观念上。西丽亚曾把上帝想象成男人的样子，而一旦停止了这种想象，她就和上帝建立了一种建设性的关系。在萨格的帮助下，西丽亚开始把上帝理解成与外在环境——西丽亚、萨格、树和生命等存在着关联，从这种解放的上帝教义出发，西莉获得了全新的爱和尊敬，并开始重新认识社会和人生。威廉姆斯如此论述：

> 西丽亚对"作为男人的上帝"的意识变化，使她从心理上解除了对丈夫的恐惧。她曾把丈夫想象得像上帝一样严厉。在多年的默默受难之后，西丽亚"进入了创造之中"。③

因此，在艾丽斯·沃克的妇女主义思想中，女性同性之爱不但没有使异性之间的爱破裂，反而加强了家庭组织，使分离的、受压迫的女性获得救赎，进而变得完整、自主。

无独有偶，格洛里亚·内勒也高度认可了姐妹情谊的重要性，并表现出

---

① 张淑菊：《两性回归与艾利斯·沃克的妇女主义》，《安徽文学》2008 年第 8 期。

② Margaret D. Kamitsuka, Reading the Raced and Sexed Body in the Color Purple: Repatterning White Feminist and Womanist Theological Hermeneutics, in *Journal of Feminist Studies in Religion* (2003 Fall Vol. 19, No. 2), p. 61.

③ Delores Williams, *Sisters in the Wilderness: The Challenge of Womanist God-Talk* (Maryknoll, N. Y.: Orbis Books, 1993), p. 54, 转引自安东尼·平《上帝，为甚么？——黑人·苦难·恶》，周辉译，（香港）道风书社 2005 年版，第 152 页。

对姐妹情谊的极致——同性之爱的关切。在《贝雷的咖啡馆》中，旅店老板夏娃接纳了那些无家可归、伤痕累累的女性，与她们建立了深厚的姐妹情谊，甚至像母亲一样照顾她们，她为马利亚姆接生，帮助杰西·贝尔戒毒，帮助精神分离的桃子/玛丽建立完整的自我。在《布鲁斯特街的女人们》（1982）中，住在布鲁斯特街的7个女性在家庭和社会中伤痕累累。马蒂·迈克尔因未婚先孕被父亲赶出家门后来到布鲁斯特街，生下了儿子，并将全部感情倾注到儿子身上，但长大后的儿子因杀人被捕，马蒂为了保释儿子抵押了房子，而儿子在被保释出狱后就逃跑了，马蒂的房子被没收。埃塔·梅·约翰逊一直想找一个好男人，却一再地被男人抛弃。科拉·李是男人们的性工具，自己因此产下一个又一个婴儿，负担越来越重。这些女人们居住在一端被砖墙堵死的布鲁斯特街，过着与世隔绝的、艰辛的日子。相似的遭遇让这些女性彼此依偎，相互关照，建立了姐妹情谊，凭借这种情谊坚强地生活了下来，并找寻到了完整的自我。小说结尾，布鲁斯特街上的姐妹们携手一起推倒了街区末端那段阻断她们梦想的砖墙。这段砖墙的拆除象征着黑人女性们冲破了自我的束缚以及性别、种族、阶级等各种压迫，走向了新生的道路。其中，洛瑞安妮和特瑞莎之间的情谊是同性之爱，但是她们的同性之爱最终失败了。当布鲁斯特街区的其他女性得知洛瑞安妮和特瑞莎的同性之爱的关系后，便开始敌视并排斥她们，最终导致她们之间的关系破裂。洛瑞安妮在没有了姐妹情谊的支持后，被一群小混混轮奸致死。显然，在这部小说中，造成洛瑞安妮和特瑞莎同性恋爱悲剧的直接原因是布鲁斯特社区里的黑人女性的排斥，这说明布鲁斯特社区里的黑人女性还受到父权制社会习俗的影响，以强制性异性恋爱为价值取向反对同性爱恋，由此可见，"男权制度下的强制性异性恋对姐妹情谊的破坏之大，它严重延缓了所有姐妹彼此相爱、团结一致这一梦想的实现"①。

　　值得注意的是，当代美国黑人女作家还表达了建立最广泛的姐妹情谊的思想。正如苏珊·J.道格拉斯在《少女都到哪儿去了》一书中宣称的，

---

　　① 林文静：《姐妹情谊：一个被延缓的梦——解读格洛里亚·内勒小说〈布鲁斯特街的女人们〉》，《北京第二外国语学院学报》2008 年第 10 期。

关于所有妇女都是"姐妹",不分种族、阶级、代沟和地区,因经历相同、同属受压迫的集团而结成一体这个观点是 20 世纪 70 年代女权主义者提倡的一个最强有力、最乌托邦式,因此也最具威胁性的一个概念①。而在黑人妇女主义者看来,要消除"姐妹情谊"这一概念内在的威胁性(即对不同种族、阶级等妇女差异性的抹杀),并建立现实的"姐妹情谊",必须跨越种族、阶级、性别等多种藩篱。根据黑人妇女主义学者贝尔·胡克斯对姐妹情谊的深刻揭示,影响女性团结的首要障碍是性别歧视。她指出:"在女性和男性之间,性别歧视首先表现在男性统治的形式上,这种统治导致了歧视、剥削或者压迫。在妇女之间,男性的性别至上主义价值是通过一种多疑的、防卫性的和竞争性的行为表现出来的。"② 其中,男性对女性的性别歧视正是女性主义斗争的对象,它是性别歧视的显在表现,正是这一显在特征,女性之间迅速结成团体,讨伐上帝所创造的自己的另一半。实际上,男性并不都是压迫女性的罪人,对女性进行迫害的也不全是男人,女性对女性的压迫才最为可怕。具有性别歧视的女性歧视自身的性别,也歧视其他妇女,自觉地维护男性对女性的性别统治,是女性对男性性别观念的无意识规训。女性间的性别歧视由于是隐性的存在,所以威胁着、阻碍着真正的姐妹情谊的建立。种族歧视是影响妇女团结的又一障碍。黑人妇女主义者指出,现实中的女性主义运动实际上是西方白人中产阶级女性的运动,民族优越论的价值观使她们在某种程度上歧视、剥削第三世界的有色女性。艾丽斯·沃克在《黑人作家和南方经验》一文中,讲述了自己的母亲在饥荒年代去领救济面粉时被一个白人妇女如何羞辱的故事③,这个故事说明了种族歧视在妇女中的客观存在事实。

　　如何消除种族歧视和种族偏见?当代美国黑人女作家指出,首先要认识到种族歧视的复杂性。除了白人女性对其他种族的女性存在偏见以外,

---

①　转引自汪民安主编《文化研究关键词》,江苏人民出版社 2007 年版,第 137 页。

②　贝尔·胡克斯:《女权主义理论:从边缘到中心》,晓征、平林译,江苏人民出版社 2001 年版,第 56 页。

③　Alice Walker, The Black Writer and the Southern Experience, in Alice Walker, *In Search of Our Mothers' Gardens*: *Womanist Prose* (San Diego, New York, London: Harcourt Brace Jovanovich, 1983), pp. 15 – 21.

托妮·莫里森在《黑人妇女如何看待妇女解放》一文中还指出了种族歧视的另一种存在，即黑人女性对白人女性的歧视："黑人妇女发现要尊重白人妇女是不可能的""黑人女性没有把白人女性作为有能力的、完整的人来钦佩"①。种族歧视的复杂性使我们认识到今后努力的方向——任何人（白人、黑人、其他有色人种）来共同消除偏见。

托妮·莫里森在作品中描写了超越种族的姐妹情谊对黑人女性救赎的作用。《宠儿》中的塞丝在逃跑过程中遇到了一个白人姑娘爱弥·丹芙，丹芙并没有歧视和出卖塞丝，而是尽心尽力地帮助塞丝，为塞丝接生，还第一个发现了塞丝背上被鞭打的树形的伤痕，并因此指责奴隶主的残暴，为塞丝鸣不平。爱弥超越种族界限，为塞丝抚平身心上的伤痛，当塞丝脚痛难忍时，爱弥多次为塞丝揉脚，当塞丝因背上的伤痕疼痛呻吟时，爱弥为她找来蜘蛛网解痛，并爱怜和抚摸她的伤痕，鼓励她将背上的伤痕想象成一棵盛开的樱桃树。在爱弥的关爱和帮助下，塞丝第一次感受到跨越种族的爱与温暖，她顺利迎接了新生命，并从此审美地看待自己的伤痛，获得了救赎和新生。正是为了感谢和纪念这个白人姑娘，塞丝以丹芙这个白人姑娘的名字命名自己新生的女儿，这个女儿成为跨越种族界限的姐妹情谊的见证。后来，塞丝在因杀死自己的孩子而被捕入狱时，白人废奴主义者鲍德温小姐为了营救塞丝，四处奔走呼号，极力为塞丝辩解，而当丹芙因为家里人不敷出向她救助时，她又毫不犹豫地为丹芙提供了谋生的工作，帮助丹芙一家走出生活困境。跨越种族界限的姐妹情谊再一次帮助了塞丝及其家人，给了他们在绝境中生活下去的资源。

《天堂》中，女性的拯救来自跨越种族界限的姐妹情谊，女性的毁灭源自狭隘的种族主义和性别主义。鲁比镇和修道院是莫里森构建的对立的两极世界，前者是具有父权制思想和狭隘的种族主义的乌托邦式的天堂，后者是超越种族界限的姐妹联盟式的天堂。前者让众多女性伤痕累累，后者让伤痕累累的女性得到了救赎。小说以几个女性的名字作为章节的标

① 转引自贝尔·胡克斯《女权主义理论：从边缘到中心》，晓征、平林译，江苏人民出版社 2001 年版，第 60 页。

题，其意义在于彰显姐妹情谊对女性救赎的无穷力量。

修道院的白人女性玛丽·玛格纳把垃圾堆旁的白人小姑娘康妮带到了女修道院，解救了康妮，使康妮过上了更好的生活。在康妮失恋之后，玛丽·玛格纳安慰受伤的康妮，使她从痛苦中走出来，又一次解救了康妮。玛丽·玛格纳因年迈而卧床不起的时候，康妮并没有抛下玛格纳任其病死。康妮一直陪在她的身边，细心地照顾她，直至玛格纳去世。从这点来看，康妮又解救了无人照料的玛丽·玛格纳。康妮将救赎的接力棒继续传递，她向来到修道院的一切求助者敞开大门，接纳她们，向她们提供食物，还给她们治疗心灵上的创伤。她领她们来到地下室，让她们赤裸地躺在地上，画出身体的轮廓，使她们的身体和灵魂最大限度地放松。在康妮的引导下，4 个女性敞开心扉，在尽情地诉说和想象中忘却身体和心灵上的疼痛，从而获得了精神上的新生。修道院中获得新生的女性还与鲁比镇的女性建立了深厚的姐妹情谊，修道院成为鲁比镇女性的避难所、救济站。鲁比镇的走投无路的黑人女性都到修道院求助，都无一例外地得到了修道院里的女性的支持和帮助：未婚先孕的 14 岁女孩阿涅特到修道院临产，修道院的妇女们像母亲般无微不至地照顾她；为病儿心力交瘁的斯维蒂来到修道院，大家悉心地照顾她，并给她精神上的安慰和鼓励；遭受黑人种族歧视的浅肤色女性比莉·狄利亚为了逃避母亲的责骂和痛打来到修道院，众人同样安慰她、帮助她。鲁比镇的女性在修道院里的女性的帮助下，发生了很大的转变，如在修道院待了两周后，比莉·荻利亚不但治愈了心灵的创伤，而且从修道院看到的和学到的东西中改变了对生活的认识，她独自一人去丹比工作，开始了新的生活，走上了独立的道路，实现了救赎。

总之，当代美国黑人女作家不仅强调在种族和性别压迫下黑人女性团结的必要性，同时还提出了超越种族界限的最广泛意义的姐妹情谊存在的可能性，姐妹情谊成为女性救赎的重要力量。在消除了种族、阶级、性别和不同偏见之后，女人们走在了一起。学者朱迪思·普拉斯科·高登博格用夏娃和莉莉丝的相遇比喻团结在一起的女人，她这样描写夏娃与莉莉丝的相遇：

　　她们坐在一起聊着天，既谈到了过去也谈到了将来。她们的谈话不止一次，而是好多次，持续好多小时。她们互相教授着自己会的东西，互相讲着自己知道的故事，一起笑一起哭，这样周而复始地持续着，直到她们俩之间产生姊妹关系……在夏娃和莉莉丝回到充满发展潜力的伊甸园并准备共同重建花园的那一天，上帝和亚当期待着，并有点担心。①

　　当代美国黑人女作家认为，当女性联合在一起时，女性就能得到救赎，因为《圣经》上说，在基督里，"并不分犹太人，希利尼人，自主的，为奴的，或男或女；因为你们在基督耶稣里都成为一了"（《加拉太书》3：27—28）。

　　小结：当代美国黑人女作家独特的罪观形成了她们独特的救赎观。与基督教被动的救赎观不同，当代美国黑人女作家主张她们的拯救绝不会来自上帝，而是依靠自己主动获取，同时结合社区母爱的传承、姐妹情谊的支持。

---

　　① 朱迪思·普拉斯科·高登博格：《尾声：莉莉丝的来临》，转引自奈奥米·R. 高登博格《神之变——女性主义和传统宗教》，李静、高翔编译，民族出版社 2007 年版，第 74 页。

结　语

　　神义论、罪论、救赎论是基督教的三大核心教义。当代美国黑人女作家从自身语境出发，重新阐释了《圣经》和基督教的三大教义，从而形成了她们独特的基督宗教观。通过梳理玛雅·安吉洛、艾丽斯·沃克、托妮·莫里森、格洛里亚·内勒等当代美国黑人女作家的作品和相关言论，笔者认为，当代美国黑人女作家是在主体觉醒意识的发展下阐释《圣经》和基督教教义的。在主体意识的作用下，她们从自身语境出发对基督教的神义论、罪论、救赎论进行了重新阐释。她们颠覆了《圣经》和基督教教义，建构了具有种族化、性别化、情感化特征的基督宗教观，谱写了具有民族特色的文学，从而给我们带来重要的影响和启迪。在当下的中国文化语境中，当代美国黑人女作家的崛起之路表明，外来文化只有中国化才具有意义，中国文化同时以自我语境和自我需要为立足点，吸收并转化异己文化、一切有益资源，才能焕发活力。

一　当代美国黑人女作家基督宗教观的影响

　　当代美国黑人女作家从自身处境出发对《圣经》和基督教教义进行阐释，表明《圣经》的阅读和诠释不仅仅是原教旨主义的，而具有广泛的范围和多种可能性。历史上，基督教福音传播的历程充满着这种宗教与各种民族文化的冲突和相互影响。就基督教第一次与"异教文化"——希腊罗马文化的相遇而言，基督教就表现出巨大的文化适应能力。王晓朝在《基督教与帝国文化》一书中首先对这次二希文化交流做了深刻剖析，他说：

> 基督教本身是一个动态的文化体系，按文化变迁的一般规律发展变化着。它的转型在一个具体的文化环境中发生，受各种各样的历史、物质、心理、社会因素所制约。由护教士所代表的拉丁基督教是文化扩张的主体，而罗马帝国及其文化是基督教进入其中并与之发生碰撞的外表环境。基督教对罗马帝国的胜利是基督教与希腊罗马文化之间碰撞与调和的产物，其结果是产生了一个基督教化的帝国和一个希腊化的基督教。发生变化的不仅有罗马，还有基督教本身。①

王晓朝据此现象提出了基督教发展的特点——文化冲突以及继之而来的不同程度的调和是基督教本身发展的一个根本动力。当代美国黑人女作家对《圣经》和基督教的接受和阐释再一次说明基督教的动态和开放特征。在一定意义上，当代美国黑人女作家的基督宗教观形成了独特的自成系统的神学。她们的神学思想引起了美国黑人神学家的关注，这些神学家以艾丽斯·沃克的"妇女主义"理论为基础，以当代美国黑人女作家的神学探讨为材料，由此发展成了"妇女主义神学"。可以说，当代美国黑人女作家的基督宗教观是妇女主义神学的组成部分，反过来，妇女主义神学是在当代美国黑人女作家基督教宗教观的影响下产生的。

二　当代美国黑人女作家基督宗教观的启迪

当代美国黑人女作家从自身处境出发对《圣经》和基督教教义进行阐释，这一行为本身就给我们带来很多启迪。

启迪之一是跨文化、跨学科对话的有效性和必要性。当代美国黑人女

---

① 王晓朝：《基督教与帝国文化》，东方出版社 1997 年版，第 98—99 页。

作家和《圣经》、基督教的关系是跨文化的关系，也是跨学科的关系。当代美国黑人女作家从自身处境出发认识和阐释《圣经》、基督教教义，为跨文化、跨学科对话提供了成功范例，从而说明了跨文化、跨学科对话的有效性和必要性，尤其体现了文学与宗教的天然联系。

就"神"的终极追求而言，宗教与文学有着天然的联系。宗教的超验性、启示性与文学的主观体验、情感表现、浪漫幻想等表现特征极为相似。尤为重要的是，它们都关注人性的超越，其终极追求都是人的灵魂旨归，都追求一种超越"此在"的存在。只不过在形式上，宗教建构的是一片形而上的王国，而文学建构的是一个令人心醉神迷的审美世界。宗教的启示性和超验性不仅可以为文学艺术提供主观体验与浪漫幻想的空间，而且可以使文学超越审美活动本身，趋近审美活动的本质——对自由的追寻。正如朱光潜说："诗虽然不是讨论哲学和宣传宗教的工具，但是它的背后如果没有哲学和宗教，就不易达到深广的境界。诗好比一株花，哲学和宗教好比土壤。土壤不肥沃，根就不能深，花就不能茂。"当代美国黑人女性文学之所以会异军突起，成为当今世界文学的灿烂之花，根本原因在于它表达和呈现了丰富的现代性内涵，包括女性生存状态的表达，如孤独、忧郁、虚无、罪恶、正义、爱与牺牲、救赎等，在这些原本属于人的情感、精神和灵魂世界的问题中，却隐含和混合了基督教的文化因子。

启迪之二是如何最大限度地实现文化的传播与接受。从文化传播学的角度看，一种文化能否实现传播的最终目的主要取决于接受者能否被接受以及接受的程度。我们知道，接受者总会有种族、性别、信仰、个体需要上的差异。因此，为了最大限度地实现文化的传播与接受，传播者应当尊重接收者的文化和生存语境以及由此所进行的诠释和改造，因为文化传播的最终意义在于诠释者积极参与的对话和理解，通过诠释者积极参与的对话和理解，实现文化传播的双赢价值。

启迪之三是如何寻找中国文化的发展之路。在当下的中国文化语境中，当代美国黑人女性作家对《圣经》与基督教的利用和改造之路表明，外来文化只有中国化才具有意义，中国文化同时以自我语境和自我需要为立足点，吸收并转化异己文化、一切有益资源，才能焕发活力。

　　当代美国黑人女作家对《圣经》持有的独特的观点也为生活在全球化、多元化语境中的人带来许多人生启迪。她们的神义论启迪我们要从多角度认识我们的苦难，正视我们的苦难；她们的罪观启迪我们要爱护我们自己，既要坚决对抗压制我们的一切邪恶势力，也不要迷失了本我的身份和价值；她们的救赎观启迪我们深入认识自救与他救的关系。

参考文献

英文文献

Alice Bach, Woman in the Hebrew Bible: A Reader (New York: Routledge, 1999).

Alice Walker, Gifts of Power: The Writings of Rebecca Jackson, in Alice Walker, In Search of Our Mothers' Gardens: Womanist Prose (San Diego and New York: Harcourt Brace Jovanovich, 1983).

Alice Walker, In Search of Our Mothers' Gardens, in Alice Walker, In Search of Our Mothers' Gardens: Womanist Prose (San Diego, New York, London: Harcourt Brace Jovanovich, 1983).

Alice Walker, The Black Writer and the Southern Experience, in Alice Walker, In Search of Our Mothers' Gardens: Womanist Prose (San Diego, New York, London: Harcourt Brace Jovanovich, 1983).

Alice Walker, The Only Reason You Want to Go to Heaven, in Alice Walker, Anything We Love Can Be Saved: A Writer's Activism (New York: Random House Press, 1997).

Alice Walker, Anything We Love Can Be Saved: A Writer's Activism (New York: Random House Press, 1997).

Alice Walker, In Search of Our Mother's Gardens: Womanist Prose (San Diego and New York: Harcourt Brace Jovanovich, 1983).

Alice Walker. The Third Life of Grange Copland (New York: Pocket Books, 1988).

Allen Alexander, The Fourth Face: The Image of God in Toni Morrison's The Bluest Eye, in African American Review Summer (Vol. 32, 1998).

Amy Benson Brown, Rewriting the word: American Women Writers and the Bible (Greenwood Press, 1999).

Anthony B. Pinn, ed. African American Religious Cultures (Santa Barbara, California: ABC CLLO, LLC. 2009).

Athalya Brenner ed., A Feminist Companion to Reading the Bible (Sheffield: Academic Press, 1997).

Barbara Christian, Black Feminist Criticism (New York: Pergamon Press, 1985).

Barbara Hill Rigney, Lilith's Daughters: Women and Religion in Contemporary Fiction (Wisconsin: The University of Wisconsin Press, 1982).

Barbara Smith, A Black Feminist Statement: The Combahee River Colletive, in Joy James and Tracey Denean Sharpley-Writing edited, The Black Feminist Reader (Malhen: Blackwell Publishers LtD, 2000).

Bell Hooks, Aint I a Woman? (Boston: South End Press, 1981).

Beverley Foulks, Trial By Fire: The Theodicy of Toni Morrison in Sula, in Shirley A. Stave edited Toni Morrisom and The Bible: Contested Intertextualities (New York: Peter Lang Publishing, Inc., 2006).

Brenda Wilkinson, African American Women Writers (New York: John Wiley & Sons, Inc., 2000).

Caroline Levander, African American Literature and Religion, in Anthony B. Pinn, ed. African American Religion Culture (Santa Barbara, California: ABC CLIO, LLC, 2009).

Carolyn Osiek, The Feminist and the Bible, in A. Yarboro Collins (ed), Feminist Perspectives on Biblical Scholarship (Atlanta: Scholars Press, 1985).

Chery J. Sanders, Katie G. Cannon, Emilie M. Townes, M. Shawn Copeland, Bell Hooks, Cheryl Townsend Gilks, Roundtable Discussion: Christian Ethics and Theology in Womanist Perpective, in Journal of Feminist Studies in Religion (Vol. 5, No. 2, Fall, 1989).

Danille Taylor-Guthrieed., Conversations with Toni Morrison (Jackson: University Press of Mississippi, 1994).

David Ray Griffin, God, Power, and Evil: A Process Theodicy (University Press of America, 1991).

Delores S. Williams, A Womanist Perspective on Sin, in Emilie M. Townes edited. A Troubling in My Soul: Womanist Perspectives on Evil and Suffering (Maryknoll, New York: Orbis Books, 1993).

Delores S. Williams, Sisters in the Wilderness: The Challenge of Womanist God-Talk (Maryknoll, New York: Orbis Books, 1993).

E. S. Fiorenza, In Memory of Her: A Feminist Theological Reconstruction of Christian Origins (NY: Crossroad, 1983).

Emilie M. Townes ed., A Troubling in My Soul: Womanist Perspectives on Evil and Suffering (Maryknoll, NY: Orbis Books, 1993).

Frances Ellen Watkins Harper. Idylls of the Bible (Philadelphia, 1901).

Gayraud S. Wilmore, Black Religion and Black Radicalism: An Interpretation of the Religious History of African American (New York: Orbis Books, Maryknoll, 1988).

Glenda B Weathers. Biblical Trees, Biblical Deliverance: Literary Landscapes of Zora Neale Hurston and Toni Morrison. In African American Review, (Vol. 39, No. 1/2, 2005).

Gloria Naylor, Bailey's Cafe (Orland: Vintage Contemporaries, 1992).

Gloria Naylor, Mama Day (Vintage Contemporaries, 1993).

Han A. Bear, Black Mainstream Churches: Emancipatory or Accommodative Response to Racism and Stratification in American Societ? In Review if Religious Research (Vol. 30, No. 2, 1988).

Heather A. Mckay. A Feminist Companion to Reading the Bible (Athalya Brenner ed, Sheffield: Academic Press, 1997).

James C. Hall, Towards a Map of Mis (sed) reading: The Presence of Absence in The Color Purple, in African American Review (Vol. 26, Issue, 1992).

James H. Cone, A Black Theology of Liberation (Philadelphia: Lippincott, 1970, 2d ed; Maryknoll, NY: Orbis, 1986).

James H. Evans, Jr. , We Have Been Believers: An African-American Systematic Theology (Minneapolis: Fortress, 1992).

James Hal Cone, A Black Theology of Liberation (Philadelphia: Lippincott, 1970, 2d ed; Maryknoll, NY: Orbis, 1986).

Joseph Abraham, Eve: Accused or Acquitted? An Analysis of Feminist Reading of the Creation Narrative Texts in Genesis 1 - 3 (Cambria: Paternoster Press, 2002).

K. C. Bassard, Transforming scriptures: African American Women Writers and the Bible (The University of Georgia Press, 2010).

Laura E. Donaldson, Kwok Pui-lan ed. , Postcolonialism, feminism and religious discourse (New York: Routledge, 2002).

Letty M. Russell, Kwok Pui-lan ET. Edited, Inheriting Our Mothers' Gardens: Feminist Theology in Third World Perspective (Louisville: The Westminster Press, 1988).

Letty Russell, Feminist Interpretations of the Bible (Philadelphia: Westminster Press, 1985).

Margaret D. Kamitsuka, Reading the Raced and Sexed Body in the Color Purple: Repatterning White Feminist and Womanist Theological Hermeneutics, in

Journal of Feminist Studies in Religion (2003 Fall Vol. 19 No. 2).

Mary Daly, Beyond God the Father: Toward a philosophy of Women's Liberation (Boston: Beacon, 1973).

Mary Daly, the Church and the Second Sex (New York: Harper and Row, 1975).

Maryemma Graham ed., Complete Poems of Frances E. W. Harper (New York: Oxford Universtiy Press, Inc. 1988).

Maureen T. Reddy, The Tripled Plot and Center of Sula, in Black American Literature Forum (Spring, 1988, Vol. 22, No. 1).

Maya Angelou, I Know Why the Caged Bird sings (New York: Random House, 1970).

Michael Lackey, Moses, Man of Oppression: A Twentieth-Century African Critigue of Western Theocracy (African American Review, 2009, Vol. 43, Issue. 4).

Musa W. Dube, Postcolonial Feminist Interpretation of the Bible (ST. Louis, Missouri: Chalice Press, 2000).

Nacy Berkowitz Bate, Toni Morrison's Beloved: Psalm and Sacrament, in Shirley A. Stave edited Toni Morrison and The Bible: Contested Intertextualities (New York: Peter Lang, 2006).

Patricia Andujo, Rendering the African-American Woman's God through The Color Purple, in Kheven LaGrone edited Alice Walker's The Color Purple (Amsterdam-New York: Rodopi, 2009).

Patricia Hill Collins, Black Feminist Thought: Knowledge, Consciousness, and the Politics of Empowerment, (New York: Routledge, 2000).

Philip M. Royster, The Wuest for Wholeness in Toni Morrison's Tar Baby, in Black American Literature Forun 20, No. 1 - 2 (Spring-Summer, 1986).

Phyllis Trible, God and Rhetoric of Sexuality (Philadelphia: Fortress Press, 1978).

Phyllis Trible, Texts of Terror: Literary-Feminist Readings of Biblical Narratives（Philadelphia：Fortress，1984）.

Robert E. Hemenway，Zora Neale Huston：A Literary Biography（London：Camden Press，1986）.

Rosemary Radford Ruether，Sexism and God-Talk：Toward a Feminist Theology（Boston：Beacon，1983）.

Rufus Burrow，Jr. Enter Womanist Theology and Ethics，in The Western Journal of Black Studies（Vol. 22，No. 1，1998）.

Rufus Burrow，Jr. Toward womanist Theology and Ethics，in Journal of Feminist Studies in Religion（Vol. 15，No. 1，Spring，1999）.

S. A. Stave. ed.，Toni Morrison and the Bible：Contested Intertextualities（Peter Lang Publishing，2006）.

Sandra Gilbert and Susan Gubar，the Madwoman in the Attic：The Woman Writer and the Nineteenth-Century Literary Imagination（New Haven：Yale University Press，1979）.

Susan Corey Everson，Toni Morrison's Tar Baby：A Resource for Feminist Theology，in Journal of Feminist Studies in Religion（Vol. 5，No. 2，1989）.

Toni Morrison，Playing in the Dark：Whiteness and the Literary Imagination（New York：Vintage Books，1993）.

Ursula King edited，Feminist Theology from the Third World：a Reader（New York：Orbis Books，1994）.

Virginia C. Fowler，Gloria Naylor：In Search of Sanctuary（New York：Twayne Publishers，1996）.

Zora Neale Hurston，Moses，Man of the Mountain（Illinois：University of Illinois Press，1984）.

中文文献

《圣经》官话和合本。

艾昌明主编：《非洲黑人文明》，中国社会科学出版社1999年版。

艾丽斯·沃克：《紫色》，陶洁译，外国文学出版社 1986 年版。

爱德华·W. 萨义德：《文化与帝国主义》，李琨译，生活·读书·新知三联书店 2007 年版。

安东尼·平：《上帝，为甚么？黑人·苦难·恶》，周辉译，（香港）道风书社 2005 年版。

奥古斯丁：《独语录·论自由意志》，成官泯译，上海人民出版社 1997 年版。

贝蒂·弗里丹：《女性的奥秘》，程锡麟等译，四川人民出版社 1988 年版。

贝尔·胡克斯：《女权主义理论：从边缘到中心》，晓征、平林译，江苏人民出版社 2001 年版。

伯克富：《基督教教义史》，赵中辉译，宗教文化出版社 2005 年版。

伯特兰·罗素：《婚姻革命》，靳建国译，东方出版社 1988 年版。

程锡麟：《赫斯顿研究》，上海外语教育出版社 2005 年版。

戴安娜·拉维奇编：《美国读本——感动一个国家的文字》（上下），林本椿等译，生活·读书·新知三联书店 1995 年版。

封金珂：《艾丽斯·沃克笔下的性别暴力》，《福建论坛》（社科教育版）2010 年第 6 期。

弗吉尼亚·伍尔芙：《一间自己的屋子》，王还译，上海人民出版社 2008 年版。

伏尔泰：《老实人》，载于《伏尔泰小说选》，傅雷译，人民文学出版社 1980 年版。

龚云霞：《"骡子"的救赎之舟——试析〈紫色〉中美国黑人妇女的自我解放》，《华南理工大学学报》（社会科学版）2008 年第 2 期。

郭晓霞：《五四女作家和〈圣经〉》，中国社会科学出版社 2013 年版。

汉斯·昆：《基督教大思想家》，包利民译，社会科学文献出版社 2001 年版。

河清：《文化个性与文化认同》，《读书》1999 年第 9 期。

侯灵战：《道德的上帝与荒谬的上帝——〈约伯记〉文旨分析》，《广西社会科学》2005 年第 2 期。

江宁康：《美国当代文学与美利坚民族认同》，南京大学出版社 2008 年版。

金莉：《美国女权运动·女性文学·女权批评》，《美国研究》2009 年第
　　1 期。

莱布尼茨：《神义论》，朱雁冰译，生活·读书·新知三联书店 2007 年版。

雷雨田：《美国黑人神学的历史渊源》，《湘潭大学社会科学学报》1999 年
　　第 5 期。

王恩铭：《美国女性与宗教和政治》，《妇女研究论丛》2011 年第 5 期。

李美芹：《〈天堂〉里的"战争"——对莫里森小说〈天堂〉两个书名的
　　思考》，《外国文学研究》2009 年第 1 期。

李青霜：《"位移"：解读艾丽斯·沃克作品的后殖民视角》，《江苏科技大
　　学学报》（社会科学版）2008 年第 1 期。

梁工：《〈旧约·五经〉"四底本说"述论》，《北京图书馆馆刊》1997 年
　　第 2 期。

梁工：《简论该隐形象在欧洲文学中的演变》，《国外文学》1997 年第 3 期。

林美玫：《妇女与差传：十九世纪美国圣公会女传教士在华差传研究》，
　　（台北）里仁书局 2005 年版。

林文静：《姐妹情谊：一个被延缓的梦——解读格洛里亚·内勒小说〈布
　　鲁斯特街的女人们〉》，《北京第二外国语学院学报》2008 年第 10 期。

林文静：《玛利亚/夏娃：故事的重写——格罗丽亚·内勒小说〈贝利小餐
　　馆〉的女性主义解读》，《北京第二外国语学院学报》2010 年第 10 期。

凌建娥《爱与拯救：艾丽斯·沃克妇女主义的灵魂》，《湖南科技大学学
　　报》（社会科学版）2005 年第 1 期。

刘慧英：《"妇女主义"：五四时代的产物——五四时期章锡琛主持的〈妇
　　女杂志〉》，《南开学报》（哲学社会科学版）2007 年第 6 期。

刘文明：《上帝与女性——传统基督教文化视野中的西方女性》，武汉大学
　　出版社 2003 年版。

刘晓秋：《美国早期非裔诗人菲利斯·惠特利述评》，《时代文学》（下半
　　月）2009 年第 12 期。

刘秀娴：《主体、经验与妇女释经》，《中国神学研究院期刊》1999 年第

27 期。

刘英川：《赫斯顿与沃克：美国黑人女性文学史上的一对"母"与"女"》，《四川外语学院学报》2002 年第 2 期。

刘宗坤：《原罪与正义》，华东师范大学出版社 2006 年版。

陆扬：《精神分析论》，山东教育出版社 1998 年版。

萝特：《性别主义与言说上帝》，杨克勤、梁淑贞译，（香港）汉语基督教文化研究所有限公司 2004 年版。

马克思、恩格斯：《马克思恩格斯选集》第四卷，人民出版社 1995 年版。

玛雅·安吉洛：《我知道笼中鸟为什么歌唱》，杨玉功、陈延军译，十月文艺出版社 2000 年版。

米歇尔·福柯：《规训与惩罚》，刘北成、杨远婴译，生活·读书·新知三联书店 1999 年版。

奈奥米·R. 高登博格：《神之变——女性主义和传统宗教》，李静、高翔编译，民族出版社 2007 年版。

诺思洛普·弗莱：《神力的语言——"〈圣经〉与文学"研究续编》，吴持哲译，社会科学文献出版社 2004 年版。

钱超英：《身份概念与身份意识》，《深圳大学学报》2000 年第 2 期。

乔纳森·卡勒：《作为妇女的阅读》，张京媛主编：《当代女性主义文学批评》，北京大学出版社 1992 年版。

萨克文·伯科维奇：《剑桥美国文学史》第七卷，孙宏译，中央编译出版社 2005 年版。

水彩琴：《妇女主义理论概述》，《甘肃行政学院学报》2004 年第 4 期。

斯图亚特·霍尔、保罗·杜盖依：《文化身份问题研究》，庞璃译，河南大学出版社 2010 年版。

宋晓萍：《女性情谊：空缺或叙事抑制》，《文学评论》1996 年第 3 期。

唐红梅：《种族、性别与身份认同——美国黑人女作家艾丽斯·沃克、托妮·莫里森小说创作研究》，民族出版社 2006 年版。

陶家俊：《身份认同导论》，《外国文学》1999 年第 2 期。

托妮·莫里森：《柏油孩子》，胡允桓译，南海出版社 2005 年版。

托妮·莫里森:《宠儿》,潘岳、雷格译,南海出版社 2013 年版。

托妮·莫里森:《恩惠》,胡允桓译,南海出版社 2013 年版。

托妮·莫里森:《爵士乐》,潘岳、雷格译,南海出版社 2006 年版。

托妮·莫里森:《最蓝的眼睛·秀拉》,胡允桓译,南海出版社 2005 年版。

托妮·莫里森:《天堂》,胡允桓译,上海译文出版社 2007 年版。

汪民安、陈永国:《身体转向》,《外国文学》2004 年第 1 期。

汪民安主编:《文化研究关键词》,江苏人民出版社 2007 年版。

汪顺来:《〈所罗门之歌〉与〈圣经〉的文化互文性研究》,《世界文学评论》2011 年第 2 期。

王家湘:《20 世纪美国黑人小说史》,译林出版社 1999 年版。

王宁:《文学研究中的文化身份问题》,《外国文学》1999 年第 4 期。

王琼:《上帝是个黑女人——从〈紫色〉看艾丽斯·沃克的黑人妇女主义宗教观》,《广州大学学报》(社会科学版) 2006 年第 12 期。

王守仁、吴新云:《性别、种族、文化——托妮·莫里森的小说创作》,北京大学出版社 2004 年版。

王晓朝:《基督教与帝国文化》,东方出版社 1997 年版。

王玉括:《莫里森研究》,人民出版社 2005 年版。

威·艾·柏·杜波依斯:《黑人的灵魂》,维群译,人民文学出版社 1959 年版。

吴新云:《美国民权运动中的黑人妇女》,《妇女研究论丛》2001 年第 5 期。

吴新云:《身份的疆界——当代美国黑人女权主义思想透视》,中国社会科学出版社 2007 年版。

吴新云:《压抑的符码,权力的文本——美国黑人妇女刻板形象分析》,《妇女研究论丛》2009 年第 1 期。

希克:《宗教哲学》,何光沪译,生活·读书·新知三联书店 1988 年版。

许海燕:《从反映种族歧视到呼唤民族文化意识的觉醒——论 20 世纪美国黑人小说的思想发展轨迹》,《南京师范大学文学院学报》2004 年第 3 期。

杨慧林:《"大众阅读"的诠释学结果——以抹大拉的马利亚为例》,《圣经文学研究》第一辑，人民文学出版社 2007 年版。

杨金才：《书写美国黑人女性的赫斯顿》，《外国文学研究》2002 年第 4 期。

杨克勤：《夏娃、大地与上帝》，华东师范大学出版社 2008 年版。

伊丽莎白·J. 克罗尔：《排斥在天堂之外的性别与瞬间》，李小江等主编：《性别与中国》，生活·读书·新知三联书店 1994 年版。

伊瓦—戴维斯：《性别和民族的理论》，载陈顺馨、戴锦华编《妇女、民族与女性主义》，中央编译出版社 2004 年版。

袁明主编：《美国文化与社会十五讲》，北京大学出版社 2003 年版。

张京媛：《当代女性主义文学批评》，北京大学出版社 1992 年版。

张克政：《原罪的重新解读——亚当和夏娃暴露了上帝的秘密和缺陷》，《陇东学院学报》（社会科学版）2004 年第 3 期。

张庆熊：《基督教神学范畴：历史的和文化比较的考察》，上海人民出版社 2003 年版。

张荣：《论传统神正论的当代转换——从奥古斯丁的传统神正论到约纳斯的责任哲学》，《文史哲》2006 年第 6 期。

张淑菊：《两性回归与艾丽斯·沃克的妇女主义》，《安徽文学》2008 年第 8 期。

钟丹：《自我身份认同的追寻——论〈我知道笼中鸟为何歌唱〉》，《长春理工大学学报》（社会科学版）2013 年第 10 期。

朱丹：《从〈紫色〉中透视"信仰"的力量》，《世界文学评论》2010 年第 1 期

朱荣华：《论艾丽斯·沃克小说中的泛灵论思想》，《重庆工商大学学报》2012 年第 2 期。

佐拉·尼尔·赫斯顿：《他们眼望上苍》，王家湘译，北京十月文艺出版社 2000 年版。

陈李萍：《从同一到差异——女性身份认同理论话语的三重嬗变》，《妇女研究论丛》2012 年第 6 期。

陈染：《超性别意识与我的创作》，《钟山》1994 年第 6 期。

程锡麟：《〈他们眼望上苍〉的叙事策略》，《外国文学评论》2001 年第

2 期。

程锡麟：《一部大胆创新的作品——评赫斯顿的〈摩西，山之人〉》，《国外文学》2004 年第 3 期。

段慧：《玫瑰与毒蛇：〈秀拉〉中的圣经隐喻》，《牡丹江师范学院学报》（哲学社会版）2007 年第 5 期。

黄铁池：《当代美国小说研究》，学林出版社 2000 年版。

黄卫峰：《哈莱姆文艺复兴研究》，外语教学与研究出版社 2007 年版。

嵇敏：《美国黑人女权主义视域下的女性书写》，科学出版社 2011 年版。

计红芳：《香港南来作家的身份建构》，中国社会科学出版社 2007 年版。

网络资料

Barbara Smith，"Toward a Black Feminist Criticism"，in http：//webs. wofford. edu/hitchmoughsa/Toward. html.

http：//en. wikipedia. org/wiki/Black_ liberation_ theology.

http：//www 2. census. gov/prod2/decennial/documents/1870a-03. pdf（2008. 08. 23）．

查常平：《约翰神学的正义论与基督论》，http：//www. chinacath. org/article/teo/dogma/renleixue/2008-08-03/2106. html。

哼小调的哈比人的博客：《美国的种族矛盾与宗教信仰之二》，http：//blog. sina. com. cn/s/blog_ 4a9c4a4f0100bovw. html。

李提源：《重论中文〈圣经〉中"罪"字的翻译问题——与谢扶雅先生商榷几个修译的问题》，http：//tt. mop. com/read_ 12974189_ 1_ 0. html。

刘向丽：《女权主义者——由葛红兵〈身体政治〉说起》，http：//life. cersp. com/body/lists/200805/4329. html。

王润清：《Feminism 的释义》，参见 http：//www. frchina. net/data/detail. php? id =10363。2006 年 4 月 5 日。

维基百科词条"罪论"。

未刊文献

郭鑫：《非裔美国文学中的"母女"：赫斯顿与沃克》，博士学位论文，黑龙江大学，2007 年。

贾小伟：《论黑人妇女写作传统的继承与发展——从〈他们眼望上苍〉到〈紫色〉》，硕士学位论文，山东师范大学，2008 年。

李伟纳：《莱布尼茨的〈神义论〉》，硕士学位论文，复旦大学，2009 年。

马爱华：《内战前后美国南方黑人基督教信仰及其变化问题探析》，硕士学位论文，东北师范大学，2009 年。

马卫华：《永恒回响的旋律——论托妮·莫里森的黑人小说与〈圣经〉资源》，河海大学，2007 年。

梅晓云：《构建黑人身体谱系图——论托妮·莫里森小说中黑人女性身体的困境》，硕士学位论文，西北大学，2010 年。

王益娟：《黑人女性文学的继承与发展——〈他们眼望上苍〉与〈紫色〉之比较》，硕士学位论文，南京师范大学，2008 年。

杨梅：《法国与美国的女性主义理论和身体》，硕士学位论文，陕西师范大学，2006 年。

杨玉清：《论艾丽斯·沃克小说〈紫色〉中的上帝形象》，硕士学位论文，华中师范大学，2008 年。

张春燕：《佐拉·尼尔·赫斯顿对艾丽斯·沃克的影响力研究——以〈他们眼望上苍〉和〈紫色〉为例》，硕士学位论文，四川师范大学，2012 年。

张宏薇：《托妮·莫里森宗教思想研究》，博士学位论文，东北师范大学，2009 年。

张志恒：《论〈天堂〉中的非裔美国人基督教精神》，硕士学位论文，河南大学，2009 年。

周辉：《西方女性主义诠释学研究》，博士学位论文，中国人民大学，1999 年。

后　记

　　本书是在我的博士后出站报告《当代美国非裔女作家的圣经观》和
2011年河南省高等院校青年骨干教师资助项目"20世纪非裔美籍女作家
和'经文辩读'"（项目编号为2011GGJS-183）结项成果的基础上修订而
成。它的最初酝酿和构思始于2007年，当年我主持了河南省哲学社会科
学规划项目"女性主义神学视野下的女性文学研究"，本来要对女性文学
与宗教的关系进行探讨，其中主要考察对象是西方女作家。该项目也是我
的博士论文选题。由于当年我所就读的博士点挂在中国现当代文学学科
下，因此，就选择以中国五四时期的女作家为研究对象，最终完成了我的
博士论文《性别、族群、宗教与文学——妇女主义圣经批评视野下的五四
女性文学研究》，后来在该论文的基础上出版了《五四女作家和〈圣经〉》
（中国社会科学出版社2013年版）一书。但是，西方女作家和基督教之间
的关系问题一直是我关注的对象，总想继续做下去。于是，2010年，我以
"当代美国非裔女作家的圣经观"为研究课题进入上海师范大学比较文学
与世界文学博士后流动站，继续研究，该研究得到合作导师黄铁池教授的
认可。在站研究期间，黄老师时刻关心着我的研究工作，为课题提了许多
建设性意见。在此，感谢黄老师的悉心指导，恩师耳提面命，言传身教，
指导我最终完成了课题的研究。

　　同时，感谢我的同学田洪敏，她是我迄今为止唯一一个同门同届的同学，我们同一年进站，跟随黄老师做博士后研究。她给我的不仅是温暖，我一生的友情，而且在博士后研究中，她给了我许多建议和鼓励。

　　本书参考了中外众多学者的著作、文章、思想和观点，不能一一列入注释和参考文献，这里对所有启发、影响本书的所有著述的作者一并表示感谢。

　　由于本人才疏学浅，本书存在着许多不足和缺陷，尚有需要提高的空间，敬请学界尊长、同行批评指正。

郭晓霞

2015 年 5 月 1 日于魏都许昌